·

心里满了，就从口中溢出

问道江南西

阿痴 著

广东人民出版社
·广州·

目　录

一　　晚　霞

从叶长鹰家里往西，走过一片窄水田，穿过马路，再走过一片窄水田，翻过两个小土丘，就到了分厂大门口。

土丘上架有铁轨，火车每天山上山下往返几十趟送钢水和煤。

此刻，那些运煤的小火车装满了黑煤块，安静地卧在铁轨上。

如果想走土丘上面去上班，需要钻车皮。

从车腹和轨道之间的那一点空隙里钻过去，大概钻三四个空就能到土丘的另一头，下得山，到厂区。火车五点半以后就都停了，晚上不运货，除非有特殊安排。

住在这一带的工人钻空可以做到一点也不沾灰，洗完澡白得发皱的手指尖都不会沾灰。身子得像青蛙那样，贴地，腰部收着劲，发力要快，这一条腿探进去，腰立刻跟上，头低一下，身体就进空隙，注意不要碰头，另一条腿进来。腰再暗使劲，头就往另一边探出去，指尖稍微点一点枕木，大半个身子就出去了，整个人也就出去了。

女工特别爱这么钻，她们身形娇小，腰肢柔软，钻几下毫不费力。唯一烦的，就是她们老担心火车会突然启动，那就完蛋了。但是铁轨上趴着几十列火车，弯弯曲曲好几公里，在暮色之下好像就打算这么一直趴着了，一般不会轻易启动。她们只是爱担心，谁知道呢，万一呢。但是她们仍旧每天钻。干净，又快。

也可以不用钻车皮。土丘的腹腔,掏有两个狭窄的过道,泥泞污脏,走过去得穿高筒套鞋,而且自行车走一下就脏了,工人们都不愿意从那里走。倒是农民愿意走,过道里总是来来往往地不得空,担两桶粪水浇田的,新摘了南瓜黄瓜去家属区卖的,炸了麻花徽子当夜宵去厂门口卖给夜班工人的,都匆匆地从土丘肚子里过。

农民爱穿套鞋,黑亮的胶皮一直盖过腿肚子,这样裤子就经穿,要不然洗几次就洗坏了。套鞋是劳保用品,工人们每个季度领了套鞋就去专门收劳保的小摊上换钱,转而去综合商店买一些出口转内销的衣服床单。小摊再倒手,加几块钱,把套鞋卖给附近种地卖菜的农民或者其他进城谋生活的乡下人。几十年下来,全城都穿上了这种钢厂为工人特制的高筒黑胶套鞋。

黄昏时分,陆陆续续地,下了白班洗好澡的工人们从车皮底下爬出来,扬着湿漉漉的头发,迎着慵懒的晚风,缓缓走下土丘。太阳在地平线附近做最后的徘徊。远处,夕阳的绯红色从天穹西侧流淌出来,融入每一座土丘的底座,把原本就是橘红色土壤打底的土丘烘托得更加妩媚。人这个时候容易感受到倦怠的满足,尤其是工人们。每天这样上班下班,每个月工资雷打不动发到手里,火车按照时刻表启动停止,太阳东升西落,农民按季节摘瓜果运到菜场卖,日,月,年,生活是懒洋洋而过得下去的。

土丘附近的几个村子还保持着多少年来的样子。此时，酷热退去，余温尚存，农民要在这个时刻给地里浇水，早一趟，晚一趟，避开太阳最严酷的时候。下午新打上来的粪，混上水泥沟里原本用来冷却钢管的清水，用长竹竿做的小粪勺，轻轻搂一勺，使大力往外撒，再一勺，又一勺，油菜白菜南瓜黄瓜丝瓜西瓜足足地吸了营养，就会长得越来越结实饱满。

远处，太阳完全落入土丘的背后，已经看不到了。天空只余下最后几抹酒红色。

农民浇完这两亩窄田，汗已经湿透了背心。他脱下背心，系在腰间，一双瘦骨嶙峋的手交叠放在粪勺杆上，不说话，静静看着红色天空和黛色山丘。还是有钢厂好，钢厂效益好，工人多，这座城就显得热闹。但是没有钢厂，也能活，几千年了，都是这样在夕阳底下浇粪水，种瓜种菜，也能活，也很好。

农民看一会晚霞，把水壶里的水喝完，就扛上粪勺和粪桶，慢悠悠地走回家吃晚饭。晚饭很简单，通常是白米饭就着炒南瓜，炒茄子。炒菜不是干干的，最后出锅的时候加了不少水，这样菜汤丰富，方便最后倒进白米饭里一起呼噜噜吃下，热气腾腾，油盐管够。汤粉炒粉也有，汤粉煮熟了拌上腌制了好几个月的小咸菜，有时候锅底卧一些肉丝，又烫又辣。吃的时候不能穿背心，因为会出一身的汗。炒粉在自己家比较少做，费油，还必须放肉或者鸡蛋，要不然不香，不像汤粉那样可以把家里的剩菜一扫而空。

吃了晚饭，夜里可能还有别的活：要么是去夜市摊上帮忙洗碗打扫卫生，要么可能晚上进厂里卸车皮。有时候深夜，火车会从远方拉来大量的煤，急需工人通宵卸完，正式工就会找到临时工，临时工会找到附近的农民帮忙一起卸，一晚上下来，能有十几到几十块的收入。

农民们晚饭过后也有可能哪里都不去，而是聚在某棵老树底下拉二胡，咿咿呀呀唱几出调子古怪、故事遥远的赣剧唱段。

千岁爷进寒宫休要慌忙

听学生站宫门细说比方

昔日里楚汉两家争强

鸿门设宴要害汉王

张子房背宝剑把韩信来访

九里山前摆下战场

直逼得楚霸王乌江命丧

到后来封韩信三齐册王

他朝中有一个萧何丞相

后宫院有一位吕后娘娘

君臣们设下了天罗地网

三宣韩信斩首在未央

九月十三寒霜降

盖世忠良不得久长

千岁爷进寒宫学生不往

怕的是

学韩信丧未央

无有好哇下场

　　一只十瓦的灯泡从老远的屋子里拉长线牵出来，挂在树枝上。十几张旧竹椅就围在灯下，有人拉二胡，有人唱，有人蹲着抽烟，有人闭眼听，也不知是就着小调睡一会，还是想心事。他们都在唱词的笼罩下，都在两千多年前的故事里，忘记了今生的农田、灌溉、辛劳、无奈。夏日的蚊虫蜻蜓绕着灯泡一圈圈旋转，奋力扑闪翅膀，好似也在听故事，也要忘却今生今世。白日的劳作再艰苦，有了夜晚的这一会唱曲听曲，农民的一天就可以过下去，有什么烦恼，留待明天再说。

　　叶长鹰要出门上晚班了。

　　他的房子在这一片平房民居的最东头，旁边就是水田。这是单位分的房里品相比较差的，原本只是一间卧室，后来不知道是不是上一任住户觉得实在住不下，挨着卧室私搭了一个灶披间和一个既是过道也是饭厅的水泥地小屋，这才勉强算是一个功能齐全的住房。卧室的层高勉强到两米四，另搭的灶披间和过道小屋更低矮简陋，他得弓腰进出。

屋子从外面看，粗粝灰秃，和别的平房一样透出一股颓丧清贫的味道，但是内部却是他精心设计，别有格调的。

他将卧室一分为二，里间是真正的卧室：摆了一张白色实木双人床，墙壁上贴了奶油色暗花壁纸，又在壁纸上挂了金色的仿真丝纱帘，一扇一扇的，从顶到脚，覆盖整个墙面上。小小的气窗位置较高，长方形框子也涂成奶油色，玻璃上贴了几何图形拼贴的彩色贴纸，就像老欧洲电影里教堂的窗户。

木头隔板的另一侧是外间，算是客厅，摆放了一整套奶油色的餐桌椅，这是他前几年回上海探亲专门买过来的，做工木料都考究。难得的是那个雕花，很不俗气：雕的是玫瑰，但不是绽放的玫瑰，而是玫瑰花苞，这就跟其他大花大叶的家具一下子拉开了品格，显得雅致。

外间的东墙依墙摆放了一张精致小巧的乳白色双人沙发，旁边的小茶几上是一只花瓶，再旁边是画架和油画工具。挨着木头隔板，立了一个从顶到地的实木置物架，里面摆满了他从上海带回来的各类小油画，金属或木头的雕塑，都是从上海旧货市场淘来的带着欧洲风情的小玩意。

任何一个被他邀请，走进这间客厅的朋友都会不由得惊呼一声，哦哟老叶！你这间房子相当老卵哦。

他往往笑笑，让根烟，示意对方坐下聊聊，谈谈，吹吹牛皮。

　　在咖啡厅没有流行的时代，此处是非常适宜朋友推心置腹，畅快久谈的。

　　沙龙。法国小说里经常谈到的私人沙龙。大概说的就是这样一处小巧精致的地方。

　　过去很多孤独的夜晚，他和朋友们就是在这间客厅里烟雾缭绕地谈过去的。

　　此刻，他正在走道旁的小巧白色搪瓷洗手盆边梳头剃须，整理衬衣领。他用木梳沾上头油，将自己那一头茂盛浓黑的头发向后梳得油光锃亮，而后放下梳子，仰起脖子，使劲甩了甩厚重的头发，就像森林中的狮子使劲甩头，把重量感甩出来。白衬衣是他自己熨烫的，挺括坚硬，他再三抻领口，同样是体会那种重量感。头面衣服都整顿结束，他弯腰穿上大头皮鞋，套上灰蓝色工作服，走到灶披间做上班前最后的思考。

　　从灶披间的小窗户可以看到分厂三根四十多米高的大烟囱正冒着蓝紫的火苗，这意味着厂房里机器轰鸣，震耳欲聋，运输煤块的皮带正笃定地旋转一个大周，又一个大周，带着夜色的潮气进入高炉神秘的内部，另一边，红到发白的钢水源源不断地从高炉口流出，温度正常，含碳量正常，没有任何故障，一切正常。钢铁生产正按照计划进行,这将是一个不眠的夜班。

　　长叹一口气，他推开小小的蓝色木门，弯腰走进夜色，同时惯性地说一句：娘则逼。

二　晚　班

日头落尽，晚霞却会持续一整个夜晚。

半边天空都是枯玫瑰色、梅子色和深粉色晚霞的交叠，混着高炉烟囱彻夜不眠的蓝紫火苗，有一种触目惊心的美。

这是钢城独有的天空。

人们分不清这夜晚永不退却的层层叠叠的城堡似的红色是来自南方太阳的余晖，还是烧煤炼钢的熊熊火焰。

叶长鹰既不钻车皮，也不走泥泞的土丘腹道。

他骑自行车在晚霞下绕一个大圈，走水泥路进分厂大门。他喜欢在晚霞下骑车，风从耳鬓呼呼吹过，他享受上晚班前最后的属于自己的时刻。

骑过厂区和家属区分界的那条铁轨，路过铁轨旁的红色岗亭，进入焦化厂的区域，属于厂区的味道就浓重起来。这味道是钢铁厂特有的混杂了燃烧煤块后的硫化物的气味、铁锈味、煤灰味、超量二氧化碳等多种味道在一起的壅热闷熟又让人感到安心的一种气味。每次闻到这个味道，叶长鹰就开始发热，冒汗，穿在最里面的白色背心也就开始发潮。

黏腻腻的晚班生活，这就算是第一步了。

马路边的绿化带，种了很多蓖麻，阔大的叶子上都是亮晶晶的灰尘。每隔十几分钟车程，路边就会看见巨幅宣传画。画面人物无一例外都是钢铁工人，女工，男工，戴着安全帽，笑脸盈盈地工作。宣传语写的是"安全生产高于一切""安安心心上班，高高兴兴下班""只生一个好""团结就是力量""效率就是生命"等一些老生常谈，但是放在整个画里看，有一种集体化的团结的味道，令人感到安心。就好像在母亲的怀抱里工作一样。

标语牌对面就是一个个巨型隧道般的厂房，钢架屋顶上亮着上百盏亮堂堂的白炽灯或日光灯。通红的钢水进入轧钢设备，出来几千度高温的钢材预备件，长的短的，直的卷的。一炉钢水下去，再一炉钢水下去，周而复始，循环往复。骑车从这些厂房匆匆而过，夜班生活的寂寥和困倦便一望而知。

车把向右，他骑进烧结分厂，在红色二层办公小楼前把车架好。

调度室就在庞大的风机房旁边。控制台上布满了密密麻麻上百个红绿按钮，管控着风机房里若干管道和风口的出入口。叶长鹰一旦在控制台前的椅子上坐好，打开交接班记录本，把那管蓝色的圆珠笔从夹子上抽下来，一条条核对进料数据，晚班工作就正式开始了。左手的一台电话，右手的一台电话，自此便会嘀铃铃响个不停，永无止境地骚扰调度们疲惫的耳朵。许多调度因此长出厚厚的耳毛，寻常对话是听不见的，非得像在调度室里那样，对着电话吼叫那般说话才行。

面对眼前长度六米、宽度三米的流程图，调度们的脑子里都跑着这个分厂至关重要的六大流程的所有步骤。运料皮带在他们的大脑中走一个完整的冶炼流程，从出口到进口，从原料到最终出产的烧结矿。他们看着眼前的流程图，对着听筒疯狂痛骂：

煤不够了！三号风机先停下来！停下来！

怎么烧的啊，实验室出结果了，一个都没有达标！原料检测报告什么情况？！

一号风机怎么坏掉的？操作不当？操作不当多少次了！喂！电工班！

车皮班，再喊三十个人过来，赶紧把新运过来的煤卸掉！全部卸掉！

……

右手边，一颗胖大海在透明的玻璃杯里缓缓涨开，袅娜摇摆，像水草在海里那样舒展筋骨。玻璃杯底层是厚厚的茶叶，悄声涨满苍绿色的叶片。调度们个个有喉炎，跟这种在风机的巨大噪音下扯着嗓子打电话的工作环境有密切关系。

几通叫人上火的电话下来，眼珠子发红，嗓子冒烟。他们这才能搓一把脸，嘬起嘴唇喝一口热茶，点上一根香烟。

哎呀册娘逼，搞什么名堂嘛今天！他们重重吐出一口烟，咳嗽一声，吐口痰，用鞋子来回使劲搓痰渍。

这个口音不奇怪，调度们江浙人居多。有顶职从苏北过来的，有上海知青，有苏南知青，还有一部分虽然不是江浙人，但在江浙调度们的带领下，普遍会说几句上海脏话。

除脏话以外，全钢厂都说着一种与本地方言格格不入的变形普通话。这种奇怪的普通话，融合了大量上海粗话和本地俚语（人们专选那些叫人发笑的、过耳难忘的），形成了独具特色的口音：虽然也是普通话，但是和新闻里字正腔圆的感觉不同，这里的普通话说起来唾沫横飞，霸气十足。哪怕是最温柔最美的女孩子说起来，也叫人觉得难受。霸道、不讲理、刻薄、不过脑子、满是嘲笑和讽刺。说话口气上扬，句句反问，不了解情况的外地客，很容易就会被这里人讲话的方式搞得一头怒火。

比如，若是稍微有一点听不清，啊一声，对面马上就要说：啊什么啊！我说话是外星话啊！还啊！

行为举止上若有不慎，搞得很乡下样子，对面立刻就是一串啧啧啧：老表。

"老表"这样一个原本表示亲热的词，在钢厂的普通话里，就代表着乡下人。所以在此地，绝对不能为了表示客气，称呼对方为老表，那和当面骂人是差不多的。

这套语言不太给人留余地，也就逼着钢厂的这帮职工脑子转得飞快，一方面要减少错误，另一方面要在别人开口之前气势上就呈压倒之态。一来二去，这里说话的调门越来越高，女职工们吵架会把人耳朵震裂。

这钢厂是从上海迁来的，本来就带着高傲的底色，再加上这套可怕的折磨人的语言，与当地其他地方就隔膜得厉害：他们自认是上海人，又是工人阶级老大哥，与其他单位或地区交流，就总是骄矜而沉默。昂然的沉默。明里暗里的看不起。

但话又说回来，调度室里都是男人，天天处理繁杂的流程管理事务，不太可能总是盛气凌人地说话，在运用这套语言系统的时候，总体走的还是中庸路线。男人们在说这套语言的时候，会刻意加入很多俏皮和幽默，以冲淡里面的尖锐，便于和人打交道。

叶长鹰说两套话。

上班遇到其他地方的同事，或者外出买菜办事，他说普通话，他的普通话经过他自己的改良，是温和客气的，钢厂普通话里惯用的脏话他几乎从来不说；在调度室里和其他上海知青，或者会说上海话的江苏知青，或者自言自语时，他说一口圆熟的上海话。这一套上海话，他十分悉心地呵护，十几年了，没有生疏，连脏话都说得很地道，是静安区的腔调。

因为他年纪较长，又总是风度翩翩，大家无形中都觉得他是风格的典范，愿意向他靠拢，加上好几个调度都会说上海话，烧结厂的调度室，久而久之，就成了一个上海话的语言环境。只要他说上海话，大家就都说上海话，包括复员回来的退伍军人，彭细伢。

老彭，土生土长的本地人，在越南战场上打残一条腿，回来分到钢厂当调度。他也跟着调度室里的人说上海话，诶老叶，俺俚两锅，恰根香一。

说得磕磕巴巴，令人煎熬。

老叶从不嘲笑他可怕的上海口音，也从不指点，任其自由发展。

这天打完几个电话，调度室获得了短暂的宁静。

他从银制烟盒里抽出一根细长的棕色摩尔，递给老彭。

你试一试。

彭细伢接过老叶的摩尔烟，架着二郎腿抽。

老叶，这则烟冇味哦。不过瘾。

哦？那你说哪个牌子过瘾？

还是红塔山好恰。硬。

有点呛。

呛是呛，但是硬。老彭很坚持。

叶长鹰笑笑，喝口热茶，和他对吹牛皮。

老彭战场上的事情谈得不多，也谈，但是不多，说起来就是"卵子皮都沤烂了，越南那个鬼地方待不得"，说得比较多的，还是谈对象不顺利的事情。

红妹总是不理他，很烦躁。她爸爸是个小学校长，就这么作俏，那要是大学校长的女儿，尾巴不是翘到天上去了？但是他又总想找她，她不理会他，打他耳光，他总是忍不住要去她家门口把她叫出来。毕竟只要出来了，就总能拉一下手嘁一下嘴巴。他拍拍她的屁股，她就要打他脸，这怎么像话！但是没办法，可能女人就是这样？谁搞得懂。哎呀，说起来真的是头痛得很。搓几娘则个！说到红妹，老彭讲不了上海话，烦恼之余，当地方言就喷出来。

老叶哈哈大笑，问他，那对方家里到底什么要求嘛？

老彭说，最少三千块的彩礼，金三项要有，冰箱电视也都要有。但是这样也不一定能行，归根到底，那个瘪老头子是看不上我。他要红妹嫁个当官的！

老叶说，那就没意思了，看不上你，是她家里眼光不行。越南战场上下来的军人，真刀真枪干过的真男人，这样的不要，要什么样的！

老叶这样赞许他，老彭眼睛腾地一下雪亮，他心里熨帖极了。与老叶交谈，真是一桩享受，怪不得大家都服气他。

吃了一会烟，他又想到红妹。

烟雾里，好像看到她的背影。她扎两根粗黑的麻花辫，放在扁脑袋后边，走路的时候，从左甩到右，从右甩到左。发梢垂在屁股上，颠、颠、颠。屁股圆而鼓，把一条麻料裤子撑得满满当当，是年轻婆子才有的屁股。老了不是这样，老了就向两边掉，散了形的蛋黄似的。他摸过她的屁股，也捏过，那会两个人刚认识，她还许他偶尔这样越轨一次。到了最近，这是想都不要想了。

他向后一靠，枕着脑袋，想到如果能和红妹结婚该多好。日日困在一起，形影不离，生崽务饭，天天高兴。

印象里，越南女人的那种包屁股的长裙子很好看的，长到脚跟，窄窄的，走起路来扭来扭去，如果红妹穿上，那肯定别提了。

叶长鹰知道他在想心事，起身拍拍他的肩膀说，我去查一遍机房，你在这盯着吧。

老彭还在云雾笼罩的影里，没反应过来。

向前走个一百多米，就是主机房。

推开巨大的隔音门，震耳欲聋的轰鸣声便将他整个罩住。

如果在这里面被机器缠了脚摔一跤，除非爬到电话机旁边，否则永远不可能有人听见呼救。

任何进入机房的人，上晚班的困意都会在这巨大的轰鸣声中被驱散得一干二净。

这里是，危险重地。

稍有不慎，皮开肉绽，血肉模糊。

三　　信

　　他扶着铁栏杆，在锈蚀了的铁楼梯间爬上爬下。

　　大皮鞋踩在颤巍巍的铁板楼梯上，当当当地响，又顷刻被风机声吞噬。

　　身边巨大的反应釜中，无数个化学反应正在进行。人的肉身，相比之下，是微不足道的。跌进这样的高温炉里，可能人会在一个瞬间汽化掉，连灰都剩不下。

　　他用手电筒照亮仪表盘，看指针微微颤动，数据在合理范围内来回波动。

　　在机房中，这样的仪表盘有上千个，就是看一晚上也看不完。

　　起初，他憎恨这轰鸣，后来，他每个晚上都要进来看看仪表。

　　不为别的，是为了想心事。

　　机器的轰鸣可以帮人撇掉杂念，一心一意地想心事。这是他发现的。

　　就像古时候的道士练功，一定要在大瀑布旁边。为的是巨大的水流轰鸣，帮人将杂念放下，只想着眼前的功夫。他这个，和那些道士，是一个道理。

　　走得累了，他在铁楼梯上坐下，从裤子口袋里掏出那封信，用手电筒照着，再读一遍。

　　大哥，今年夏天我在校长办公室门口哭了好几顿，终于给我安排工作了，分到人民医院锅炉房，属于正式职工，享受部分医院福利，但是绝对是正式职工。我这已经是上班第三个月了，他们都叫我给你写信说这个事情，说是现在都第三个月了，再过几个月就可以转正了，事情稳了，可以讲了。我真的从来没有那样哭过的，很丢脸，鼻涕都擦在校长的门框上，我还有点感冒，都是黄脓鼻涕，擦又擦不干净。

　　一方面是爸妈催我去问，怎么还不分到我这里，另一方面是我当真急了，其他人怎么有的早就上班了，就差我一个呢。要分大家一起分，漏下我，我怎么办？爸妈说自己没有门路，叫我去问学校，找老师，找校长，问问怎么说好的技校包分配包分配，到我这里没有消息了。

　　我硬着头皮摸上楼去，心里吓得要死，又知道这个事情只能靠自己了，别人根本帮不上忙。怎么办呢？我只好坐在楼梯口等校长出来。运气很好，他一下子就出来了，他问我坐在这里干吗的。我站起来要说话，还没有说，就哭得一塌糊涂，抖抖索索地讲怎么我还没有分配到工作，是不是名单把我忘记了。校长人还蛮好的，他叫我留下名字，先回家，后天再来，他那天赶着出去开会。

　　后天我又去，校长竟然不在，我问其他人，其他人根本不管，我又急得哭得抓耳挠腮。第二天再去，总算又遇到他，说是已经开始安排了，叫我再等等。我在家里等不住，第二个星期又去……反正来回总共哭了七顿，我算过了。眼泪都要哭干了。我都要把自己哭成孟姜女了。

不管怎么说，我工作的事情解决了。以后我就在锅炉房好好干，把水烧得烫烫的，把煤堆得高高的。多认识医生护士，多帮他们干点活（主要是帮忙热饭菜和泡开水），以后家里人看病都方便的。我现在长胖了十斤，吓人吧。主要是食堂伙食不错，我烧锅炉也干点体力活，一下子就壮了。每天早上我推着小推车把开水瓶一个个往病房送，我心里头就说不出的高兴。我很快就是正式工了，我什么都不怕了，这一辈子都有保障了。

爸爸说，从来没有倒闭的医院，医院永远都是被人求的地方。

为我高兴吧，大哥。我知道你肯定是高兴的。你不是总担心我找工作竞争不过别人吗？现在好了，你把心放回肚子里。

爸妈要我再跟你说一下，他们觉得结婚的事情，你还是尽快办了吧。他们说，要求不要太高，差不多就可以了，过日子都是这样的。

但是大哥我了解你的，你是有追求有标准的。你从前总跟我说一定要找一个特别漂亮的嫂子带回来给我看，我等着呢。大哥你自己看着办，不要慌。你是最优秀的。小姑娘肯定猛往你身上贴，你慢慢挑。

最后，信里附上两袋豆奶粉，你冲了喝，补充营养。这是进口货，我玩得好的护士朋友送我的，你尝尝。

最最后，上晚班最辛苦，你要多保重身体。豆奶好喝的话，我以后再给你寄。

妹，小娜

他笑了笑，把信按照原先的折痕再折回去，还原成一片树叶的样子（这是小娜新近学到的折法），放回兜里。

豆奶他下午冲了喝了，很香，不过他打算叫小娜不要寄了，她一个小姑娘还是多补补自家吧。

叶小娜啊叶小娜。她都参加工作了，还能干体力活，这在叶长鹰看来，真是难以置信的事情。

从前，一只小朋友，两个板凳高，跑步步子快了两条短腿就倒腾不开，围了一个奶黄色的围兜，坐在小方凳上，等他喂饭。父母都要上班，没时间管她，都是他来安排。泡饭煮得香香的，盛半碗放在小饭桌上，叮嘱她不要碰，碰了手指头立刻会烫烂，掉下来。再把晚上放在灶披间冻好的鱼冻子拿进来，用小碟子添一点霉豆腐和几片腌黄瓜，碗橱里如果有剩下的半根油条也拿过来摆上。

　　小饭桌准备齐全了，他叫她，啊，她小嘴张得大大的，啊。他吹几口凉气，喂进去。她快速地嚼，脸蛋左边鼓右边鼓，咕嘟吞下去，说一句，香的。他点点头，将鱼冻挖一小勺，再混些泡饭，再叫她啊。她说，有刺吧？他说，没有的，都帮你看好了。她小嘴又吃一口，脸上露出陶醉的神色，说，好吃。泡饭吃得差不多了，他把油条塞她手上，叫她慢慢吃，自己赶紧呼噜呼噜把泡饭吞下。

　　罩衫给她穿上，他背上书包，送她去幼儿园，他再去画室。她举着油条一路上吃得津津有味，最后一块塞到他嘴里。临到幼儿园门口，老师们在门口微笑着说，欢迎小朋友们。她突然着急了，抬起两只油腻腻的小手，说，哥！有油，怎么办！

　　他没办法，只好说，擦头发上。

　　她便把手伸进他厚厚的头发里，一边擦一边笑，坏笑。这又不着急了，开心了。

　　这只小朋友，就是叶小娜。他许久没有细细想时间这个事情，但说起来，他今年已经三十七，快三十八了。叶小娜可不就应该参加工作了么。

　　时间当真是飞走的！被人偷走的！他离开上海来到此地，已经十七年了。想想真是出汗。他抓抓汗湿的头发。

　　正是仲夏夜，汗本已出了好几身，在蓝色工作服上留下盐痕。

机房西侧的大窗户玻璃上蒙了多年的灰尘，逢年过节工人们鬼画符地擦一下，虽说不太管事，但是将就着能看清外面。几个穿着蓝色工装的职工领着十来个周围的农民过来卸车皮。今晚来了新煤。农民们将铁铲扛在肩上，一路说笑着走过。铁铲是从工具室领来的，有旧有新，有的稍微卷了点边，干起活来就不利索。拿了卷边铁铲的人，等会就要叫苦连天了。

有几个十一二岁的毛头后生，也跟在一起，可能是被父兄领来的，一起干活出力气，早点卸完早点回家。反正晚上让他们干蹲在家里，他们肯定待不住，还不如出来帮忙干活。如果卸到十二点还没完，就能领到夜宵饭票去食堂大吃一顿，有地道的扬州阳春面，小孩拳头大的水饺馄饨，还有纯瘦大排饭，百叶结烧红烧肉，蒜苗炒五花肉片，够他们这些后生解馋的。

在这热昏头的夏季子夜，这些后生们多么高兴！他们勾肩搭背，拍拍打打，因着这活能多挣些钱，还能吃上食堂，他们就笑得面目雪亮。

叶长鹰有些愣神。夏的热，在风机房里，困住他。正如日子是兜头砸过来的，把人溺住。多少次他恨透了这机房，这铁楼梯，这大头皮鞋！想要逃，想回上海，想重新拿起画笔，然而想想工资去哪里拿，档案放到哪里，回上海住哪里，一切就只能提起再放下，放牢。心里余了恨。

但现在往外看，他自己多久没有那样笑过了？那样的青春莽撞，嘻嘻哈哈，他何尝没有过？只是很快就来到这里，下农场养鹌鹑，进钢城当工人，上晚班……可就算不甘心，这许多年也过去了。

同来的知青，有些孩子都上小学了，小一点的也上了幼儿园。女职工把小女儿抱过来在办公室里逗着玩，众人叫那小姑娘唱歌，她张开稚口，唱，你从哪里来，我的朋友，好像一只蝴蝶飞进我的窗口……一曲唱毕，做妈的笑得嘴也合不拢，搂紧白玉似的女儿心肝子肉喊个不停。

人家就不怕夏的闷，风机房的轰鸣，城中亮晶晶的灰尘，头顶上盘旋的管道。

你从哪里来，我的朋友。

你从哪里来。

大家都在过各自的日子，怎么他自家就如此脚不着地，不肯站在土上过呢？

他都三十七了，还要等到何时去？

他决定了，那件事情今天晚上就去做。等会请个假，让彭细伢顶一阵。今晚是一个合适的时间，天空蓝得又高又远，妹妹传来好消息，他的心里也浮起些微的悸动。

当做就去做。

他起身离开机房，轰鸣声被甩在身后，跟老彭交代几句，骑上自行车，奔入蓝黑色的夜里。

四　求　婚

　　骑到临时工家属区，不过二十分钟。

　　他在一间小屋前停下，小屋门头挂了一个牌子：丽人裁缝店。

　　现在是夜里十点半，小窗户的粉红色碎花窗帘内仍透出昏黄灯光：小梅还在踩缝纫机。她说过，白天客人进进出出太吵闹，晚上安静，做衣服速度才快，做个盘扣半个小时就好，还紧致立体，个个精品。

　　这间小屋有十来个平方，被她收拾得干干净净，妥妥帖帖。

　　最里面的墙壁靠了一整面的木架子，纵横几百个小木格，里面塞了不知道多少卷棉麻丝呢布料，一旦有客人提到什么料子，小梅闭着眼睛都能立刻将布料抽出来。这是她的看家本领。

　　两侧墙壁贴满欧美和港台时装模特，美人头一个挨着一个。左侧是缝纫机和操作台，右侧是小梅专门从二手家具店里淘来的靠背椅和小茶几、茶台、一整套的青色陶瓷茶具。一有客人登门，小梅就从外面的煤炉上拎起开水壶，冲一杯绿茶，递到对方手里，随口聊些邻里之间的八卦，谁新买来的裤子有样子，谁家新嫁来的媳妇会穿又会做，哪里流行了新款连衣裙，哪里有便宜料子买。

　　叶长鹰掀开茶白色布帘，小梅正踩边线，抬头对他笑笑，便给他冲茶。邻居家的男孩，叫报生的，在她这里画画，坐在一旁的矮凳上。

他歪过头去看看，小孩正比着一本页边都卷了的《三国演义》小人书里的曹操画。

他说，画得不错。

小家伙抬起头沉静地看他一眼，说，还不够好。我原本打算把胡须画得再飞一点，但是你看，现在显得太重了。

叶长鹰说，你握笔太用力了，手指和手腕都放松一点，让笔头转起来，你试试。

男孩感激地看了他一眼，埋头继续画。

他对小梅说，还不睡觉？忙一天了。

小梅不回答，因为其实也不用回答，反倒问他，你不是上夜班吗？怎么跑出来？

叶长鹰想了想，顿顿口气，问男孩，你回家睡觉吧？

不待男孩回答，小梅抢着说，不要紧，让他在这里，他每天晚上都在这里的，他父母都去上班，家里这会已经不开灯了。

小梅脸微红，她觉得这个男孩在这里，她心里比较有安全感似的。很明显，他准备说点什么重要的事情了。

于是他问，你户口本、身份证在哪里？

小梅很直接地回答，在我自己身上。

他说，那么，明天上午十点，我们去趟民政局，把证领了。

小梅熨衣服的手微微颤抖。她喜欢这个温文尔雅的男人，这种品质在这个地方是极其稀有的。

小梅不作声，熨衣服的铁熨斗接触布料，发出滋滋的声音。

男孩抬头看看叶长鹰，又低下头继续勾线，曹操快要画完了。

他从容地拿出银烟盒，取出摩尔，点上，吞吐，几次呼吸。他也不打算说话，很多话是不必说的，小梅的意思他懂了，这件事情已经成了，他的心放下来。

从这间裁缝铺望出去，可以看到一片水田，附近的地始终没有荒，一年四季都种着稻或菜，水中倒映着昏黄的点滴灯光，偶尔冒上一串泡泡，那是水田里的鱼在大喘气。青蛙拉长调门儿在呱，蝉儿也在不知疲倦地嘶吼。田里清冽的香气从纱窗飘进这小屋子。

一杯热茶喝下去，浑身发汗，他想到，以后家里有人给泡热茶喝了。

小梅见他工作服上盐渍斑斑，又递过来一碟话梅，让他补补盐分。

此地不管是百货大楼还是菜场小摊，都卖许多种腌制的小吃，话梅是其中很重要的一个品类。可能是因为钢城的人许多从江浙来，爱吃，于是本地摊贩就想尽办法来做。此地夏季酷热难当，在钢厂上班的人更是汗如雨下，偏爱吃一种咸辣的大颗话梅，但不仅是咸辣，还混了江西当地诸多药材香料，十分的香。女青年买这种话梅像是一股子热潮似的，个个都买，比着看谁买的香。

他拈了一颗，放进口里。奇香萦绕，好吃。小梅是一个采买话梅的高手。回回在她这里吃的话梅总是香得令人难以忘怀。

两根烟抽完，他告辞了。

临走前对小梅说，明早九点在这里等。

小梅笑了笑，拍拍他的胳膊。

他骑上自行车，重奔向夜色中的工厂。

三个月前，他想做一件马甲，配白衬衣穿。女同事推荐他来这里，说这里的裁缝妹妹又漂亮又细心。他过来询问，小梅对他说，白衬衣配灰色的马甲最好看，她来帮他挑选。可是灰色又何其多呢，浅灰、深灰、铅灰，亮面的、亚光的、暗花的、竖条纹的……图快点做生意的粗心裁缝到处都是，没有人会区分灰色的灰度。但是小梅会。小梅对色彩的挑剔令他刮目相看，可以说找到了同道中人。对审美有要求，是叶长鹰自己的癖好，没想到遇到一个姑娘，也和他一样。

小梅叮嘱他等几天，她跟着叔叔婶婶去株洲进货，到时候一定会有合适的灰色布料。过阵子还真叫她找着了。量完尺寸悉心做出来，误打误撞地百分之百复刻了老上海的风情。叶长鹰看着镜中的自己，心里生起了一种奇怪的想法：他本是一个隔膜的人，没想到这个姑娘能懂他。他托人从上海买来特别的发饰和眉笔口红给小梅，待她打扮一新，为她画了一张油画。他借来朋友的摩托车，带她去樟树乡下老家看望父母，走一条鸟语花香的田间小路，和她闲话童年生活。

骑过一长段水泥路，到了乡下，还要骑一段田埂路。那是仲春，土路两边是小河，小湖，田里的草房子，油菜花，岸边钓鱼的老翁，银色的湖面，苍绿起伏的群山。小梅抓住他的衣服，看不尽似的看景色。

他极度真诚，没有任何流俗的手段和招数，他也根本不屑于。他将自己的世界徐徐展示在小梅面前，没有做任何过分的邀请。小梅无声地表明自己也是和他一样的人。

她的父母待他很热情，一个海碗里足足卧了六个水煮蛋请他吃。别的话几乎没有，他吃饭的时候，他们就在家门口的院子里晒豆，晒谷，腌鱼，喂鸡。饭后小梅领着他漫无边际地在田野里逛，摘玫红色的蛇莓给他吃。他吃了后又逗他说吃了会被蛇的口水毒死，将他吓一跳。乡下夜里睡得早。他单独一个房间，拢着棉被从窗户里看远空的月亮。远处的狗叫声传到他耳朵里，已经不太分明。到处都是油菜花的香气，几乎是从红土里蒸腾出来，叫人闻了发困。好些年前，他下乡去养鹌鹑，春天也是这样的香。那时他犯愁，害怕以后就在乡下这样下去了。后来，还好，并没有像担心的那样，再也用不到自来水。乡下，红土，田，大片大片需要再翻一遍的田。他不知道农民们怎么能这样劳作下去。日复一日，无言的劳作。如果他们见过上海呢？

他可能是想太多了。

回到车间调度室，彭细伢正在吃大排面。

他把大个子弯着，头紧紧挨着铝饭盒，专心致志吃着大排上的精肉。

快去打，今天的大排都是瘦的！老彭抬头对他说，脸上红彤彤的，汗和饭盒里冒出来的水蒸气混在一起。

他说，哪里吃得下，热啊。

老彭摸了摸嘴就找他的饭盒，说，要打要打，晚班的大排是待遇啊！中午的大排没有这么好！我叫别人帮你去打！

他按下他的手，笑着说，你快吃吧，我先抽烟。快吃快吃。

老彭这才又重新坐定，埋头撕咬精肉大排。

叶长鹰在门口的台阶上坐下来，再点上一根摩尔。

东南角那一排两层楼就是这个分厂的托儿所，出生五十六天以后的婴孩都可以放在这里由阿姨看管，女工妈妈们则匆匆赶去上夜班。此时，那间托儿所的客厅内只开了一盏日光灯，阿姨老师均在长椅上打瞌睡，睡房内孩子们一个个圆圆乎乎，蒙头大睡。夜已深，花圃内蟋蟀也叫得累了，偶尔想起来才又叫几声。

结婚是大事，他心头反倒是空前平静。这样一个几乎是未开化的地方，山与山之间的一大片平地湖泊河流，就这样盖起钢铁厂来。他从前绝不肯在此结婚生子的：这是可以结婚生子过日子的地方么？他是一定要回上海的。

可是他等不起了。头顶的白发一根根生出来，根本不给人反应的时间。他一米八五的个子，近来总觉得骨架子负担太重，支撑不住似的，背也不似从前那样挺得像一棵小白杨。因为抽烟太多，睡觉时常常咳嗽到失眠，一声一声地咳起来，好像永远不会停止。他意识到自己在某种程度上妥协了一部分，但不是全部。

小梅不是正式女工，不是当地人，她父母在乡下和两个弟弟一起过，不会不放她走。小梅随时随地都可以跟他返回上海！说走就走！她才十九岁。他有足够的信心让她从此以后过上完全不同的日子，起码不用日日辛劳到夜里十二点。

他想到自己，又叹了口气。无人理解他为什么要挨到现在。而这周围的同事、邻居、厂里厂外的人，迟早有一天，这伙人都会烟消云散的。他谁的理解都不需要，他原本就是孤独。

忽听得花圃内的一枝栀子花噗的一声，爆裂开白色的妩媚花盘，香气腾的一下四散开来，极妖娆。在这灰扑扑脏兮兮的钢城里，它竟然还兀自美而脆弱着。

你看它的娇嫩的花瓣，指甲一掐，立时就发黄，过一会就枯，再过不久，掉落枝头。等着明早孩子们醒来，它便活不成了。孩子们的肉手，是哪里不掐不拽的？这枝白花的好运，只在今晚。它是惧怕人群的。

日子真是不如意啊，他想。

这大海干脆把他淹死算了，但是不，海面漂来一块泡沫板，他还不得死。

每次看到夜晚的炼钢场面，他就不自觉地感到一种安全，但他又想，这种安全感是沉沦的安全感，是没出息的。不过，厂里按月发工资已经发了几十年了，这是一家大厂，这是他生活所倚靠的全部。

那个时候厂里招工，叶长鹰赶紧报名，唯恐落下。虽然知青肯定能招上，他还是忐忑了几天。忐忑是毫无必要的，他条件太充分了，他原本就是上海的知青，进这间大厂是名正言顺，站在招工名单的第一顺位。他父亲也说，这是从上海搬过去的钢厂，是国家最需要最重视的大型企业，几千人在里面上班，捧铁饭碗。到里面工作和在上海区别不大，要赶紧去！马上去！盯紧！政策十年一变，什么时候这个厂子要再搬回上海呢？谁说得准？如果搬回去，那就赚大了，什么都妥帖了。就是不搬回去，铁饭碗端端，过起日子不要太适意。

也正因了这个工作，第一批知青可以回城的时候，叶长鹰没有回去。一则上海那边的工作根本托不上关系，回城的知青太多了，安排不过来，二则如果换单位，自己在钢厂十年的工龄都抹零了，以后什么福利都要矮别人半截。

最重要的还是，父母在静安区的老房子，实在实在住不下那么多人了。

大弟弟已经结婚，并且生了孩子，最里面的那间小卧室，七个平方，给弟弟一家人住。父母、妹妹和最小的弟弟睡在外面后来搭出来的灶披间，下雨天晚上睡觉会被淋得一身水，而且冬冷夏热，苦不堪言。

妹妹自己用粉红色塑料布搭了一个小闺房，算是她个人的独立空间，夏天一进去，里面比蒸笼还要热三分，刚刚好摆得下一只小铁架子床，床底下是妹妹的行李箱，里面放的几件时兴服装，逛街的时候穿。妹妹发狠说过，嫁人一定要找有房子的，哪怕是个阁楼，也必须是超过十个平方的阁楼，要摆得下梳妆台，摆得下衣柜。

叶长鹰是家里的老大，就算没有人跟他明确说过最好不要回上海了，他自己从情感上理性上，都没有办法硬回上海，让父母弟妹难做。

日子一拖，茫茫然地过起来，好些年也就过去了。

想要重回上海一切重新开始的念头，想要拿起画笔画出点名堂的念头，就这样黯淡下去。

明天他就要结婚了，就要在此地结婚生子了。他却心里发堵。

跟小梅没有关系，小梅是好的。

是他自己。

他心中对于日子，生起了一种无可挽回的厌弃。这种厌弃不会令他有什么表面上的不对劲。什么暴躁脾气，喜怒无常，都不会有，那是一种深沉的厌弃，潜伏在他身体极深处。他预感到这厌弃发酵个二十年大概就会带他离开。二十年，差不多够了，他会带着小梅去上海，两个人重新拿到上海户口，挂靠单位，有医保，在上海买一套房子，从此小梅就是上海人，他的孩子，也将顺顺利利地做上海人。

他的孩子如果从一个正正当当的上海户口起步，大概会顺利很多，也许会有成就。不会像他这样，不如意。

人们每一日尽力活着，想要吃大排，还要纯精肉，想要吃鱼，还要新鲜，想要打麻将，还要泡好茶，人们到底知道不知道自己内心深处有没有厌弃呢？很难讲。

他走到那枝栀子花边嗅了好几口，心神下沉，转身回去查列车表，给每一趟列车打电话，通知他们早上五点之前必须把所有车皮卸干净。

洗了澡，走出雾腾腾的职工澡堂，晚班便结束了。

他将巨大的如同外星建筑的厂房远远甩在身后，甩在了夜间。

眼前是朝阳，是初初跃起的红日，是完整的一个白昼。

一辆辆自行车骑得飞快，越过他快乐地往前奔。那是些刚下班的女工。

她们用香皂把自己周身上下洗得干干净净，披散着湿漉漉的浓密乌黑的长发，自信昂扬地骑着自行车回到住宿区。有的女工运气很好，分到南城住宅区的女工宿舍。那是两栋崭新的大楼，设施齐全，走廊两头是盥洗室，每间宿舍宽敞明亮，水泥地面磨得流光溢彩，住在那里面让年轻俊俏的女工们更加婀娜动人，时刻洋溢着一种钢厂正式工人的骄傲和喜悦。女性拥有了承诺终身的工作，国家给发工资，退休了发养老金，每年还有一些些上涨，逢年过节都有福利，不管是毛巾还是牙膏牙刷，还是糕点水果，都不会少。这在历史上，都是从未有过的。女子们的风貌，在这个时候，呈现出一种从未有过的健康开朗和大气磅礴。

叶长鹰喜欢看她们骑车时的笑容，迎风飘舞的长发，他深知那是一种不可再来的青春意气，是生命中最宝贵的灵气。他欣赏她们，不仅仅是以男性的目光，而是从更广的角度，更深的触动。从前学画时看过的那些法国画家的作品里，那些贵族女孩，不也时时散发着这样灵动的生命快乐的气息么？

男工们都说，找对象如果再找一个正式工，那双职工的日子过起来简直就跟神仙一样。女工从怀孕开始就享受各种补贴，孩子生下来几十天就可以放到托儿所，女工可以重新上班。钢厂有自己的小学、初中、高中、技校、职高，孩子看病一直到十四岁都是公费医疗，自己什么心都不用操。到点学校就给打各种国家疫苗，孩子健康平安长大，就跟小树一样壮实。

叶长鹰对这样的说法绝对不认同。恋爱结婚，这已经是做人的最后一道防线，怎么能连这个都充满了打算？如果不能找一个心仪的人做老婆，活着更加没有意思了。生活本身还有什么美感可言？

他了解自己，他对于美的追寻，是无时无刻，刻在骨子里的。但是这一点，他很少对人谈，就是聊，也就是和班组里几个同事闲暇抽烟时，简单带过一下，不想多谈。是不是正式工，这显然不是婚姻幸福的关键。为了日子舒服，找一个正式女工，而不论是不是喜欢对方，是不是谈得来，看到对方会不会感到开心，这是最苟且的想法！令人鄙夷。

一想到小梅，他就为她的勤奋和美丽感到鼓舞。小梅是值得他对她万般好的。生活再没有意思，有了小梅，多少会有趣一点。

五　报　生

　　厂里还有大量的临时工、合同工。他们的工作称不上是铁饭碗，过年过节的各项福利待遇一般不发给他们，或者很少。尤其是干重体力活的，工作辛苦，工时长，但工资和奖金都和正式职工有巨大的差距。

　　他们是不可能住到厂里分配的各类职工住宅和宿舍里的，他们一般租当地农民的农民房。

　　这些二层小楼盖在宅基地和大片农田的间隙中，楼体简陋粗糙，仅仅是红砖垒砌，外立面连水泥都不舍得抹。没有自来水，需要从井里打水。也没有燃气，得自己生煤炉子做饭。煤球靠买，但也不一定。厂里不缺煤，每天叫家里的孩子去土丘上趴窝的火车旁边捡几块，日子也对付过去了。电是有的，但是家家户户都不舍得用，一般只是屋顶正中间悬一枚五瓦的白炽灯泡。孩子写作业，最好在户外写，赶在太阳下山之前快速把作业做完，然后就得帮父母干活，生火做饭，打井水洗衣服……随着厂里的临时工和合同工人数越来越多，他们租下的这许多农民房便逐渐形成了一大片居民区，家家户户在井里打水，或者去厂里开水房接水用，时间久了，他们就这样安顿下来过上日子了。

　　他们普遍觉得，这样的生活，无论如何比在农村里挨日子要好。种水稻能把腰累断，一年到头还没钱。一旦习惯了拿工资，就再也没人愿意回赤红的土壤里种水稻了。红土地一望无际，劳作也一望无际。多少人的一辈子，都淹没在这红土地了。无声无息，一代又一代。况且种出来的水稻不好吃，既不白，也不香甜，营养价值更是排不上号，所以此地都把米磨成米浆，做成米粉，拿来煮或者爆炒，比白米饭好吃多了。通常放很多盐和辣椒，图一个口感刺激，吃起来感觉活得很用劲。

陈报生的父亲坐在卡车后斗里跟工友一起上工的时候，卡车出了车祸。后面一辆装满钢筋的货车狠狠追尾，钢筋从后车的车斗里一直插到前车。后车的司机当场死去，前车的三个工人，一个被插入肺部，一个贯穿肩膀，陈报生的父亲被捅穿大腿骨，落下了终身残疾。

他们都没有死，只是往后的日子更加难熬了。因为是上班时间出的车祸，厂里都认下，允诺给伤者长期的基本工资，再允许伤者家庭出一个劳力替补入厂，拿工资。因此，陈报生的母亲就这样带着他，从乡下进城，成了厂里卸车皮的女合同工。

报生三岁多进入农民房大社区生活，很快就学会了帮家里干家务活，用火钳夹煤球，生火，打水，都做得像模像样，替父母省了很多心。每天早起，他先去打井水。两只水桶里先装一勺水到井边，把水倒进井里，摇柄使劲摇，手上的压力感逐渐增强，强到一定程度，冰凉的井水便喷涌而出，很快装满两小桶。他跑两趟，两只手攥紧铁把手小心走回家，不让水洒出来。他妈在门口生炉子，先点小木条或者碎报纸，将煤球燃起来后使劲扇风，没一会，一股蓝烟从炉子里冒出来，煮稀饭的小锅就可以端上来继续咕嘟了。

因为上晚班有额外的餐补，他妈妈就调到常晚班上工，每天清晨回来，布包里总带回两个肉包子一根油条，热乎乎的。这样一来，省下来的饭票可以攒起来，去劳保摊贩那里换成钱，存在存折里。

每个季度发的白纱线手套，母亲拆下来，蒸汽烘直，给他织成冬天穿的纱裤。厂里的女职工都这样做，闲时一双毛衣针永远架在手上，手指不停地穿针绕线，唯恐耽误时间。那个时节，几乎家家孩子都穿这种手套线改的纱裤来御寒，手反倒舍不得戴这手套，孩子们的手冻得黑紫，体质差的，冻到流出透明的水出来。

然而那纱裤并不十分抗冻，相反，纱线丰富的孔洞结构特别容易吸附臭味，冬季跑了一天下来的汗味酸臭味统统钻进这裤里，晚上睡觉的时候，外裤一脱，一股酸味就涌出来。可又不能多洗，洗多了纱线板结，穿上去如同穿了一块硬纸板。报生没有其他保暖裤穿，一条纱裤每年加长一点，穿到了小学二年级，等于是一块棉板穿了四五年。那条纱裤从膝盖以下一段段的，每一段的白色都不尽相同。

过日子还有很多小妙招，都被他们摸透了。

炼钢的余热是一笔巨大的资源，厂里没有浪费，在厂区内部建了蜿蜒几十里的管道，在人们头顶打许多个转转，将暖气运到办公楼、休息室的每个房间内。所以其实冬天大人不得冻疮的秘密就在这里：他们上班吃饭洗澡的十来个小时里，简直就是在温暖的桑拿房，江南冬天的酷寒，他们都给躲避了。像卸车皮这样的重体力活更加有休息的地方，合同工和临时工都有各自歇脚的水泥房，就在铁轨附近，几栋二排简房。盖得方方正正，但是因为长期浸在煤堆中，墙壁地面都脏得不像样子。可别看它脏，推开那扇几块木板钉成的破烂木门，里面大腿粗的蒸汽管道硬是在房间四周绕了一个圈，最后立在窗边，螺丝扣滋滋冒着热气。温暖如春。

　　卸车工走进来，从铁皮柜里拿出自己的水杯，从方方正正的铁墩子上提起热水壶，美美地冲一杯茶，挨着蒸汽管道坐下来嘬一口，又嘬一口，那是神仙似的时光啊。报生妈担心报生起冻疮，上小学之前，她总带他去上夜班。将他安置在休息室，长板凳上铺上一小块棉被，叫他坐得软乎，再在方墩子上放上他的小水杯热着。还是不放心，再放几块切开的红薯块，喊他等会饿了就吃。干一会活母亲就得回来看他，心中总悬着。等他睡着了，她用小棉被把他裹起来，再背回去将他塞回被窝。这样，晚上睡觉的时候，报生总是暖的。好几年下来，冻疮也得过，但总是很快就康复了，不至于痒得难受。只是母亲一个夜班要来回走好几趟，卸车皮的效率总是比别人低一些。

再就是，母亲常把家里冷了的饭菜带回休息室，在方墩子上烘烤一阵，用棉布包起来，早上带回家的时候还是暖的，再加上打了热水拎回去，一家人早起可以不用生炉子就吃上热饭，洗个热水脸，省了生火的碎木材和煤球。就这样，母亲觉得上夜班的好处很多，上起来也不觉得累，总是美滋滋的，很快乐。

这炼钢之后剩下的蒸汽，残留的热量，烧出的开水，不知道温暖了多少江南西进城务工的乡下人的心。这滋滋冒气的管道，这源源不断的滚水，让生活变得多么踏实放心啊。有了热源的冬天，才是敢放松筋骨的冬天。

扔在角落里废掉的皮带，工人们从来不浪费，用工具刀一割，回家就能做鞋子。那皮带内部一层又一层十多层的胶，垒得结结实实，用来做鞋底再好不过。只要休息，报生妈就在做鞋子：用工具刀按照鞋样子切割皮带，切好的皮带鞋底子再用小剪刀仔细剪一遍周边，以显得鞋底子曲线圆润。然后用麻线纫上两圈，再把浆好的布面用粗钩针一针针钻上去，十分费劲，钻久了手指僵得动不了。一周就能做好一双。鞋底子有弹力，只要布面不穿坏，这鞋子走到哪里都成，跟大头皮鞋一样结实。只一个缺点，皮带太重，鞋子也就太重，小腿子得用力，跑步的时候不够轻巧。但这又算什么呢。报生一直读到小学毕业，从没买过新鞋，大多穿的是这皮带做成的布鞋。偶尔有表哥们淘汰下来的运动鞋，他也穿，倒觉得过分轻巧了，走路不习惯。

　　父亲伤好以后，就开始和母亲一起上夜班。没有额外的工资拿，主要是担心母亲干活太累吃不消。他走路一瘸一拐的，但用铲子是一把好手。卸车工们都要在厚实的工装裤上缝两块四四方方的大粗布，为的是保护裤子，也保护膝盖。他们的铲子是就着膝盖往煤堆里戳的，膝盖再猛顶一次，铲子就进得深，每回铲的煤多。这时大臂小臂肚皮再齐发力，铲子就轻巧地抬起，铲头略倾斜，满满一铲煤就进了火车旁的小推车。好在报生爸是伤在左腿，右膝盖配合铲煤一点问题都没有，卸车皮的时候又快又稳，和从前没太大差别。报生妈心细，两人的工作裤膝盖上不但像大家那样缝了粗布，里面的衬里还缝了旧棉布，又软又柔，不擦皮肤。父亲铲的时候，母亲就得空休息，有时去休息室烤个红薯来吃，有时煮碗面。饭票除了给报生买早点，他们总也舍不得用，总想着换点钱存起来才叫真正会过的人。

　　但在拿点煤回家这件事情上，报生爸总是别扭。尽管班长组长每天都查都管、再三严告，但卸车皮的工人们拿几块煤回家烧壶水泡茶喝，这又是多大的事情呢？钢水日日从山上运到山下，凉了又加热，这得耗多少煤？这么大的设计漏洞不去管，管工人们的这点生活小需求，有必要吗？毫无必要！是的，其实对于班长们来说，睁只眼闭只眼就过去了。但是工作纪律既然要求每个人都要接受检查，那么哪怕是例行公事，也得检查。同事查同事，摸一摸腰，看看袋子就过去了。但是报生爸受不了这个。男工人们大大咧咧地把煤块用报纸包了塞裤裆里，塞工作服里，被摸着了就笑笑，嘿嘿几下，也就罢了。报生爸嘿不出来。他只带了一次，放在工作服口袋里，被班长摸着了，脸腾一下，羞得通红。别人还没说什么，他就把口袋里的煤扔了，一言不发。

再往后就是报生妈带。也就是带了两次，婴儿拳头大的煤块加起来就是三块，报生爸生火的时候就很严肃地说，我们以后不干这事了。

报生妈没反应过来，眼睛还盯着鞋底子，困惑地嗯了一声。

报生爸又说，花个十块钱，买的煤家里都堆不下。以后不带了。

报生妈脸也红了，说，不带了。我们自己买。买好的。

后来再检查时报生爸轻松多了，眼睛亮亮的，了无牵挂。

装卸工们喜欢远方加急运煤来的火车。

平常晚班一般卸到三点半、四点，工作就完成了，余下的时间就是猫在休息室里睡觉喝水。但其实也睡不着，多是闭着眼睛闲聊天，天南地北地吹牛皮。所以他们都盼着夜里从外地拉了煤过来，急着要卸。这种情况有额外的补贴，干一晚上可以多挣十多块。卸完了领两张饭票，美美地吃上一大碗精肉馄饨，那才是人间美事。一个月总能赶上那么几回，卸车工们忙得热火朝天，汗流浃背，汗滴落到眼睛里，扎得刺疼都没空抹一下。

　　到了清晨五点半，食堂里就能看到他们加班后疲乏但享福的身影：浑身冒着热气，一脚踩地，另一脚踩着凳子边，把脸埋在海碗里呼噜噜吃早饭。油条浸在酸辣牛肉面里，汁水把油条涨软，随后塞到嘴里，嚼好几下，汁水油条充分混合，那个给劲！这个时候，报生爸妈也吃得畅快，报生爸说，这是一晚上不歇、加班才有的待遇，不必省，省了日子就不香甜了。

　　报生睡醒，如果早上父母一起从工地上下来，面带微笑，还掏出好几个茶叶蛋放进碗里，催他起床，他就知道，这一夜，父母没睡，加班多挣了十几块钱，够半个月的饭费。

　　就这样，他们家在经历了父亲的伤病之后，重新从绝望中抬头，过上了每个月拿工资的踏实日子。清寒，辛苦，但是有滋有味。

　　这滋味，主要说的是报生爸爱写字，带得报生也爱写字。

六 练 字

过了进城后的第一个年，天气暖后，报生就过了四岁。尽管年龄到了，他还是上不成幼儿园。厂里附属的幼儿园只有那么一个，名额有限，分不到合同工那里，合同工的孩子只好跟在父母身边长大，或者自己在家属区玩。他性情恬淡，自娱自乐，很小就能做到安静玩耍不烦人。他妈给他摘来几片芦苇叶子玩，他就自己卷捏，能做出五角星，小圆球，还能编成一块小席子，他在村里见别人编过，横竖互相插在一起，收紧，就是一小块方块。小席子编好，随处可以坐，垫在屁股底下，比凳子方便。

他长得虎头虎脑，眼睛大且圆，头型大且圆，唇厚，皮肤极黑，眼睛也极黑，但是清亮有神，有点像个非洲人，不过属于非洲人里比较好看的那一拨。他的气质中古怪地，有一种明确的骄傲。脚上是自做的布鞋，裤子是改小的工作裤，毛衣是接了好几段散毛线的硬毛板子，他却丝毫不在意，说话做事之沉着泰然，有时候连大人们都会被比下去。

报生爸闲时就在家里写字。一本卷了边的字帖，一叠旧报纸，一张宽板凳。报纸铺在板凳上，字帖放在地上，随写随挪动报纸。他能蹲在凳前写几个小时也不抬眼。他粗糙的手上捏着一支细长的毛笔。这笔是他自己做的，不像工具店里卖的那样精致，且已经旧了：笔杆是一截小指粗的竹管，中间部分被磨得润润的，滑滑的，笔头部分长短不齐，黑灰相间，毛涩。

写字时，他凝神屏气，呼吸声都变得极轻，好像怕把墨吹乱。

报生在家里跑进跑出，将这视为平常。

某天父亲突然想起忘了做中饭，赶忙起身去生火淘米。待回过神来，就看见报生已找了半截竹筒打横垫在屁股下面，双腿盘着，稳稳坐在凳前，右手执笔，报纸上已经落了字：大唐三藏圣教序，太宗文皇帝制，弘福寺沙门怀仁集晋右将军王羲之书。

父亲惊之喜之，走上前问，认得吗？

报生老老实实地说，认不得。

父亲细看，虽然还显生硬，但是字体端正，笔力扎实，他心里偷偷高兴。压着嗓子，指着说，大唐两个字写得好。

报生于是跟着念，大唐，大唐。

父亲说，唐朝，我们国家历史上很伟大的一个朝代，那个时候有很多外国人到我们这里留学哩。

报生点点头，又念了两回，说，会了。

父亲还想叮嘱他几句，却见他提笔凝气、按压顿挫都有章法，就不多说，且看看这小子怎么样。吃过午饭，报生也不睡，还回原地，一口气写到黄昏降至。父亲在一旁静观，心里百感交集，口上只说，那你以后就这么打发时间啦，爸不担心你没意思了。

报生把写好的字翻出来，说，三我认识，后面这个怎么念？

父亲就念，三藏。

报生问，三藏是什么？

父亲说，就是唐三藏，唐僧，西天取经的那个。

报生点头，说，三藏，唐僧，唐朝的和尚。

念到王羲之，父亲说，王羲之是中国最厉害的大书法家，哪个朝代的人爸爸也不记得了，但是他不是唐朝人。这本帖是唐朝一个和尚叫怀仁的，喜欢王羲之的字，就学他的书法，临摹集合做成的石碑，花了整整二十四年。再多的，爸爸就不晓得了，以后你学到了，你再告诉爸爸吧。

报生说好，念，晋右将军王羲之。

父亲又犹豫，想了想补说，只当是画吧。写久了就闷了，到时候出去玩玩也没事。

报生却说，这有意思，我不想出去了。

父亲听了，再不废话，随他写去。

从这以后，好些天报生都不怎么出门，其他玩伴跑过来看看怎么回事，问他，报生你怎么不出来玩了？你在干吗呀？

他很平淡很自然地甩甩字帖说，写字呀。口气很诚恳，像是下一秒就准备教人，如果对方开口。但是没有，他们只是粗枝大叶地翻了一下，就走了，去扔沙包或者滚铁圈。

他的骄傲就藏在他的平淡里：他觉得用毛笔练习写字，是很自然很应该的事情。而实在地说，在这个进城农民聚集的大社区里，只有他和他爸会这么想，这么做。

七 怀仁

窗外的树枝已繁茂得如伞一般，悬在小窗之上。

正是寅时，清晨三点半。

夏的夜露正端坐在叶片之上，偶尔反照他桌上的烛光。

怀仁照例，已经起来，洗了手脸，泡了茶，开始排字。

窗外寂静，夜鸟扑棱棱地飞一下，又很快了无声息。

坐了二十年的草垫子深深陷进去，凹成了他盘腿而坐的型。

袖子经过他的改良，用一根绳子系在脖子上，不至于弄脏袖口。

他举起笔，写下这一页的首字。那横竖撇捺，他已浸淫二十年，说能背下来，也不算什么。只是背很容易，排列成新的结构，却是难的。右将军是如何排列的，他心中领悟了上千遍，以为自己是懂的，却也常有犯难的时候。

就算在梦里，他也无数次地想，如果我是王右将军，我是如何呼吸吐纳的？一呼一吸之间，我是让笔更快一些，还是更慢一些？

所有人都知道，整个大唐，最像王右将军的人，除了他，还能有谁。这已经不是出神入化的临字，而是二十年来将心性全部磨成他，再来提笔写字。

可他是怀仁，他实在并不是右将军。书上说，右将军顾盼生姿，俊朗飘逸，是君子之风，玉石面目。而怀仁，却丑。

那天，鹅毛大雪，庙后门传来孩子撕心裂肺的哭声，住持那会还是个寻常沙门，连忙把门打开将他抱进来，喂粥喂水，不敢向人表示自己对他的喜爱，只到处说当个小狗养着吧，以后能劈柴生火，挑水扫地，是个劳力，不多这口饭。四岁多，他发了一场高烧，差点死去。昏迷了七天七夜，醒来，左半边身子已经无法动弹。长到十六岁，他的身形样貌就像一只奇形怪状的怪物。一条腿只有孩童胳膊那般粗细，没有肌肉，青筋从皮里爆裂出来，是支撑全身重量带来的负累。另一条腿勉强是成年人的长短，脚掌却内扣，无法正常踩地。身高仅十岁孩子的高度，极瘦，容貌枯柴，单只有眼睛大这一个可算是优点的地方，却又太大了，叫人看着害怕。住持不叫他到堂前念经做法事，只叫他在灶上烧饭，躲着人些。

四岁多那场病后，怀仁成了个废孩子，更加不招人喜欢，住持心内责怪自己没有看管好他，就着意开始教他写字。为的是，怕他被师兄们赶出去，在外头寻不到一口饭吃。

住持下狠心，逼他下死劲地练，风霜雨雪，酷暑寒天，只管在沙地上，雪地上，写吧！你不写，你没个本事，你以后出去吃什么！你但凡能给人写个家信，抄录个文档，你饿不死啊！写得不好，住持打他，脊背上流血，脸上发肿。这个字为什么总写不好！给我练！练不好，你还不如今天就死了呢！好过以后被野狗撕烂了吃进肚里！

他不哭，他知道住持待他的真心。他记得清楚，庙里米粮紧张时，住持去山上挖的一点野菜回来熬的汤，自己舍不得喝一口，都给了他。他是很笨的，可是笨人架不住像他那样的苦练啊！到了十六岁，庙里上下，周围几十里，没有不知道他字好的。相国夫人上庙里叩拜求签，都指明要他写一副对子在家里挂起来。为何呢，一则因为他字好，二则因为他丑，这样的奇丑，可以帮人顶灾避祸。这样一来，他反倒被保全了，留在庙里，可以喝上稠粥了。

外面的王爷小姐总是好奇他的怪样子，要他出来写字。住持闹不过，专门给他做了一顶黑帽子。戴上，仿佛一个大锅盖，脖子以上看不见他的枯瘦脸。又套上宽袍灰罩衫，把身子全部遮住，跪着写字，看不出来模样。

他只单单露出右手，蘸上浓墨，在纸上尽情挥毫。写就后，众人传阅欣赏，连连惊叹这不就是右将军的亲笔么？他低垂着身子，偷偷撤下，虽然腿瘸，却行走如飞，是专门练出来的保全的法子。从小被人欺负，不练不行。

又过了几年，玄奘法师归来，国都上下，庙子内外，无不笙鼓齐鸣，恭迎上座。那头三场的辩经，是多么激动人心！玄奘法师一天一夜不眠不休，其余僧众皆聚精会神，悉心思索，皇帝与相国并其他重臣，都来庙子里听经论经，那十几日的繁花似锦，真是难以说尽。怀仁不能上大殿，只在灶房里听音，就已经够快乐的了。大伙都去拜见玄奘法师的庄重宝相，他与两个临时喊来帮忙的村民留在伙房劈柴烧火。干活时，每听见一回玄奘法师敲磬，他的心就悠一下，他从未奢望能进大殿听经，在火房里能听到法师的磬声，就已经是他的造化了。

而后的天命降临，就仿佛是梦一样了。皇帝作序，重臣点评，并上法师译的经，要请人抄写，竟然找来找去，找到了他。他绝不可能应下这任务，住持帮他想了一个主意，他照着对皇帝说了，臣可集王右将军的字，以经年之功，做成此《圣教序》。皇帝大喜过望，准了，并令他手握万金，收购全国真迹，又陆续委派四十多位书法高僧，供他调配腾挪。一夜之间，他成了举国皆知的宠僧。庙子里，再也没有人敢对他呼来喝去。领下任务，叩谢圣恩，他只求了这一方斗室，供自己单独起居集字。因为他记得，住持抱他进庙，最先待的屋子，就是这方斗室。在这里，住持偷偷给他喂粥，一勺一勺，吹凉了给他喝。

一晃，二十年过去了。集字已经到了末声。

今年他集的是《心经》。集得很不顺利。

……

照见五蕴皆空，度一切苦厄。

舍利子，色不异空，空不异色，

色即是空，空即是色。

受想行识，亦复如是。

他总是写不下去。

每提笔，想到住持圆寂时，轻拍他的手，赞许他此生有德，他就忍不住笔尖颤抖。住持离开这累赘的皮囊，去往真正的住处，这在他们，是明白的，这是真正的解脱。佛经他不知道念过多少遍了，心里却知道自己还是没有成就大觉悟，没有放下人间之情。这如父一般的养育之恩，到底该如何放下呢，他不知道。想到住持积劳成疾，突然离世，他仍是要流泪，这《心经》就无论如何也临不完。

他早过了四十，迈向五十。如今他耳目浑浊，心神微弱，一辈子不可能再有大成就了，玄奘法师说的悟道，悟得无上正等正觉，他是永远做不到了。

他这微不足道的一辈子的心血全在这笔下的一横一竖中。他想过，如他一样的人，这辈子，虽受形体之苦，但是年少遇恩人，青年接重任，一辈子心神凝聚，从不曾有过半分散乱，这是有德的好命，住持说得一点也没有错。

窗外的鸟儿叽啾，鸣一声，舞一段，再鸣一声，又舞一段。

日头升起，新的一天又来到大唐了。

又好几年过去，怀仁终于上交了《圣教序》。字被刻上石碑，立在长安城里指定的陵中，他这一世的魂魄也就立在那里了。

临终前，怀仁对徒儿说，还想再喝一口野菜汤。

徒儿问他，师父，徒儿给您墓碑上刻上您此生的大事记吧，后人来了，也可知道您是怎么样做成的《圣教序》。

怀仁不准，只说，我这一生于经于字，都无任何成就，有什么可写的呢？《圣教序》是集的右将军的字，而非我的所创。不要写了，什么都不要写了。后人如果想琢磨我，只需到《圣教序》上琢磨就成，我的一生，都在里面了。

徒儿大哭，问师父转世托生为什么，给徒儿一点线索。

怀仁说，还是做沙门吧。这辈子离玄奘法师如此之近，却终生未有悟道的成就，是我德行太微。下辈子，我继续悟，下下辈子也还是悟，直至悟道为止。

语罢，怀仁圆寂。卒年不详，生年不详，生平不详。

后人只知怀仁集字做《圣教序》，却再也不知道这个和尚到底有什么来历了。

八　小胖

　　民政局南边就是照相馆，走个一百多米就到了。一层是一家本地菜餐馆，深蓝色的招牌上写着"特色菜辣椒炒蛋便宜实惠"。沿着中间灰色的水泥楼梯走上去，是专拍结婚照的政府指定照相馆。上午十点，冷冷清清。坑坑洼洼的米黄色木头门上粘了好几块鼻屎，已经干燥，但是扒得很牢，可能是来拍照的顽童粘上去的，但，也说不好。推开门，寻不见照相师的影子。

　　大片阳光从大玻璃窗外洒下来，落在木头地板和竖挂着的蓝布白布红布上，到处都是灰。这里像是从来不打扫卫生。地板上单只有人常走动的那条路线是光溜的，其他地方散扔着杂志画报、白衬衣、几双鞋，角落里的化妆桌只有三条腿，第四条断了，半截腿下垫的是泡沫板和几本词典。

　　有人吗？叶长鹰问。

　　没人应。再大声问一遍，从里间传来声音。

　　哎哎，有，有。

　　一个胖小伙子从里间走出来，掀起不少灰尘腾空。他两只眼睛睁不起，一只艰难地半开着看人，一只眯着，上下眼肉里夹了一枚巨大的眼屎。汗衫短裤皱七扭八，右边脸红彤彤的，是草席的凹凸印子，一看就是刚从梦中被惊醒。

　　他两只小短手使劲抹着乱发，故作清醒地说，拍结婚照还是生活照？

　　舌头还是大的。

　　结婚照，叶长鹰说，怎么这个点就我们一家拍么？

　　小胖使劲搓脸以集中精神摆弄机器，一边调焦一边说，现在别人都流行去好店子里多拍几张，顺带把结婚照拍了，我这里他们就来得少了。不过你们要拍的话，我这里也可以！其实我技术更好，他们不懂！外面拍的，把人的脸拍得雪白，一点都不好看。你们多花十五块，我这里也可以拍婚纱哦。他指了指墙边衣架上零落的几件婚纱和黑色礼服。那衣服简直就像是塑料袋做的，更不要提白色早已没有白色的样子，变成了铅灰。

　　听了他的话，小梅狐疑地巡视这间照相馆，目光里满是惊讶：竟然有人的工作间会这么凌乱！顺手一收拾，费得了多大的工夫呢？这还是开门营业的，搞得像个垃圾堆。鬼才会在这里拍婚纱照！

　　怎么样，拍不拍？小胖追问。

　　小梅赶紧说，我们就拍结婚照，一张就够了。

　　好好好，小胖已经坐在高脚椅上，端好相机，指挥他们二人坐在对面椅子中间，诶坐下，靠拢，头稍稍歪一点点，不要多，回过来一点，诶对，笑笑，好，拍三张底片，到时候我挑一张最好的。

　　闪光灯一曝，再曝，很快拍完了。小梅有些不满意，拍得太快了，根本没有摆好姿势，牙齿都没有露好就咔嚓好了。这个死胖子工作太敷衍了。她正犹豫着跟他说再拍两张，这胖子却很快就放下机器，费劲弯腰收拾东西，腾出沙发，招呼他们坐会，然后肥手上捏了根极细的圆珠笔芯写单据，说，加急啵？加急加五块钱，明天就能拿到。

小梅问，不加急几天？

小胖说，七天以后。

小梅吓一跳，怎么要这么久，我看你这里不忙啊？

小胖也不恼，嘿嘿笑着说，我要参加市里的画展，这几天夜夜不睡觉，就埋头画。草稿打得不好，中途废掉了一稿，所以现在很着急了，还有十几天就要送审。

叶长鹰立时起了兴趣，问他，什么比赛？

小胖说，傅抱石杯，书画比赛，今年是第一届。参与就有奖，怎么样也搞套毛笔意思意思。

小梅听了，眼睛发亮，对叶长鹰说，老叶，你也可以参加呀！

小胖于是跟着问，你也画画？

叶长鹰不托大，非常谦虚地说，画一点，看看你的画吧。

难得遇到同好，小胖很高兴，打开里间的门，拉开柠檬黄的窗帘，请他们进来看他画到一半的山水。

靠墙是一张简易的单人床，一条脏得看不清颜色的毛巾毯蜷在角落，枕头边全是杂乱的衣服和袜子。床单灰蓝，颜色发乌，让人疑心原本可能是天蓝色，睡久才磨出灰蓝的色调来。

小胖把床掸一掸，叫小梅坐床上就好了，别客气，他这里不讲究那么多。

小梅左看右看坐不下去，只能轻轻沾一点床边边，权且算是坐着。

窗户倒很大，窗下就是他的长桌，上面铺的羊毛毡墨迹斑斑，正是作画的人常常扬扬得意的地方，越斑驳越证明主人勤于练笔。一小方草稿下面就是一幅四尺对开的水墨山水，刚完成了水流和山体的主体线条，云雾还未渲染，山中也未点缀。但只看远近布局和水流蜿蜒的曲线，叶长鹰判断这是一幅好画。眼前的这个胖子，不是简单的人，而是个中高手。

他沉住气，问，哥们你这功力，没有十年下不来吧？

小胖不知道从哪摸出一块已经看不出颜色的烂毛巾擦脖子上的汗，笑说，哎呀，确实，大哥你懂行的，我也就不谦虚了，我八岁跟老师傅学，搞到现在二十多年了，元四家临了一个遍，比较熟了。

叶长鹰心里一惊。

普通学画的人，不到一定的境界，不敢轻易说这个话。元四家临了一个遍，那是什么底子？黄公望，倪瓒，王蒙，吴镇，这四个人的画作都看过分析过，都临过，还熟背于心，这是多少工作量？在这四个人之上还有一个赵孟頫，不在四家而超于四家，既然临了那四家，那不临他也是不可能，把赵孟頫临好，这又是多少工夫？前些年资料不好找，这位仁兄能搜集到那么多画册来学习，这又是多大的能耐呢！

他带着敬佩的口吻说，兄弟结棍，二十多年搞这个，有毅力有本事，我服气。

小胖听出了他的尊重之意，打开话匣子说，我爷爷以前是档案馆的，喜欢书画山水，从小带我入门，要不然单靠我自己，哪里能搞下来哦！

叶长鹰说，你这么深的山水功力，怎么转做摄影了呢？

被他说中了心事，小胖跺脚，长叹一声，说，专科毕业想进学校当老师，没弄成，差点没工作，后来托关系弄了这个照相馆，没几个收入。不过，不赚钱是不赚钱，但有碗饭吃。搞画画的就是这样啵，对吧大哥？我已经很满意了。

叶长鹰点点头，给他递根摩尔，帮他点上，自己也来一根。

小胖狠狠吸了两口，问，大哥你画哪个方向？

叶长鹰说，我从前练油画。

小胖说，油画也难啊。大哥听你口音是上海那边的吧？

叶长鹰说是。

小胖说，哎呀上海的大学太难考了。同济，复旦，戏剧学院，真是像登天啊！会难死去！我当年考江西师大都考了两年，后来还是调剂去的赣南师院。管它了，有的读就好了。我是蛮喜欢搞这个，画起来饭都不想吃，觉也不想睡，毛笔一提起来，再回过神，就是早上哩，楼底下的老板喊我恰早饭哩。嘿嘿嘿嘿，你说有意思啵。

叶长鹰淡淡笑笑，眼神里有一些怅惘，说，是啊，画画的人，哪里知道时间呢，人在画里，脑子在画里，心思在画里，睡觉哪里比得上画画有意思！

小胖指着画，问，大哥你能看出来我模仿的是谁啵？

叶长鹰凑过去又细细一看，笑说，赵孟頫。

小胖被人看出端倪，高兴极了，自己鼓起掌来，说，大哥厉害！一看就识破了。哎呀，其实我最喜欢的是八大山人，但这一次指定要山水或者书法，我只好这么画了。八大在南昌待过的那个天宁观我还去看过，跟着好几个朋友去的，不过那会年轻，待不住，一下子就转出来了，没仔细看。

叶长鹰一边听，一边细细看他的画，说，云山雾石的大块处理得都很淡，举重若轻，气韵流动起来了。

小胖听了马上站起来，指着画面上方的云雾笔触说，这里我想了很久，又飘又轻又浓的雾到底怎么表现，用什么笔，始终不能下定决心，就是这样才浪费了一稿。之前那稿墨重了，不满意。现在这个好多了。

两人的谈兴上来了，一时你来我往，做起了讨论。

正热烈时，小梅的肚子咕噜咕噜大声叫起来，把他们从画中拉回到夏日午时的饭点。叶长鹰回过头，小梅涨红了脸，很不好意思地说，怪不得我，早上太激动了，啥也没吃，一碗稀饭都喝不下去。

三人哈哈笑起来，叶长鹰与小胖告辞。

小胖难得遇到同道，有点依依惜别的意思，还叮嘱他们后天就来取照片，他加急弄一下，不额外收费。大家就算朋友了，以后常过来转转，切磋切磋。

他俩连连说好，挥手下楼。

下了楼，小梅提议就在一楼的小馆子吃中饭得了。

叶长鹰这才回过神来说，应该的，今天结婚，当然应该请新娘子下馆子了！

小梅点了招牌上的辣椒炒蛋，又点了一个爆炒鱼块，叫了两碗米饭。

等上菜的工夫，小梅笑着说，原来结婚得先拍照，照片还不是立刻就能拿到的，咱们得等着后天才能拿证了。两个没经验的人。

他被说得有些脸红，伸手捏了捏她的脸蛋。对啊，他怎么没想到是这个程序。不过，谁能想到呢。

饭菜上了，小梅端上碗，饶有兴趣地吃起来，说，我倒要看看馆子店的东西是不是就那么好吃，凭什么那么贵呀。

正值午时，店外水泥地上聚集了一大群鸽子，咕噜咕噜地在地上找吃食。老板娘把硬了的剩饭撒在地上，鸽子们快乐地聚过去，小小尖嘴啄起米饭，仰头就是一个吞咽。可能是很香甜，它们咕噜得欢快极了。

小梅问他，你怎么只看鸽子吃饭，自己不吃呀？

他说，刚才看到那哥们画画，心里突然不好受起来。

小梅问，我是看你好像心情有点低落，为什么？

叶长鹰不无惆怅地说，可能是因为，画画这件事情，我放弃了吧。

这件事情，他想了许多遍了。

九　鹌鹑

　　上海是流行画油画的。一大排颜料，刮刀，木板画架，一个人站在画框前画，颜料弄得满手都是。西洋画逼真，迫近，写实，活灵活现，那种巨大的冲击力会把人震在原地。我们小时候都喜欢油画的，那个腔调就洋气，大家都认可。我们有一帮朋友，从小一起玩的，上了小学就开始拿腔拿调地举着铅笔画一些素描和速写。大家彼此比。谁画得好，传神，击中人，有劲道。到了初中就正儿八经找点颜料开始画油画。

　　无纺布和颜料都贵，画油画要家里有点底子的。我父母都在铁路上班，家里还可以，我画起来没有后顾之忧，不像有些同学，很喜欢画，又买不起颜料，只好画画素描。我们的老师呢，也教得很认真。那个时候上课，老师很严肃的，学识丰富，贯通中西，品位很高。我画得很不错，老师常常鼓励，我自己也是真的喜欢。刚才那个哥们说画画比睡觉好玩，对于爱画画的人来说，确实是这样的。画起来会忘掉一切，画完了站起来才发现腿已经麻了，站也站不稳的。老师鼓励我，同学们之间呢也讲我画得不错，我就起了想法，想要无论如何，这辈子要吃这碗饭了。

　　那么到了初三的时候，就不肯再读高中，觉得读书对我没意思的，不是目标了。初二的时候我就想考一个工艺美术的中专，跟我父亲谈了呢，他不太同意。他还是觉得铁路上更好，这么大一个国家，什么时候缺得了铁路呢？这是国家重器，待

遇是一定可以保证的,但是搞工艺美术就说不好了。他当时说,
以后天天在小作坊里画痰盂罐上的花和鱼,有什么意思。但是
我很倔强的,我非要考。他生气,不给我钱买颜料纸笔,叫我
有本事自己去想办法,不要去求他。我也赌一口气,不理他,
每天弄我自己的。后来是我母亲,偷偷给我塞钱,叫我去考。
她是心疼我,另一方面,她也理解我,她从前也是喜欢唱歌跳
舞的,后来进了铁路局当了后勤员,慢慢地也就什么都没工夫
弄了。她身体很不好,很早就办了病退,在家里做做饭,照顾
我们。但是她闲不住,每天晚上去旁边的馄饨铺子帮忙洗碟洗
碗,存了一点钱,基本上都给我去买颜料了。

　　我那会劲头很足的,通宵画画,第二天还跟同学出去写生,
一点都不觉得累。没有什么波折就考上了中专,想到以后能做
画师是很开心的,或者好一点,进图书馆、画院,那就更得意。
但是中专读了一年半就停了,油画是不允许再画了。学校仓库
被一把火烧掉,颜料、画布、多年累积的作品,统统烧掉。我
们所有学生老师就围着那个大火堆,静静地看,谁也不说话。
瓷器砸烂,工艺品踩得粉碎,一切清零。没有别的想法,只能
清零。

　　学校分配我到这里的农场来。我母亲做了酸黄瓜和臭豆腐
放进玻璃瓶里,封好,放在行李包里叫我带过来,怕这里的饭
菜吃得不习惯。结果玻璃瓶老里八早就在汽车上打碎了,把所

有的衣服都浸上那股酸臭味。但是菜我没有扔，到了农场就拿碗盛出来，吃了一个半月，顶了许多事。

我在农场养鹌鹑。一千来只鹌鹑都归我管。你别惊讶，我很会养鹌鹑的，而鹌鹑很难养，要非常细心。我就住在鹌鹑棚里，在里面搭了一间几个平米的屋子，我吃睡就在小屋里，平常要开会的时候才去旁边的知青点。早上六点多，鹌鹑们就醒了，它们一群群的，来啄我的玻璃窗，叮叮叮叮，那意思是喊我起床，给它们做饭。我就起来，穿上一件外套就够了，鹌鹑棚里总烧着两只炉子，维持着二十多度的温度。我去知青点灶台，把火生起来，铁锅里放上两勺水，把前天晚上剩下的饭菜都倒进去，不够就再加点糙米。拿着锅铲不停地在大锅里搅拌，水分把剩饭涨得满满的，菜香很快就溢出来。水分差不多了，就加上米糠，搅拌，米糠和米饭充分混合，这就成了鹌鹑们最喜欢吃的早饭。

我用扁担，挑两个木桶把这些饲料吃食装上，又回到棚里，这才开始我自己的早晨。一个火炉上坐着水，够我洗脸刷牙，还能泡杯茶，茶泡好了，水还继续坐着，保持热度。另一个火炉，我煮点泡饭面条剩饭菜，不过大部分时候是泡饭，煮好了端在一张小桌子上，旁边是茶杯。冬天很舒服，夏天热，就把两只炉子都搬到棚外，在外头做。

鹌鹑们有自己的食槽，每一个槽都布好食料，然后我吃饭，它们也吃饭。小尖嘴集在一起，啾啾啾吃得很欢快。一些病了的鹌鹑要吃药，就得另吃一个槽，里面拌了药，特地做得香一点，也就是多放点剩菜。再病得严重了，就得等乡下的兽医过来打针。兽医实在来不了，我就自己给它们打针。把它们捉起来，肚皮朝上，针尖戳进腹部，药水推进去。一般打针以后会好很多，实在好不了的，病死了，只能埋在旁边的土丘里。不能吃，病鹌鹑不能吃。每天打扫两遍暖棚，鹌鹑的粪便堆起来，用铅桶装了，挑到田边，种菜的农民自己会去取。

　　管得严的时候，我们不允许吃鹌鹑，颗粒归公，哪怕是我，也时时刻刻被人盯着，只要是偷偷吃了一只鹌鹑，一个鹌鹑蛋，都会被告，会受处分。我中饭和晚饭还是在知青点吃，几乎没有肉，绿辣椒炒红辣椒，煮南瓜，煮黄瓜，也是很香甜的。但是没过多久，纪律就松了，大家实在饿得不像话，谁都想尝尝鹌鹑肉，喝点汤。嫩，鲜啊。到了那个时候，我不愿意了，不准大家胡拿，瞎搞。今天你一个，明天他一个，后天村里有了产妇，再后天村长病了，这点鹌鹑很快就会吃光！它们没了，我干吗去呢？如果不是有那么一个大棚，我不知道我在那乡下能熬多久啊。所以啊，我不吃，我也不准别人吃。我蛮劲上来了，知青队长也说不动我，我眼睛冒火你知道吧，我打算跟他们拼了，命也不想要了！当时就是那么个情况，很难想象吧。他们后来不敢跟我张口了，都知道我难弄，不想跟我吵架打架。

　　我这么维护鹌鹑，说起来是为什么呢。我告诉你啊，鹌鹑一天吃四顿，晚上十一点多还要再给食槽里加些料。这个棚子里冬天很暖和，屋顶上好几盏小小的黄灯通宵开着，因为鹌鹑胆子小，生蛋孵蛋，总是害怕，所以给它们照灯。我在那个棚子里养鹌鹑，好像就是我一个人的世界，把门一关，只有鹌鹑跟我。屋顶很高，我在棚里喂鹌鹑，到处都空茫茫的，什么都不用想。夜里我给它们喂食的时候，其他人都睡了，周围安静得很，只能听到很远的狗叫声，或者后头山上的大鸟叫，除了村委那个楼里有几盏五瓦的小灯泡，四周黑漆漆的，完全是伸手不见五指啊，墨一样的黑。我维护它们，就因为我喜欢那样的晚上。

　　乡下冬天很冷，其他知青总爱往我棚里钻，但是不能在棚里惊着鹌鹑们，只能在我的小屋里聚聚，大家聊聊天，唱唱歌，看看月亮星星。后来我专门捡了一大堆木板，另搭了一个很矮的小屋，方便更多人进来取暖，这样大家说笑不会吵到鹌鹑。

　　说了这么多，还没有说到画画。我自从下乡以后，就不画画了。原因很简单，养鹌鹑很忙，人疲惫，还有很多其他活要干，心散了。颜料笔纸都不好买，就连铅笔都不好买，得到镇上去。我没那个劲头，心里的气泄了，手上发软，就把画画的事情放下了。从这个角度来说，我信念不坚定。没有那种死了也要拼命画的意思。后来我常常也觉得我父亲说的对，画得再好怎么样呢，以后去画痰盂，画花瓶，画木头箱子，有什么出路呢。我从前是很反感他那样说的。后来我在农场里想，也是啊，当个画师，有什么意思呢？继续画下去，会有什么成就呢？第一我有那个本事吗？第二我有明确的出路吗？没有，好像都没有，心里不开心，脑子里是乱的，根本没有想清楚，只能丢下不管了。

我养鹌鹑到第五年，厂里招工，我进到钢城，当了端铁饭碗的工人阶级，再也不养鹌鹑了。

十　闷

那天下午天就发沉发灰，沉甸甸的，是要下雨的感觉。空气闷热潮湿，雨滴一触即发。叶长鹰把画架在灶披间架起来，刮刀与笔展开，围裙系好，坐在高脚凳上琢磨，画个什么好呢。小梅在房内翻地摊杂志。房内的窗户都打开通风。沉重的风从田间吹过来，从灶披间吹向卧室。风中的气味证明，地里的西瓜已经全熟了。她笑眯眯地歪头看他。

他身形很高，一米八多，一双长腿踩着地面，如鹤一般，深蓝色牛仔裤经过修剪，很显腿型。白衬衣的款式也是独特的，肩宽腰窄，把他倒三角的上半身轻轻裹出来，白衬衣就是这点好，不显山露水，但是最妥帖。他留头发，长度刚好落在脖子上方，显得有气质，儒雅，彬彬有礼。说到长相，谁都不得不承认他长得十分帅气，剑眉星目。虽然因年岁的关系有了不少松弛，但是高挺瘦削的鼻梁还和年轻时一样，像山的阴面，垂直陡峭。他的嘴唇是难得的，饱满丰鼓，丰富了他的面部表情，让他总是比实际年龄显得年轻。

小梅偷偷想，如果他留在上海，做了画师，进了什么事业单位，或者是画协，这个样子走出来一定会让所有人相信他就是一个真正的画家，他的画里一定有什么深意是人们还没体会到的。他整个人，从头到尾的样子，就有这个魔力。

她看他的目光里满是敬佩和崇拜，那双鹿眼因此波光粼粼，温柔而甜美。

　　叶长鹰没有注意到这样的目光，他正举着刮刀在构思。他的刮刀无意识地在画布上先铺一些底色，浅棕、深红、一些土黄，画布慢慢有一些表情，具有让人遐想的空间了：像什么呢，像一条小河？一片荒林？这时，念头跑进来，那些长着嫩黄色绒毛、眼睛圆圆、每天叫他起床的鹌鹑跑了进来，它们刚破壳没几天，小绒毛已经长全，捧起一只在手上，叽叽地叫着，欢快而稚嫩。他的刮刀不再凝滞，手速也加快，一只两只三只，许多只挤在窗台上喊他起床喂食的鹌鹑出现在画面里，憨态可掬，惹人喜爱。

　　看到这里，小梅忍不住说，真像啊，真可爱！

　　他笑笑，继续画。重点工作已经完成，他只需要寥寥几笔，把大棚勾勒出来，这画就有了生命。

　　小梅劝他，你也去参加傅抱石杯呀，你画得这么好，一定可以拿奖。

　　他摇摇头说，山水和书法好久不练，已经没有心气参加比赛了。你看今天上午那个哥们，他画的那个程度，我得捡好久，来不及了。

　　小梅叹口气说，那以后有油画比赛，你一定要参加啊！我会催你的。

　　他还只是点点头，没有一个肯定果断的答复。

　　来不及吃晚饭，小梅要回裁缝铺子干活了，叶长鹰骑车将她送过去。

报生已经在门口等她，她早与他约好，让他晚上到裁缝铺来写字画画，不仅是因为他爸妈去上晚班，更是因为她这里亮堂，三只电灯都是四十瓦的。

进了门，报生取出一个饭盒，说，小梅阿姨，我妈让我给你带的肉包子，很香。

小梅一边生火烧水，一边说，我今天中午下馆子开了荤，吃得太多了，现在还不饿，等会我们俩一起把它干掉。

叶长鹰也进来稍坐，他问报生，昨天的曹操画完了吗？拿给我看看。

报生从旧军包里取出几张报纸，说，画完了，不太好。不过我白天练了字。

叶长鹰拿过来细细看，是《圣教序》里的几句话：桂生高岭，云露方得泫其花；莲出渌波，飞尘不能污其叶。非莲性自洁而桂质本贞，良由所附者高，则微物不能累。

细看之下，不敢相信这字是报生写的，他才六岁多，字已经圆润中正，且间架结构之间有了些微气息流动的痕迹。虽然还有不少问题，但眼前这个孩子真是叫人惊讶。翻了翻字帖，他信手拿起报生的毛笔，蘸上墨，也在报纸上写上相同的字。

报生一笔一画跟着看，而后惊喜地说，叶叔，怎么笔到了你这里，字就厚起来了？

他笑一笑，说，书法和臂力腕力有关系，你还小，肌肉还不够有劲，以后长大了会写得比我好得多。要敢于下墨，按笔提笔要果断。

报生听了立刻打开饭盒，请他吃包子，叶叔，尝尝！

小梅都被逗笑了，说报生受了教，预备把自己那份包子让出去了。

叶长鹰走后，报生又从书包里掏出那本三国小人书，预备画关云长，昨天的曹操就立在本子的左侧。小梅凑过来看看，说，这曹操不是画得很好吗，怎么不给叶叔看看？

报生说，还是书法更拿得出来。

小梅一边踩缝纫机一边笑得不得了，说，你门槛倒精哦。

报生想了想又说，书法更雅气。

小梅说，书法雅气是雅气，可是那里头的意思太难懂了，根本不知道说的什么。

炉子上开水烧好，泡了一杯清茶，香气淡淡的。报生低下头仔仔细细勾线条，一个错笔就拿橡皮使劲擦，终归是弄得黑漆漆一片，关公成了黑脸。小梅扭开收音机，里面是当地电台女主持人故意压抑的嗓音，絮絮读着听众来信，谈那些浅淡的心事，无足轻重的小秘密。天热得像蒸笼，雨还没有下来。小梅用一支铅笔把长发盘起来，她突然想到，以前乡下，结了婚的嫂子们就要去剪头发，长长的黑头发齐耳剪短，两边各用一

个夹子夹牢，方便做事。她的脸起了一些热，她下意识地伸手
搓一搓。

叶长鹰回到家里洗了澡，重又坐到画架前。有些人家做饭
晚，此时才响起滋啦啦炒菜的声音，油烟缓缓升起来，辣呛味
也来了。他无动于衷，暗夜里点燃的烟一明一灭，衬得中指上
那枚巨大的绿宝石戒指一闪一闪。这戒指是偶尔有一天路过一
个路边摊买的，据说是从西藏带回来的，旧了，银色已经发乌，
用醋泡了以后擦了擦，好了点，但是边角仍然残留了许多黄黑
的污渍。

这片民宅北边五百多米就是袁河。此时河中的水流缓慢，
隐隐发出潮味，河面上倒映的灯光跟着水流翻上翻下。

他享受此刻的宁静孤单，又觉得这孤单是消磨人志气的。从
前他在家中就能听见黄浦江上渔船汽笛呜咽的鸣叫声，有时会
把他从睡梦中吵醒，醒来背上都是汗，再睡就很难，太热。他
不可能这样一辈子自己过下去，毕竟他自己也没有过出什么名
堂来。他仅仅是不满意，不快乐，他想要重回十六岁，重回中
专，一切从那里重新开始。他还健壮，没有下到南方，也没有
去过乡下。中专毕业以后找工作的时候好好挑一挑，挑个好单
位。单位分房子，总归是有一些好地段给人挑，最好还是在静
安区附近。有了房子以后他会有几个固定的去处，咖啡厅，西
餐厅，画油画的圈子，偶尔的聚会，画展，上海烫大波浪的女

子，发表，领奖，一些愉快，一些名气。但一切不会回去，睁开眼，他快要三十八岁，时时咳嗽，上夜班回来偶尔还会心悸，吃不下饭。有一种可能，很大的可能，他这辈子，是完了的。

他举起笔画棚外的土地，裸露的红土，残了的土丘，远处深红色的地平线，距离很近的蓝黑色巨大天空。——他不知道下一次再有冲动提笔画画，是什么时候了。

第三天他们再去找小胖拿照片，照相馆里另一个女孩说他去城北买纸笔，一时半会回不来，他那间睡觉加画画的里屋也关着门，一把绿色的小锁挂在门上。叶长鹰松了一口大气，觉得这样再好不过了，他有一点害怕见到小胖。他的山水画得那样好，总让人心里不由自主地发酸。

照片拿到手里，虽然拍得匆忙，但两个人都笑得很漂亮，眼睛里的光像夜空中的星星一样。真是出乎意料。小梅翻来覆去看了好几遍，连连称奇，说自己以前也拍证件照，从来没拍过这么好看的。叶长鹰感叹，这就是专业的功底啊。小梅就说，要不在他那里拍婚纱？还不待他开口，她就又否认了自己的想法，不不不，他那里脏死了，婚纱上都是汗和泥，还是算了，找别家拍好了。

十一　大姨

以袁河为界，北边就不算是钢城的生产区，而是生活区。有灯光篮球场，露天电影院，医院，电影院，歌舞厅。冷饮吧里的味道都是上海的，一切都模仿原来上海钢厂的样子：深红色灯罩水晶吊灯、茶色旋转玻璃门、专门聘来的上海冷饮师傅做的橘味熔岩冰激凌、豆沙绿整排木头落地窗、浅棕色牛皮高脚凳、浅柠檬黄实木窄吧台。灰色混着复杂红色的天穹也因此不意味着污染严重，而是带着钢铁冷漠的浪漫，彰显工业的诡异曼妙。

任何一国一城，没有工业就没有出路没有希望，没有一顶顶烟囱，就没有这个省当下的骄傲。钢水一吨吨缓缓流出来，会变成路基，变成桥梁，变成飞机，变成巨轮甲板，变成钢铁铸就的当代长城。

自豪。一种冷漠的自豪。不言而喻的自豪。

不管叶长鹰多么不喜欢此地，钢厂的自豪还是沉默地浸透了他的身心。当他黄昏带着小梅来饮冰室，他还是觉得十分的快乐：小梅快乐，他就快乐。这快乐是直接的，不含心思的，让皮肤都放松的。

没有女孩子不爱饮冰啊。

她身形窄，腰间柔弱，长长的黑头发被一方浅蓝色手绢系着，垂下的布角绣了两只黄蝴蝶。橘冰融融绵绵，发出清香，顶端放一颗红色的樱桃。小调羹是金黄色的，只有拇指盖那么大，她举一勺送入口中，很快就笑开了。

啊真香。她说。

这家店是不错的，他说，就是上海本地的店，有些也根本做不出这样的味道了。

小梅举一勺给他，他笑着摇摇头，只喝汽水。

今天他们结婚了，两只红本，里面是红色的戳，年月日，某些被压抑住的心跳。小梅的笑怎么是因为橘冰呢，不，不仅仅是，更是因为今朝他二人结为夫妻。很简单的手续，前后不过半个小时，很顺利。她说是因为橘冰太香甜所以才笑，他点点头。

吃完冷饮，他们拎上准备好的礼品，去她的姨妈家看望。

灯光球场附近有一片民居，是厂里最早盖的平房，因为年头长，这里的树已经长得遮天蔽日。

大姨家里正中央有棵树，不知道为什么没有砍。

树的根系虬结粗大，把屋内的地面顶得支离破碎。

屋内昏暗，舍不得开大灯，只点了一个昏黄的五瓦小灯泡，挂在树枝上。

一只蚂蚁从叶长鹰的皮鞋边爬过去，又爬回来。

那屋里弥漫着一股浓烈的中药和止痛药的气味。

姨妈斜靠在床上，后背抵着一个大枕头，面目浮肿，双颊鼓得发亮，脸蛋红彤彤的，脖子上的皮肤却青得发黑。眼睛血红。呼吸沉重。

小梅把账本和该月的盈余照例递给姨夫。

姨妈从床上披衣坐起来，非要和他们聊聊天。

小梅坐到她床边，说，大姨你别动了，我坐过来。她顺手剥了一颗话梅糖，塞进她嘴里，你吃一个，托人从上海买回来的。

姨妈握住她的手，说话的气息还是强的，说，没想到小梅就长大了，结婚了，从老家带你出来的时候，你才十四岁，比现在矮一个头。从锁扣眼开始做起，现在会做整件西服了。长鹰，她很聪明很勤快，我教她一点都不费劲。

叶长鹰连说是，小梅现在还会照着杂志上的样子做连衣裙，做得也很像样。

姨妈刚想再补充，一阵咳嗽，眼泪涌了出来，小梅赶紧翻抽屉给她找止咳糖浆。

姨夫在旁边重重地叹气，这个日子怎么过？还有两个儿子没结婚，老太婆你挨得下去才是福气啊，你不要搞得我老来没伴啊。说完，眼泪流下来，他伸手抹，抹不尽。

大姨喝了一大口止咳糖浆，缓了口气，说，小梅结婚，带女婿来玩，你不要动不动生生死死的，不好听。好了，你出去抽抽烟，下下象棋，不要在家里了，我要和小梅说说话。

姨夫走了，屋里一时安静下来。

姨妈拄着拐杖，挣扎着下床来，缓缓坐到沙发上，给叶长鹰斟满茶，又从电视柜里掏出一叠糕点，甜米糕，白糖枣，油炸蚕豆，满满一盘子。

　　吃啊吃啊，长鹰。姨妈说。随后她在沙发上调整姿势，对他们语重心长地说，小梅的妈是我大姐，小梅就算是我亲女。大姐在农村，没有文化，不会说话，小梅的大事，我来说几句。长鹰，别看你是上海人，但是小梅也不差的，小梅再熬几年，等我走了，那间裁缝铺子送给小梅，就当是嫁妆。嫁出去的女儿泼出去的水，以后她跟你回上海也好，留在钢城也好，娘家都帮不上忙了。那铺子给你们，是继续做，还是转手，都可以。大姨已经跟姨夫说好了，这件事情就这么办。你两个表哥不会做针线，这也正常，不强迫他们了。

　　叶长鹰摇头，连说别，不要，你们留着。

　　大姨拉住他。

　　她说，铺子是租的，铺里那点东西不值钱，现在我还在，布料成本我来付，小梅每个月把营收交过来，她算是帮我们的忙。等我走了，小梅就自负盈亏，自己好好做。长鹰，我家这个女孩子以后就跟你过日子，你一定会待她好，是吧？

　　叶长鹰点头说，一定的。

　　大姨再谈到婚礼的事情，小梅上次跟我说，你们就在钢城请同事朋友吃一顿酒席就好？

　　叶长鹰说，是，我们两个都想着要简单办，大姨您看呢？

　　大姨掰着手指头算，说，老家正收夏季稻，离不开人，让她父母弟弟过来呢，是一番折腾，你们回去办酒呢，请师傅买猪买羊买酒借桌子椅子，各方面请人找人顾及家家户户，也是很辛苦的，她两个弟弟在内蒙古工地上打工，回来一趟花不少钱，而且工地上也不让请假。就按照钢城工人的习惯办，二机修的食堂不是说最好嘛，就在那里可以的，她父母那边没有意见的。过几天你们回去，家里人简单吃一点就好了。长鹰，我身体不好，原本应该我来操办，但是实在是顾不过来了，你是有数的人，都听你的，你看着办吧。

一番话说得小梅直抹眼泪，鼻头通红。

大姨接着说，我能挨多久就挨多久，顺其自然，生老病死，没什么好哭的。姨夫之前找了大神过来家里跳，说是要帮我祛病，我也由着他去。他闲不住，总觉得自己能干，不做点什么不舒服。其实人活在这世上，就是这样了，病来了，只能忍住，医院开点止疼药，其他的时候都得自己忍。小梅，以后遇到什么不开心的，不要随便发脾气，忍一忍，都过去了。你不像城里的女孩，可以任性。啊，听见了。

小梅小声说，知道了。

大姨又仔细端详叶长鹰，说，长鹰，你一派君子长相，小梅嫁给你，我放心的。

随后她叫小梅把她搀回床，笑着对二人说，好了，快回去吧，今天的会就开到这里，散会！

十二　　老街书画铺

　　二机修的食堂，确实名声在外。那里的家属区附近，有一个挺大的人工湖。有人说原本设计图纸上那里是用来冷却钢水的，也有人说是以前为了灌溉农田挖出来的，但总之二机修的家属区因为这个湖成了一个很独特的存在，有了些许的浪漫，缥缈。食堂就坐落在这座人工湖中央的湖心亭上。

　　工人们都很喜欢周末在那里包个场办婚礼。再加上二机修的几个大厨师傅都十分到位，做菜可以做到完全照搬各地口味但又有改进，叫人欲罢不能。比方说，糖醋带鱼，汤汁的熬制，可以做到金黄微甜，而不是浓油赤酱搞成墨黑色，比传统上海菜更贴近大家的口味。一碗阳春面或者苏北大馄饨，就是表面上看起来平平无奇，汤水清澈，上面几点青葱段，但是凑近一闻，那个汤的鲜香令人难以忘却，喝一口更是解百家愁，不知道他们最后点进汤里的那个酱油是怎么做出来的。江西本地菜更是一绝，简简单单一道红辣椒炒肉，可以做出进口冰激凌都不可能有的复杂甜味，那甜混着辣沁在猪肉片里，会叫人毛孔着火，血液在血管里哗哗狂流，汗流浃背，精神焕发。吃一份这里的红辣椒炒肉，上一个晚上的晚班都不会困倦。

　　因此，长达十多年的辉煌期里，二机修的食堂，是工人们结婚办酒最实惠的选择。吃得好，风景好，正式职工还有优惠，每桌送二斤鲜牛奶。每个周末都是爆满。

　　叶长鹰托了关系，等到第三个周日的中午，就办他的酒。

　　小梅邀请报生一家去，报生妈很爽快地答应了。她们俩原本娘家就是同一个村子，闲时常用家乡话聊天，语速快，俚语多，报生听不明白，要追着他妈问个到底。他妈笑他是毛竹根，天生就要使劲往下长，问得叫人不耐烦。

　　报生预备送一幅好字，周末母亲休息，他央求她带他过河，去袁河西岸的老街买一捆好宣纸。

　　孩子们都喜欢走浮桥。每个周日，浮桥上来来往往的，是许多孩子和领着他们的大人。乡下的要进城看亲戚，钢城的要去老街赶集买菜，孩子们要到河对岸耍，大人们要看新鲜。浮桥是用孩子手腕粗的铁链牵扯两岸之间，上面架上一块又一块的木板。灰青色的河水漾起来，浮桥就跟着荡。哟嘿，哟嘿，挑着扁担的老农就会跟着叫，扁担两头的娃儿们扒起来看奇怪，怎么摇起来了呀！怎么回事呀！是不是要翻了！老农拍了这个的头，那个的头又伸出来，拼命喊叫，拼命欢笑。独轮车上推的都是刚从地里收上来的包菜和红薯，包菜可以腌，红薯要烤，集市上都是热门货，去了就能卖光。还有戴眼镜的，骑自行车，后座上一个大篓子里放都是旧书，方言故事集、废弃的地方志、不出名的名人信件、市政府内部参考、沿海运过来的地摊杂志，竹笛、箫、口琴、二胡、毛笔、圆珠笔、钢厂内部信纸，老城里藏着许多人，他们欢喜过精神文化生活，这些东西都十分抢手。

走过摇摇晃晃的浮桥，报生妈去集市上买布料，报生去旁
边的老街上选纸。那一长排老店铺，烟熏火燎的墙面漆黑，房
梁上挂了几十年的老灰，已经成串，报生总担心蜘蛛掉下来，
落在他嘴里，吃下去在他肚里长大发胀，再从肚脐眼里伸出脚
来。西头的几家老书画店是他的最爱，一概是矮墙土黄色木头
窗，好东西从窗外就能看到。

报生最喜欢的那家，前厅的墙上挂满了水墨画，一幅猛虎
下山叫人不寒而栗，老虎已经饿到凶相毕露，四周的林子起了
猛风，倒伏向一边，老虎的双眼里全是杀气，双爪即将跃起，
扑向看画的人。老板给别人介绍的时候，报生全听在耳里，一
般不画猛虎下山，因为下山就要吃人，是凶恶的，但是这幅画
画得太好，老板自己收起来，只为了欣赏那双眼睛。对面墙上
挂的是一幅山鬼，临的傅抱石，一位衣袂飘飘的美女子腾云驾
雾赶去远方，眼神哀伤。老板说，山鬼赶去会见情人，无奈山
高路远，无数艰难险阻，等山鬼赶到，情人已远去不知所踪。
报生蹲在货架前选纸，可以听见许多故事。山鬼令他难以忘记，
山鬼那样着急，衣裙磨破了，满脸风尘，还是白忙一场。他在
角落里默默咀嚼这个故事，喜欢得要命。别处没有这样的故事，
只有老板这里才有。

那老板六十多，长得消瘦，仙风道骨，鼻梁高挺，锋利得
像刀，眼睛狭长，眉已入鬓，须发皆白。没有客人的时候，他

就在书桌前，一边听着收音机里的赣剧，一边写字，口中念念
有词。报生蜷在角落偷听故事，他以为躲得很好，但老板是何
等火眼，从几年前他父亲带他来第一次，就认识他了。

细伢子，你到底要买什么呀，在我这里已经半天了哟。老
板开口道。

报生背一抖，还想隐藏，缩成更小一只。

就是你啊，躲什么！我这店里就你一个人啦。老板朝他的
方向说。

报生只好睁起圆硕乌黑的大眼睛站起来，说，老板，我买
十张四尺宣纸。

老板用眉毛看他，说，你多大了？

我六岁半，快七岁。报生回答。

买宣纸干什么？老板又问。

我写字送人。报生答。

老板的眉毛更低，看他的角度更刁钻，你会写字？来，笔
给你，你写写看。

报生走上前，接过笔，屏气凝神。眼前是一张雪白的宣纸，
他从未在宣纸上写过字。

想了想，他从头写起：盖闻二仪有象，显覆载以含生，四
时无形，潜寒暑以化物，是以窥天鉴地，庸愚皆识其端，明阴
洞阳，贤哲罕穷其数……

写完，他将笔放下。

老板看他一眼，眼神已变，说，圣教序，怀仁和尚临王羲之。这几个字什么意思知道吗？

报生老老实实地说，不知道。

嗯……老板咂摸起来，你是找老师教的？

不是，我爸给了我一本字帖，我自己练。

老板搓搓手，吸吸鼻子，想了会。随后问他，你躲我店里是不是偷听我跟别人讲话？

报生说，画里的故事好听。

老板哈哈大笑，起身去货架，抽出十张宣纸，卷好，裹上报纸，放进塑料袋。

五毛。他说。

报生递过钱，他又问，你最喜欢哪张画？

报生指了指最靠里的一张，说，那张石头上的乌鸦，翻着白眼。

哟嚯，你倒是眼睛尖。这是我画的。老板笑眯眯的。

那张多少钱？

老板同样白他一眼，这幅不卖。

那，这画是什么故事？报生大着胆子问。

墨点无多泪点多，山河仍是旧山河。一只鸟丢了魂，一块石头，刚够站呗。

为什么丢了魂？

你太小了，说了你也不知道。老板不肯拿他当个整人。

报生还想逗留，后门外来了扁担卖豆腐脑。

嫩豆腐脑喂，嫩喂！两毛钱一勺喂！

老板赶紧叫住货郎，诶等等，我来两勺！

他着急忙慌地从货台底下摸出一只缺口海碗，穿过天井，去买热豆腐脑。追过去时还不忘叮嘱报生，细伢子你快去找你妈！不许在我店里躲了！诶豆腐脑要两勺，不要上面的，下面的整块给我挖两勺，汤不要。绵白糖多给。

巷子里货郎不肯，说，都是从上面开始舀起，直接挖下面的一下子就给我搞碎了。

诶我总在你家买的，你怎么这么计较啊。快快，别人等会马上出来排队了，不愁卖不出去。

你这个老板真是……

报生意犹未尽地回集市寻他母亲，他看到老板的短袖白衬衣下摆后面都洗破了，纳闷他怎么也没有补起来，真是一个奇怪的人。

母亲在集市上遇到同乡，聊起村里的事情没完没了，直到下午才回家。报生饿得肚子咕咕叫，不免想起那热乎乎的豆腐脑，放上绵白糖，真的好吃么？

十三　婚礼

报生问他父亲写什么好。

父亲翻出一本旧诗帖，让他抄。

> 锦瑟无端五十弦，一弦一柱思华年。
>
> 庄生晓梦迷蝴蝶，望帝春心托杜鹃。
>
> 沧海月明珠有泪，蓝田日暖玉生烟。
>
> 此情可待成追忆，只是当时已惘然。

最后两句，父亲让他省去不必抄写。后来思来想去，又叫他不要送这幅，换作在天愿作比翼鸟，在地愿为连理枝。

报生小心翼翼地用红纸卷好，再叫妈妈用彩带缠绕，绑成好看的蝴蝶结。

进食堂枣红色的木头大门，小梅阿姨与叶叔在门口笑盈盈地迎接宾客，小梅阿姨穿一条自己做的白色连衣裙，叶叔穿黑色西服，两人脸上流光溢彩，祝福的美言一句一句从他们的脸上滑过去，荡漾在整个大堂。新娘子美极了，长发盘在脑后，脖颈修长，她低下身子双手接过报生的字，摸他的头连连说，谢谢报生，快里面坐，又拉住他巨大的耳垂悄悄说，四个凉菜已经上了，先吃牛肉和海蜇啊，快去！晚了就被大人干光啦！

大堂内人声鼎沸，音乐喧腾，报生坐下来昏头昏脑吃了三片厚牛肉和两筷子海蜇，登时就饱了，再往后上的糖熬猪蹄，藕孔裹肉，西湖醋鱼，菠萝咕咾肉，蚂蚁上树，白菜猪肉丸，红辣椒炖肥鳝，蒜炒蛙皮……几乎一个也吃不下去了。最最后，上了一盆馒头，报生吃了一个，慢慢掰，慢慢送进嘴里，紧张的吃菜氛围在他这里，终于卸了下来。十来桌宾客中的男子们都已经醉醺醺的，互相搂抱着说知心话。

兄弟！兄弟！来，再喝一杯，我一直把你当兄弟啊，你上次满月酒怎么没有请我？

领导，我敬你一杯！以后我就是你儿子，你把我当儿子吧，求你了！说着，扑通，跪下了。

我们俩一起当兵的时候你怎么说的，是不是要把你妹妹介绍给我，妈的，你妹妹呢！我到现在影子都没有看到过！

兄弟，我告诉你，我发现这个世界上应该设置一个法律。什么法律？长得难看的人都应该拉出去枪毙！诶，应该这么搞。

诶哥们，上次哥哥给你那根木头怎么样！怎么样！说！是不是扎扎实实！这就对了，哥哥跟你最亲，好东西都想着你。这批木料刚刚从山上砍下来的，最粗的一批，我拿到了，怎么样，结棍吧。

彭细伢喝哭了，他对叶长鹰说，红妹不跟我来，她要跟我彻底掰。

叶长鹰坐下来，把两人的酒杯都放下，说，那就算了，只能忘掉，再认识新的。

彭细伢呜呜哭不出所以然，一些东西在他舌头上说不出来，能说出来的，只是，我送了她金戒指，两套衣服！

叶长鹰拍拍他的肩膀，说，算了算了，不提了。只能重新来过了。

老彭把头埋到背心里，脸哭得像煮熟的虾，他喝干杯中酒，悲痛地说，重新来过。

女士们悄悄地聚拢起来，一边嗑瓜子一边说小话，窸窸窣窣，报生听不清。只看见她们时不时仰头大笑，时不时又突然围拢像密谋点什么。

无人理会报生。同龄的孩子们聚在一起从这头跑到那头，又从那头跑到这头，扔桌子上吃剩下的肉丸子，报生与他们一起奔跑了一趟，立刻觉得这个事情很傻。他停下来，走出食堂，来到湖心亭的长凳上。

他手上还握着半个馒头，他掰开来扔在湖面，很快就有红色黑色的大鲤鱼赶过来吃，这令他有些高兴了，很快便把馒头喂光，空手坐在长椅上，望着荡漾的湖面。

婚礼是叫人不那么高兴的，他有了这么一种模糊的感觉。吵闹，吃饭，吃菜，大声敬酒，脸喝得通红，大家忘记祝福新娘子了。不是那种百年好合早生贵子真漂亮真好看，不是，他们是不是根本就不太认识小梅阿姨啊？她给主顾们泡茶，摆小点心，低着头做盘扣，收账的时候打折，送糖果给大婶奶奶们家里的孩子，生火炒菜，煮豆腐汤……报生想，是了，他们不认识她，所以说不出来什么。

酒席散了，报生觉得心里空落落的，他明白了一个道理，原来婚礼还是准备的时候最开心：走浮桥开心，去书画店听老板讲故事开心，好多人聚在一起吃大鱼大肉，倒是不开心。

十四　探亲

　　过了几天，叶长鹰带小梅回上海探亲，权当是旅行结婚，这是当下工人们最流行的结婚方式。住的是静安区里离家很近的一间小旅馆，晚饭吃过后从家里出来，两个人手挽手慢悠悠压马路。马路一边尽是些小摊，遇到书报杂志类的，叶长鹰总要仔细地一一浏览，不肯放过他喜欢的。

　　那天蹲在一个卖杂志的小摊前翻几本旧了的《美术》杂志，他突然看到了上面刊登的《西藏组画》，一时反复琢磨，不肯放手。

　　卖杂志的老板戴很厚的眼镜，问，你也喜欢油画？

　　他说，是啊，这个人什么来头，这几张画得太好了。

　　厚眼镜上下打量他，语气有些惊讶，说，老弟，你连陈丹青都不知道啊？这是《西藏组画》，十年前就发表了呀，你没听说过啊？

　　叶长鹰局促起来，笑笑说，好几年没看杂志了。

　　厚眼镜抢白他，说，这是什么看不看杂志的事情啦，陈丹青呀，多有名啊，画完这个《西藏组画》，他就去纽约了，上美国去画了，这在上海画画的圈子里都知道的呀。

　　他说，我下乡了。

　　厚眼镜这才起了一些同情，再次仔细端详他，凑近说话，是去的江西吗？

　　他说，是啊，我们这一批去江西多。

厚眼镜叹口气，点点头，说，十年才想起来买杂志啊，什么都错过了……老弟现在做什么？

他说，钢厂工人。

厚眼镜说，哦哦哦，就是那家搬过去的钢厂是吧，我知道的，听说过！好多人跟过去了嘛。可以可以，当工人多享福呢。我跟你不一样，我偷偷想了个办法，根本没去。原本是安排我去云南，去在那里我能干什么，熬也要把我熬煞！反正我就是闹了几趟，街道没办法，安排我去清洁站，每天三点半起来扫大街，我高高兴兴去扫大街！留在上海心里多踏实的！后来慢慢干出门道，收了好多旧书信旧报刊，自己现在开店了，就在街那边，卖旧书的，以后常过去看看。

叶长鹰点点头，说，那你结棍了，自己做老板。

厚眼镜说，肯定的，老老实实上班才赚几个钱。现在政策放开了，可以自己开店，当然就要自己做。这几本杂志我便宜卖给你，五块钱，就当交个朋友。不过你可能是很久没有画了吧，怎么连陈丹青都不知道呢？不应该啊。哎呀呀话也不能这么说，当工人多累呀，上晚班的吧？

叶长鹰说，常晚班。

厚眼镜一拍手说，是啊，你看！常晚班哪里还有心思搞这些呢！理解，理解。

他说，结婚了，以后有人帮忙烧饭，我有时间再弄一弄画画的事情了。

小梅在旁边挑选袜子，几十米的小摊一条街，顶头还有零食铺，她又走过去试吃话梅。

厚眼镜把他拉到旁边，凑在耳朵旁边细细聊，说，在那边讨了老婆啦？

叶长鹰笑着说，是啊，我都快三十八了，要讨了。

厚眼镜说，那就是准备在那里扎根了哦？说起来，我有个中学同学，下放到景德镇，在乡下讨了个老婆，生了个女儿。后来政策来了，调到城里的厂子里上班，工资嘛不高。过了几年，他一定要生儿子，那个时候计划生育快来了，还不紧，他赶快生了。再后来嘛大家都回来了呀，落实政策都回上海了，他怎么回来？回不来了！一个乡下老婆两个小孩，根本安排不了！他心里头不适意，不快活，每次回来探亲喝酒都要哭。再后来脑子有点坏掉了，在家里打老婆打小孩，打得要死要活，啧啧，吓死人。一有假期就要回上海开药拿回去吃，景德镇那里的药他不放心，怕吃出问题。眼睛都木掉了。他儿子学习不好，回家拿皮带抽的，逼他儿子一定要考回上海，结棍吧。算了算了，不说他了，看看你，马相嘛很好的，你老婆蛮年轻漂亮的，年纪大了，是应该结了，以后有机会再抓住，都说不好的。

叶长鹰倒很平静，说，为了回不来的事情，脑子急坏掉的人有的，我都听说过的。

　　厚眼镜说，是吧，很多。唉，都是命苦的人。听说景德镇那边，水泥路就两条，十五分钟，走到头了。怎么会不气呢。杂志拿去，没事翻翻，有老婆了，马上又要生小孩，忙得来，脚不沾地，事情太多了，画不画的都不要太自责了，人各有命对吧。他陈丹青有去纽约的命，我们没有呀，怎么办呢，凉拌！还是天天要过日子的，比上不足比下有余，很好了，对吧。

　　叶长鹰接过杂志，笑着连说是。

　　厚眼镜说，钢厂效益好呀，国家大型企业，日子很好过的，以后督促小孩，叫他考回上海，你也回来了，一样的！对了，你父母家哪里的？

　　他指了指身后说，静安区。

　　厚眼镜拍拍肩膀，说，哦！你是老静安！好好，以后跟你小孩回来，一样的。下次探亲回来，去我那个店里看看，一定要记得哦！就在拐角那里，叫作旧相识书屋，一定要来哦！

　　叶长鹰说好，又与他客套几句，与小梅回到小旅店。

　　夜里没有睡着，他睁着眼睛想心事。连旁人都看出来，他好多日子是白过了，没有做上正事，只是稀里糊涂地过下去。有人去了纽约，有人在景德镇发了疯，他呢，中不溜，过着普通的日子。虽然他是骄傲的，但终究是无因的骄傲罢了。他还什么东西都没有做出来。

　　老房子的阁楼上，放着他从前画的许多油画。他翻出来当玩似的看。有许多自画像，还有风景和临摹的人物。松树，藤蔓，草地，公园，奔跑的孩子，迎风绽放的白色花朵，他喜爱画白色的、柔弱的、纤细的花朵，他也说不上原因，可能因为他觉得自己也像白色的花，苍白，纯洁，骄傲，还残存风骨。人物，他画曾经在上海街头见过的摩登女郎，也临摹名画中的美人，都是倔强的表情。

回到钢城，因着陈丹青的刺激，他画得勤了。十分细致，一棵松树，一段土坡，都会花上大半个月的时间去反复上色，直到满意。他唯恐太快画完一张画。只要回家，他便投入到这样的另世界中，与真实生活中的人再也没有瓜葛了。

小梅婚后搬到叶长鹰的屋里住，偷偷把他的这些杂志放进最不起眼的抽屉，免得他总是不高兴。她很会做菜，叶长鹰爱吃的四季烤麸和西湖醋鱼她也做得来，她自己倒很少吃这些甜的，就从附近的路边摊上买一些新鲜的田螺回来辣炒。炒好了盛一碗饭，慢慢嘬螺蛳，就着汤和葱姜蒜吃白米饭，一口一口，慢条斯理。

她总是叫报生过来跟她一起晚上去店里，就特为地给报生也做一些小吃，烙饼，腌萝卜，炒鸡蛋，然后分一碗螺蛳给报生，叫他细细吃。最重要的是陪她一起嘬，免得自己嘬很没意思。叶长鹰是不可能嘬螺蛳的，他说起来是嫌麻烦，其实还是觉得不雅气，汤汁顺着手指流下来，要不停地擦，不好看。

这天报生与他们坐在一起吃。日头落下去，山后是一大片
红霞，月亮丰腴的白色落在远处的山尖尖上，田间的萤火虫就
急不可待地飞了出来，落在离人几步远的野草叶片上，一闪一
闪放出荧绿的光。

小梅说，这些萤火虫还是跟我们一块玩比较安全，落在田
里一下子就叫癞蛤蟆吃掉了。

报生从裤袋里掏出一个手掌大的小竹笼，要去捉。

叶长鹰把他叫住，跟他说，报生，你以后可以去纽约读当
代艺术，再去巴黎办画展。

这没头没脑的话叫人听了奇怪。

报生说，可是我根本不知道纽约巴黎是什么呀。

叶长鹰说，纽约是美国的中心，巴黎是法国的中心。要出
去看看，全世界到处走一走。

这时小梅已经走到了墙角，她叫报生，快过来，我已经捉
了两个！

报生赶紧过去用笼子兜住。

叶长鹰倒上一杯啤酒，走到屋外看他们捉火虫。

霞光带着金边令天空更灿烂了，不远处的连绵土丘都变得
妩媚暧昧起来，有了暗影和诗意。钢城的烟囱还是稳定地吐出
蓝紫烟，高炉顶端的熊熊火光永不熄灭。

一九九〇年的夏天正处在最盛烈的时候。

　　江南西肥沃的土地释放出的热气催促人们去吃，去喝，去唱跳，去繁衍，去爱，去争执，去热烈地活着。这里地力之肥沃，就仿佛地底深处卧着一条巨大的雌兽，她的身躯绵延几百里，她的心跳强劲有力，她的呼吸影响着这里生活着的人们的喜怒哀乐。实际上，人们活着的全部能量，都来自她，她却从不示人，从不肯说明。人们远离她，背弃她，但是仍然会在一定的时候，重新回归她，融入她。

　　江南西的人们习惯了这地力，依赖着她活过一代又一代。叶长鹰却对这地力熟视无睹，没有感觉。他始终认为，滋养他的，是黄浦江上的各国轮船，沉默宁静的小洋楼，繁荣奢华的街市。在一九九〇年的夏天，他还无法判断自己的对错。

十五　　小学

　　夏季过了最酷热的时候，报生就上小学了。母亲给他准备了一个旧旧的绿色军挎包，坑坑洼洼的军用铜水壶，都是从乡下拿过来的，从表姐用到表哥，现在到报生。第一天是母亲带他走一遍从家里到学校的路，从第二天开始，就是报生自己走。报生爸腿脚不好，为了不给孩子制造麻烦，他们商量好了，开学的时候爸爸就不去了，而且以后家长会都由母亲去开。

　　钢城唯一的小学，就在电影院后头一里路的地方。学校正门前方是一整排零食铺子和文具店，学校西头是一座土丘，上面盖了十几排老平房，从山脚蜿蜒到山腰，都住着人呢，数学老师就住在那里。山顶没人住，那里是一座水塔和一个锅炉房，一年四季冒着白气。

　　学校东头是一间阴森森的木头老宅子，像四合院，但是没有合拢，一半都敞开着，里头住着一整个瞎子家族，算起来总能有八九十个人，老的小的，后生姑娘，像是四代同堂。他们以拉二胡唱歌为生，每天早上报生上学的路上，就能见到他们挂着竹竿，一个扶着另一个的肩膀，慢悠悠地走到城里各处去唱堂会。报生班里的同学都叫那里"瞎子院"。那宅子里烧煤，墙角堆的就是一整堆碎煤疙瘩，瞎子们用煤是没办法干净利落的，铲一簸箕煤做饭，整个屋子就都是煤粉，时间久了，老宅子就哪哪都是黑色的。

　　大概是唱堂会实在挣不上口饭，瞎子奶奶和瞎子阿姨就在院子口摆两只凳子，卖批发来的儿童小零食：酸梅粉，水果糖，干脆面，糖水冰袋，辣梅干，腌萝卜，腌刀豆，炒黄豆，五香花生。那些小零食袋子上也都是黑色的煤粉，看上去不太美味，学生们看着她们就有点怕，所以她们生意极其清淡。瞎子院再往后，就是一整片居民区，那里的零食铺子，常常比瞎子院的好一点点。

学生们很自然地分开了，一部分的父母是正式职工，他们在学校正门口的零食铺买小玩意，一部分的父母是临时工或者合同工，就在学校后头的零食铺买。还有很少的一部分，父母是做官的做生意的，就很少光顾这些铺子，他们的小玩意是从上海或者南昌买的。不过他们自己并没有这样的意识，混在一起到处乱窜，一个学生提议，就有好几个学生一起手挽手，踢着石头，放学了也不回家，尽买些吃了拉肚子的小零食。

报生不吃零食，就算是别人给他，他也不吃，他不想让自己喜欢上这些。他的零花钱不太多，他打算都花在浮桥那边，还有好些旧书他没能买下来，真是叫人挂念。母亲问他，上学好玩吗，有意思吗？他说，说不上来，还可以吧，我不知道。

数学课，语文课，下午偶尔还有一堂自然课。他闹不清课程什么时候上，哪位老师进门了，让他们拿什么书出来，他就照做。

第一天上数学课，老师问他，报生，你说说，一加一等于几？

报生放下手上正画孙悟空的笔，站起来愣了一会，说，我不知道。

老师很惊讶，问，幼儿园大班的时候，老师没有教么？

报生其实也很惊讶，他说，什么是幼儿园？

班里的其他孩子笑起来了，大家嘻嘻笑着彼此问，什么是幼儿园，幼儿园是什么，太好笑了。

数学老师深吸一口气，叫他坐下。

后来家长会的时候，数学老师专门找到报生妈妈，跟她说了这个事情，让她课余还是要给孩子简单地辅导辅导，不要闹到留级，那就糟糕了。

临时工的孩子留级的倒是不少，报生妈是知道的。

后来报生妈安慰他说，没有人长到十八岁还不知道一加一等于几的，你早晚要知道的。不要紧。

数学老师也是一个上海知青，对于工作她极其认真负责，她不再对报生这样的孩子当堂提问，转而关心他们的卫生习惯，希望把他们培养成生活小能手。因此她要求所有的学生不买零食吃，更不允许在教室里吃。

外面的东西脏得要死，你们一个个都会生蛔虫！肚子里的蛔虫会把你们吃下去的饭菜自己吃了，到时候你们人长得蜡黄，肚子圆鼓鼓的，里面都是虫子！她恐吓大家说。

数学课就是这样的情况了，第一次考试，考一百以内的加减法，报生拿了个八十。中间一排题他没做，考试的时候他根本没看到那里有题目。而且，九十九减五十七到底等于多少，他确实有点算不清。

数学老师每天很早就来学校食堂给儿子打牛奶，她儿子和报生同一届，在另外的班。早上报生从家里走到学校，有时候到得很早，数学老师有一次看到他，喊，报生！

报生走过去，她正蹲着给她儿子整理书包，她雪白粉嫩的儿子在旁边使劲喝牛奶，一边喝一边说，妈，我喝不下去了。

报生说，老师？

数学老师问，你走路过来的？

报生说，是呢，走了一个多小时。我出发的时候天还没亮。

她叹口气说，真够远的。又从自己的布包里拿出一个麻花给他，快吃吧，食堂今天炸得香。

报生推辞，她塞到他手上。报生走远了，她又不放心，对他喊，不许在教室里吃，在外面吃完再进去！

语文课报生是喜欢的，学拼音，练写字。他的字和同龄人比起来，当然算得上是惊才绝艳，语文老师初看惊住了。她把报生叫过来细细询问，得知报生的父亲伤残病退，只有母亲上晚班卸车皮，她衡量了一下他家中的实力，没有让报生报名课外的辅导班。一个月十五块钱，对于报生这样的家庭是一种压力，还不如不要让他家里知道吧。她年岁已大，正在尽力办往上海与子女们同住，也没有精力单独辅导报生，对这一个苗子，她只好作罢。很巧，她也是上海人，口音都改不过来了，发音规则和重音要求与普通话相去甚远，但是语法教得仍旧十分仔细，元音辅音的区别要求所有学生背得清清楚楚。

报生害怕背诵，只喜欢写字，语文考试也就是八十多，失去了老师的重点看护。

学校规定小学生铅笔必须使用正规的木头铅笔，学校门口就有卖，带橡皮头的一毛五一支，秃的一毛一支。开学时母亲给报生买了两支，报生只舍得写作业的时候用，平常画画，报生用母亲从厂里捡回的细碳条。那不知道具体是做什么用的，外面包裹了一层金橙色钢粉，里面是黑色的碳芯，拿来写作业是不行的，笔芯太粗，拿来画画却是再好不过了。报生妈一口气捡回来三四米，报生爸差点笑死，说，这用到报生小学毕业都用不完啊。报生却十分宝贝，送了一些给周围的同龄伙伴，剩下的都留着每天在报纸上画画。

报生爸妈每天早上六点下班（父亲几乎每天都去帮忙），钻车皮回家，六点二十到家，报生醒来就能吃上热包子。用报生妈提回来的热水刷牙洗脸完，报生就要背上书包，走路上学了。爸妈为了赶回来让报生吃早饭，来不及洗澡，脸上都是黑漆漆的，待报生迎着朝霞出门，他们就匆匆洗把脸，换下工作服，挨着枕头就睡着了。再多的家务活，都只能等着下午再做了。

年纪越大，晚班就越是熬人，报生妈已经到了像男人那样打呼噜的年纪。

斜挎的小书包一步一步打着大腿疼，报生就把它背在屁股上。过水田的时候，他走在马路的右侧，因为右边的水田里种了葡萄和西瓜，香喷喷的。走大水沟的时候，他就换到马路的左侧去，因为右侧有个岔口，来往的渣土车太多，很危险。过了大水沟，再走十分钟，有一个公共厕所，如果有尿意要提前在这里解决，不然就只能忍着羞，当着来来往往的汽车，尿在马路边。更重要的是，早上还要大便，如果错过了这个厕所，要大便就会很丢人。因为大便根本忍不住，必须立刻找个角落蹲下来。开学头几天报生吃过这个亏，刚蹲下，一个老阿姨就从旁边跳出来盯着他说，怎么可以这样啊小朋友，这是我们家的菜园子！从此他以后就牢记了，无论如何，看到这个厕所要进去蹲一下。

过了铁道口，就能看到电影院了，从电影院一路向北走一小会，就能看见学校。在铁道口遇到火车的时候很多，岗亭里传出零零零的响声，四个角落的红灯不停闪烁，两边的铁栏杆缓缓放下，穿着深蓝色制服的管理员大叔坚定有力地举起小红旗，再等不了十秒钟，一个庞大的火车头就喷着气过来了。铁栏杆装得太近了，很多时候报生觉得那火车头简直就向他头顶压过来！咔嗒咔嗒，紧接着是一节又一节的车厢，上面堆得满满的煤块，冒尖，还冒着热气，从外地刚刚洒了热水在上头似的。栏杆两侧的大人们扶着自行车，也和孩子们一样，目光不由自主地看着这些煤块尖，他们表情肃穆，若有所思。煤，这黑色的黄金，是钢城的命脉所在。每天几十趟地这样运煤，才能保证高炉顶端的火焰持续发出蓝紫色的光，厂里的效益、每个月的工资才能有牢靠的证书。大人们看着自己的命脉从眼前轰隆隆驶过，大概都是如此肃穆的。

这几十秒的空当里，人们会彼此轻声地交谈几句，坐在后座的儿童啃油条，女工拿出小镜子再看看青春痘好点了没，很快，火车呼啸过去，警铃停止，换成舒缓的当当当，栏杆抬起，管理员大叔举起绿旗子，人们迫不及待地踏过铁轨，融入车流中。

这天，报生过了铁道口，走过电影院，走进校门，发现学校里竟然空空荡荡，教室里一个人都没有。他奇怪，楼上楼下跑了好几趟，才一拍脑袋想起来今天周日！今天是周末！他竟然全忘记了。

那么接下来去哪呢？他略一想想，很快就决定了，过浮桥，去老街。妈妈以前说细伢绝对不能单独过浮桥，但是他现在已经是小学生，不算是细伢，是可以自己过浮桥的。他口袋里有母亲每个星期给他的零花钱，攒了一个月，已经有七毛钱，都在文具盒里，可以去老街买好些东西了。想到这里，热血上涌，他拔腿就走。

周日上午的浮桥上拥挤得不得了，人挨着人，扁担的筐直接蹭在报生的背上，对面又过来一辆宽大的平板车，堆满了瓷花瓶瓷杯碟，上面尽是彩绘的八仙过海、董永和七仙女，赶去钢城的菜场卖给手头宽裕一些的职工们。报生这一边只好靠右紧贴，抓紧铁链。险些他的布鞋卡在铁链缝隙里要掉入河中，他暗暗发劲，大拇指死顶住鞋尖，才保住鞋子。

下了浮桥，也不管耳边是什么吹拉弹唱的热闹喧腾，他只闷头奔去找那个瘦老板，打着买东西的名义偷听他讲故事。临到跟前，才看到一只铜锁挂在木门中央，老板竟然不在。周末是做生意的好时候，他怎么不在呢？真是奇怪！旁边店铺的老板娘蹲在门口，在一只巨大的木盆里刮鱼鳞，看他站在门前发呆，就告诉他，林老板带着外孙子在旁边看戏呢，你去找他吧，就在集市南头。

报生谢了，就往南头跑去。

今天瞎子院的歌唱家族在这里唱堂会，旁边新开了一家两层楼的服装鞋帽店，专门请他们来热闹热闹。木头戏台右侧，坐着拉琴的是一对老夫妇，老头既拉二胡又管着大锣和铙钹，旁边紧挨着的老太太只负责单皮鼓。台上正中央站着一个大辫子姑娘，穿着月白色缀杜鹃花的戏服，脸上化了全妆，头上戴了一顶简单的塑料珠翠帽子，没有话筒，只靠肉嗓子唱。报生从小看得多，他猜这扮相是白娘子。

　　　　春光明媚百草生，
　　　　损却了仙家向道心，
　　　　心猿意马拴不定，
　　　　修仙不如染红尘。

　　那姑娘虽目不能视，但身段挺拔婀娜，举止端庄，嗓子又清亮。她随着曲调慢慢转动脖颈表达缠绵之意，那美丽妩媚的样子，吸引了全场观众的注意。站在石墩子上的，蹲在房顶上的，坐在自行车座位上的，挑着扁担要赶路的，推着独轮车运鸡蛋的，一时都静了，微张着嘴，眼神凝聚在她身上。人群里三层外三层，密不透风，报生已经几乎浑身汗湿。寻了好一会，报生终于看见那瘦老板，他站在卖菜的水泥方墩子上，怀里抱着一个两岁多的小男孩，正一边逗着孩子玩，一边抚着孩子的头发，双眼只看着外孙子，全然没有往台上看。

　　报生气喘吁吁地走过去，瘦老板不用他开口，就笑了说，细伢子是你啊！哎呀不巧，今天我外孙来玩，我带他看戏来了。中午之前估计不开门了，你想买什么去别家店买吧。

　　报生擦擦头上的汗，也笑了笑，说，行。

　　瘦老板很不好意思，逗孩子叫人，叫哥哥，宝宝。

那小娃奶声奶气地喊，哥哥好。

报生冲他招招手，回说，你好呀。

没过一会，戏台上姑娘唱了一段高亢的，众人的注意力被吸引，瘦老板和外孙都转头看向戏台，他转身走了。

不太甘心，他折回去再看看其他书画店，但是连那些店的门槛都没有跨，只在外面溜达了一番。他心里头有些落寞的孤独，我哪里是要专门买什么呀，我是想听你说故事。在你店里花钱，是免得你讲半天没收入，别家我才舍不得花呢。唉！

走了一上午的路，报生肚子也饿得往里凹，脚也磨得生疼，只好忍着饿与疼，走回家去。进了家门，父母正在吃午饭，惊讶地问他，怎么中午就放学了？

报生说，我记错了，今天是周日呀。

父母哑然失笑，母亲说，我也忘了今天周几，过昏了头！

家里没准备他的午饭，又有一点内疚，母亲赶紧带着他去隔壁小饭铺买铁板糖烧饼。那老板三十出头，会做好多儿童小吃，店铺里各式各样的器具堆满角落。前几天报生还见他在学校门口卖糖画，烧得金黄柔软的糖水，说画什么就能画什么，一只大勺子挥舞着，龙马兔羊就显出模样来。十二生肖，没有他不会的，没有不栩栩如生的。精明的孩子就总是要买龙，因为龙的线条多，费的糖多。也有十分倔强的孩子，单只要个兔子，要个马，不为占便宜，只为心里喜欢。

　　周日他就在自家小饭铺帮老婆做事，另又卖平常没有的糖
饼。烧得通红的火炉子上放一个夹子式的圆形饼铛，调好的面
粉团里包了芝麻糖，把面粉团放进饼铛，两面来回翻烤，大概
只要三分钟就烤好了。打开夹子，用一根长铁棍把饼撬下来就
可以吃了。那时，里面的芝麻糖已经彻底烤融，透过最薄最薄
的面皮甚至看见里面在咕嘟咕嘟冒着糖泡。那面粉烤熟的香气
混上糖香，是报生记忆里晚秋时节最深刻的香味。一毛五一个，
母亲买了两个。回到家里，报生才拿出来吃，一是怕烫，二是
太香了，他想多闻闻这个香味。

　　父母又睡去，报生吃完了饼，坐在板凳前写字。寻老板讲
故事而不得的惆怅，很快就消散在字的一笔一画里。报生并没
有真的难过，下次他还要去的。就算瘦老板关门一百次，第一
百零一次，他仍旧要过去寻他。那无尽的字画与故事，就像一
座诱人的宫殿，令他总也忍不住要去探访。

十六　　黑板报

　　铁轨边的路基和斜坡上，杂草丛生，常年绿油油的。不知道怎么的，这里总能生长出一些瓜果蔬菜。那些种子是被人随手种下去的，还是火车司机随口吐掉的，或者是动物粪便里带的？搞不清楚。也不需要施肥，几个月后，南瓜苦瓜西葫芦就一个个长出来，藤蔓弯曲，果实坚硬，呈不显眼的黄绿色。还有空心菜白菜，匍匐在地面横向生长，与杂草融为一体。如果不仔细看，没人知道那一片草丛里藏着许多静悄悄生长的瓜果。

　　但住在附近的人们了解情况。钻过车皮的女工或者孩子们，往往不着急回家，而喜欢在铁轨附近溜达溜达，看看有什么新长出来的惊喜。报生妈找到一小块坡地，自己种了几个南瓜。被人摘了也不要紧，反正南瓜长出来不怎么费功夫，不过大部分时候没人摘，她种得隐蔽，那块地方去的人少。待到成熟时，把上面用来做掩护的杂草拨开，拿小刀将藤割断，沉甸甸地抱回家。她选在清晨下班回家的路上取瓜，那会人少，她这块秘密花园不至于被人发现。

　　这里的南瓜是特别香甜的。削皮，切块，用红辣椒爆炒，是一道四处可以看见的好菜。南瓜片被炒得粉粉的，吃起来比板栗还要甜。如果用来熬稀饭，那就比红薯稀饭要劲道，不会一煮就烂，而是一片片整整齐齐的，吃下去经饱扎实。还有一种更美味的做法，切成薄片，裹上馒头糠和辣椒粉，上面盖一层薄薄的纱布防苍蝇，放在太阳底下暴晒，没几天就成了美味的南瓜干。这种零食菜市场和浮桥对面的老街都有商铺卖，但是报生妈自己做的总是更好吃，甜辣味极其正宗，报生一直觉得这是一个神奇的事情。

教室里没有暖气，也不生炉子，进入冬天以后，一大半的学生生了冻疮。报生的手上脚上都各鼓起两个粉红色的包，一热就痒，抓破了就流脓流血。老师也冷，外套袖子半掩在手背上，指尖捏着粉笔，不敢把整个手暴露在空气中。上课的时候每个人的鼻尖都是红的。数学老师因为年轻，不但要教数学课，每周四下午的自然课也归她管，每个月要更新的黑板报也由她写。

寒冬来临之后，她按照学校指示，更新了黑板报的内容，主要是叫孩子们注意保暖，家里烧炉子的时候注意安全，回家路上不要打打闹闹之类。那天是报生负责最后打扫卫生，他一边扫，一边看数学老师搓着手在后排黑板上写粉笔字。

数学老师这才突然想到，踏破铁鞋无觅处，得来全不费功夫！何必要自己动手，孩子们来负责不就行了嘛！怎么忘记了，报生的字是孩子中间独一无二的。

她把他叫过来，报生！你来写写！

报生不怯怵，走过来接过粉笔，大大方方地写起来。

数学老师在旁边看了一会，感叹说，你的字真是不错啊，笔画连得多顺！随后她把之前自己写的擦掉，对他交代，标题一个字体，正文一个字体，保持字体的一贯性啊，老师去去就回。

报生说好。

学生们都走得差不多了，校园里静悄悄的，唯独广播里还放着黑胶唱片，大喇叭里传出钢琴曲《水边的阿狄丽娜》。校园里寒冷的空气似乎都被这美妙的乐音撩动起来，连平常挺立僵硬的雪松都好像在微微摇摆。

极度的宁静。报生突然觉得身处异世界。

此刻，没有单薄的衣裤，低矮的家属区，南瓜稀饭，冷被，漫长的路途，尘土飞扬的十字路口，自己的肉身……只有眼前的字与他的呼吸。

深沉而缓慢的呼吸。吸气，吐气，吸气，吐气。

他整个人都融在这呼吸里。空气从鼻腔进入，一直探入腹部深处，然后再徐徐吐出。

他精巧地布局字与字之间的结构。已经练习了快三年的《圣教序》突然在他手上显形，成了一种可以把握、自由变换的模块。在这曲子里，他浑然忘记了一切。

一种创造的乐趣充盈着他的身体。

甚至钢琴曲已经停了，换成了一首别的钢琴曲，他也没注意。

直到数学老师再次出现在教室门口喊他吃茶叶蛋，他才恍然回到现实中。

快吃吧，老师刚去食堂打回来的，还热着！数学老师剥了一个，塞进他的左手里。果然是温热的。

报生很不好意思，但是在老师的使劲催促下，吃了下去。

真香。蛋黄还隐隐煮出了一点油，将整个舌头沁满了香味。

哟，写得很快嘛，行了，先这样吧，回家去，明天再写。

数学老师带着他的肩膀，与他一起走了出去，锁上门，将钥匙交给报生，叮嘱他明天早点过来开门。报生与老师道别，走了一个小时，路过电影院，路过铁道口，这天没有火车经过，去公厕撒了尿，到家时，父母已经去上班，温热的饭菜在蒸锅里，一碗白菜豆腐汤，一碗米饭。报生吃了饭，泡脚，暖暖的洗脚水令他昏昏欲睡。

被锁了的教室里，那块后排黑板，边角的黑漆并未刷齐，底部歪歪扭扭。

报生的字落在上面。

数学老师不懂书法，她匆匆一瞥，认为报生很好地完成了任务。

但，这晚的星月，这晚的地气，如果幻成人形，他们将长久地停留在这幅字前面不肯离去。这里面的刚健中正，骨劲肉丰，不正像它最初的主人？这悠远的气韵，厚重的吞吐，不正是几千年来一直无声无息传承的文气？尽管下个月，这幅字就将被擦去，但从它开始，如果真的有一种更玄妙隐秘的历史在书写的话，我们可以认为，报生无意间继承了一种遥远沉默的气势——属于这片广袤古老土地的气势，长久以来它一直在泛黄的宣纸间流动，在黑色的黄色的红色的土壤里流动，在无数人的血管里流动，在夜间的烛火上流动。

尽管许多人并不了解它，但是它从未消失。

召唤出这气势的秘法正在被演练，挥舞，学习，领悟。

这中间的媒介，不过是一本被翻破了的《圣教序》。而有意思的是，一本《圣教序》竟然足够了。

第二天下午，教导主任巡查各个班级的纪律情况，看到这写到一半的黑板报，愣了一下。

第三天，黑板报完成了。

第四天，校长巡查，他看着这黑板报，在面前停下了。

这是谁画的黑板报？他背着手，很严肃地问。

数学老师小心谨慎地回答说，这是我邀请陈报生同学一起完成的。

校长老鹰一般的眼神扫过去，问，这字是谁写的？

数学老师指着报生说，这是陈报生同学写的，他的字一向写得不错。

校长走到他跟前问，练过？

报生点点头说，嗯。

窗外的雪松陡然紧张起来。

校长转身向全班同学说，同学们啊，都向这位同学学习学习！都是一年级，你们看看他的笔画多么顺，一看就是提前在家里辅导过的！我相信这位同学也不认识所有的字，但是他就能写得像模像样，功夫怎么来的？都是自己在家里提前预习来的！我来号召一下，每个班的黑板报，尽量都由老师带着学生们一起完成，要充分调动学生们的主观能动性！也要对家长们说，功课要赶在学校前头，不能被动。好吧，就这样啊。崔老师，你的方法非常好，再接再厉！

数学老师连连道谢，表示这是校长领导得好。

雪松懈了下来。校长没有识别出那股气势。

不过无关紧要，多一个人少一个人识别，问题不大。

这是报生在校期间唯一的光辉时刻。一个学期结束，他的学生手册上拿到了老师的评语：该生尊敬师长，团结同学，热爱劳动，学习上积极主动……

他没有得到真正的评价。没有老师一针见血地指出这个男孩在书法上叫人惊叹的天赋，以及他天性的成熟和严肃。短期来看，这对于他来说是极度不公平的，长期来看，这也没有什么，不管怎么样，他都会天天写字。

绝大多数时候，一个人的人生旅途上并没有某个目光如炯的旁观者，他总能慧眼识珠地指出这个人极其独特的地方，为这个人闪闪发光的任何一件小事喝彩。报生想都没想过会有那么一个人，他唯一放不下的，还是瘦老板的字画和他的故事。

　　放寒假了，母亲带他去路边把家里晒的二十来斤南瓜干卖了，净挣十块。报生从母亲那分来劳务费一块钱，便又开始计划着去浮桥那边。

十七　探访

　　一九九〇年快要过去时，下了一场鹅毛大雪。

　　报生去公厕上完大号，手冻得连裤扣都捏不住。

　　田里，土丘上，煤堆上，平房屋顶上，橘子树上，稀稀拉拉堆了一些雪，看上去像个剃坏了的头，这里一撮，那里一撮。完全说不上好看，报纸上说的银装素裹，凑不上边。然而南方就是这样的，冬天的外貌并不多么惊悚，但是那内在是很吓人的。

　　四周的空气都冻住了，像生活在冰块里。烧出来的菜端在桌上，不到五分钟就会结冻，成了一大块果冻。本想用酱油汤泡饭的，最后只能用筷子铲块果冻，埋伏在米饭中央，过一会搅搅再吃。

　　下了雪的第二天，又开始下雨，没完没了的冻雨，下足半个月。

　　在这样的夜晚里睡觉，如果屋子里不生火，被窝里不放两个热水袋，睡到夜里两三点一定会醒来，会怀疑自己的腿已经冻断了，早上就得去医院看看是不是要截肢。当然没有人家会一点火都没有，再穷的临时工家里，不管怎么样，也要塞两块碎炭在炉子里，搬到屋子中央，一晚上都多少要有点热乎的东西烘烤空气。

　　厂里管煤场的人，到了这种季节，都是睁一只眼闭一只眼，小孩提个小篮子过来捡煤，只要不是太多，他们都不说什么。

总得让人把这个冬天熬过去。纪律要求到了开春再提吧。

　　放了假，小梅就喊报生白天晚上都去裁缝铺写字，她那里总是把炉子烧得旺旺的，要熨衣服，要给客人泡茶，要勾着节约的女人们进来坐坐。她额外给报生缝了一块写字用的垫布，放在宽大的裁剪台上，这样一来，报生可以坐在高凳子上写，显得专业极了。

　　她爱看他写字，说不上来为什么。其实她自己读到小学三年级就不再读了，听父母的话回家干活，但是她很喜欢写写画画的人，天然地觉得亲切。她家里往上数八代都是贫农，两个弟弟包括所有的堂亲表亲，没有读过高中的。那些男孩们，拿起报纸念一个新闻，可能都念不通顺。她自己的亲弟弟有一次不知道从哪里淘来一本《故事会》，念标题，《一次幸免的空难》。

　　她觉得奇怪，什么叫幸兔的空难？

　　凑过来一瞧，老天爷啊，那是幸免的空难。

　　弟弟稀里糊涂没明白，问，什么叫幸兔？

　　她只好回答，就是很走运，没遭难呗！你们小学没学过吗？

　　弟弟嘻嘻一笑说，谁老老实实学了呢？都在底下玩！

　　小梅苦笑，连《故事会》都读不成，你们除了吃喝拉撒，还有什么意思啊？

　　弟弟还是嘻嘻哈哈笑着，转身一溜，像泥鳅一样从她眼前滑走了。

去年两个弟弟先后读到初一初二，再也不肯读了，父母只好叫他们跟着亲戚去到内蒙古盖房子，天天在工地上打灰。

她熨着衣服，时不时抬起头看看报生，就好像看到自己的弟弟似的，只不过报生可能更像她理想中的弟弟，文气认真。但是这么想，又好像对不起自己的亲弟弟，她叹口气，思绪又转到天气上去，江西都下了这样的大雪，内蒙古更不要提了，雪会不会没了腰？这个时候没法盖房子了吧？那两个弟弟在彩钢棚里睡觉呢，还是看《故事会》？

临近中午时分，叶长鹰顶着一头的雾气进来，打开两个铝饭盒，是热乎乎的辣椒炒肉、蒜炒红菜薹和六个大肉包子。知道报生放假后在这里陪小梅，他专门给他打了两个荷包蛋。

快吃快吃，今天真是要冻死！他招呼小梅和报生坐过来。

报生起身要走，说家里妈给他做了饭的，他还是回去吃。

叶长鹰把他一把摁下，不许他客气。从小梅的筷筒里拿出筷子递给他，叫他尝尝这雪时的红菜薹。

说是很甜！食堂排长队打这个，一定要尝！他说。

小梅也不准他回去，说叶叔等会要回去睡觉，她又是一个人，很没有意思的。报生只好坐下来吃。

叶长鹰淋了雪，兴致倒很高，他绕到裁剪台这边，翻看报生上午的字。

小梅把写字的地方这么一安排以后，台柱高，台面宽敞，倒是很适合他写点什么了。他兴致来了，挥毫写下，我欲乘风归去。

那边报生吃下一个红菜薹，不知其味，反倒重重叹了口气。

叶长鹰一吓，说，你个小人，有什么气好叹的？家里要你娶老婆啦？

小梅被他逗得一笑，又用眼剜他，意思是他胡说八道。

报生就把浮桥那边瘦老板如何会说故事，如何小气不肯说，如何对小孩不耐烦的事情倒豆子一样说了出来。

叶长鹰听完感觉有意思，说，还有这样的事情？走，吃完饭，我带你去一趟！会会这高人。先吃饭，踏实吃。

他也坐下来吃饭，随手拧开收音机。

当地电台午间时分总是放一些港台音乐，很欢腾的节奏，一曲结束，女主持人播报午间新闻，第三条就说到第一届傅抱石杯的获奖名单已经出炉，第三名是，第二名是。

叶长鹰和小梅竖起耳朵听。

"第一名是来自新余市照相馆的柳大作先生。恭喜以上获奖人员，愿大家再接再厉，继续努力！"

啊，是他。那个在窗台前画画的小胖摄影师！他拿了第一！

港台歌曲又唱起来。

来日纵使千千阙歌，

飘于远方我路上，

来日纵使千千晚星，

亮过今晚月亮，

都比不起这宵美丽，

亦绝不可使我更欣赏，

啊，因你今晚共我唱。

　　小梅偷偷察看叶长鹰的表情，怕他太失落。她又说，以后有油画比赛，你去参加嘛，以你的水平，肯定可以拿奖的。

　　叶长鹰倒还算平静，说，他那一身的功夫，不拿奖才是奇怪哦。

　　小梅就不再多说，她很快转移话题，跟他谈起今年流行的布料和款式，这附近人家的家长里短。

　　饭后收拾完，叶长鹰就带着报生出发了。

　　下雪天骑自行车危险，他提议走过去，报生很高兴地应了，他喜欢走路，走路可以聊天，还可以想心事。

　　一人一把黑尼龙伞，小梅又给他们二人的口袋里各塞了一个小小的热水袋，出发了。

　　虽然是冬天，但眼前是一片烟雨迷蒙。雨点凝不成大颗水滴砸向地面，始终细得毛茸茸的，钻到人的衣领中，头发中。

　　马路上湿漉漉的，因为是特殊天气，昏黄的路灯也打开了，厂里难得不吝惜那点电费。路过那家上海风格的冷饮店，它现在门头紧锁，不卖冷饮，只在早上两个小时卖包子油条、面包蛋糕、红豆发糕、原味糍粑。电影院门口的两棵高大松柏落了些雪，扛着冻，耸着肩膀立着，瑟瑟发抖。

人们因为害怕冷和潮湿，都在家里闭门不出，外面的世界安静而空旷。

偶尔路过的渣土车，好像也唯恐在外面受冻，闷声不响地，喇叭也不摁了，碾着薄雪，匆忙开过去。

走到浮桥北岸，传来零食摊的香味。一把红色大雨伞下，老板将铁板烧得滚烫，有人点了两串年糕，他利落地把年糕从竹签上捋下，两个小铲刀切成片，在平平的铁板上倒油、白酒、辣椒末，拼命翻炒，没一会就好了，装入透明饭盒里，插两根竹签。年糕被炸得鼓出薄皮，混着各种调料，不说吃，单是闻着就叫人食欲大开。只是那老板还是冷，手几乎捏不牢钞票。把钞票塞进肥大的西裤口袋，他便赶紧把手贴着炉子不停地烘。没用了，冻疮已经起来了，恐怕过不了几天就要鼓脓。

叶长鹰一路同报生聊着，问他学校里的各类奇事，报生说得头头是道。比如瞎子院拉二胡练曲子的声音经常穿进学校，逗得大家上课的时候嘻嘻笑，把老师气得要命。又比如说学校正门的那一排商铺卖的铅笔橡皮都贵好多，一些同学专门以买那里的时髦铅笔为乐。再比如学校后面的居民区里有一户人家种了好几盆巨大的蓖麻和铁树，正长得茂盛，被其他班的同学把花盆砸了个稀巴烂，铁树被拖走，蓖麻籽被拔光，那户人家的阿姨跑到学校告状，校长使劲安慰都不行，最后只好送了几盆他自己办公室的水仙花，这事才算结束。

他一边听一边笑，乐不可支。走到炒年糕的摊位前，预备请报生吃。报生却摆手说，吃不下，一想到瘦老板就心里发虚，很紧张。

叶长鹰越发哈哈大笑，与他一起走上浮桥。

袁河没有结冰，这条水系是常年不结冰的。远处有一二艘简陋的汽轮船突突突喷着黑烟，在河流之上缓慢地航行。它们路过此地，很快就要去往别处。河面上水雾沉重，打眼望过去，浮桥的另一端，老街，就是另一番景致了。报生老远就听见金铺的老师傅叮叮当当敲打首饰的声音，他知道金子熔在一只破旧的白色小碗里，火枪喷一会，就变成火红带黄的液体，转而倒在磨具里，冷却，锤，敲，加印，等等。

一想到老街，报生几乎诚惶诚恐。想到要去那些骄傲冷漠的老店铺里打转，就又兴奋又胆怯。

这一天瘦老板营业了，他守在大桌台后面写字，客人进来了，他头也不抬，招呼也不打，好像入定的老僧，只管自己的笔尖，其他一概不理。

二人刚进来，又挤进来隔壁卖茶的胖婶，手上拿着两个烤红薯，放到大桌台上。

你外孙子和女儿回美国啦？胖婶大嗓门问。

瘦老板抬起头，上眼皮凹进去一个深坑，淡淡嗯一声。

还是你女儿有出息啊，医学博士啊，读下来现在当外科医生哦，赚的钱这辈子吃也吃不完，穿也穿不完啰！你老头子福气好啊！胖婶似乎不打算离开，一边剥手上的红薯，一边将胯靠着桌台，预备长聊的架势。

瘦老板笑了笑，把毛笔放下，也来剥红薯皮。

他吃了点，开口说，她从小就上进，爱读书的，从来也不要人管。

我看你这两天没精打采，想外孙了吧？胖婶说，说来也是奇怪，你外孙子在美国长大，怎么会喜欢吃豆腐脑的？看来还是中国人的血脉哦，断不掉的是吧！

断不掉！他也来了兴致，说，老街这一片他都吃过了，炒米粉、炒螺蛳、冻米糖、糍粑，哪个他都爱吃！诶，还是我老林家的种啊。

这番回忆似乎帮他恢复了一些生气，他这才发现了报生。

诶，细伢！那个会写字的细伢！你怎么又来了！

报生转身面向老板，眼睛却有点胆怯地看着叶长鹰。

叶长鹰搂住他的肩膀，带他到桌台这边来。

这是你爸爸么？

不是，我是他，呃，姨夫，他老说你这里东西好，我就跟他一起来看看。

瘦老板打量他们二人，说，他的字写得很好，只是腕上还没劲，力道浮在面上，没有藏起来。不过上次我是吓了一跳。怎么比桌台高一点的人，就会写那么好的字，是你教他的么？

叶长鹰摆手，说，他自己练的，他喜欢这些。

胖婶在旁边乐得看热闹，插嘴说，看看林老板这里有什么好东西，你看上了就跟他要折扣！叫他半价让给你！林老板是有钱人，不在乎这点小的。人家女儿在美国当医生呢！

林老板这回笑得很谦虚，说，这店里的画都是朋友临摹的，放在我这里卖，三文不值二文，卖不上价。我开这个店，是我自己退休以后无聊，我又喜欢书画，开着玩玩，认识点朋友的。

您退休前也是做这个的？我看您的山水都很地道，这面墙一半都是临的傅抱石啊。叶长鹰虚心请教。

哪里！我以前是新余一中的数学老师啊。教了三十多年的高中数学，平常呢，就爱写写字，但是自己练很孤独，开个店子，以画会友，打发时间。老弟你看这店里哪幅你觉得好？林老板这是要考他了。

叶长鹰微微一笑，指着最靠里的那幅屈原说，傅抱石名气大，山水和湘夫人优品很多，倒是这幅屈原，临到了精髓，高古平实，味道是对的。旁边配的字也是上等的，字体与屈原的神态相得益彰，飘逸潇洒。

他念了出来。

> 身既死兮神以灵，
>
> 魂魄毅兮为鬼雄。

刚毅！雄壮！气势出来了。他评价道。

听了他的话，林老板也来到这幅画前，点头，沉默了一会。

知己，是知己！老弟怎么称呼？

我姓叶，叫长鹰，老鹰的鹰。

好名字，鹰击长空，鱼翔浅底，你这个名字有大来头的。

胖婶耐不住了，又插进来，哎呀林老板，不要绕圈子啦，多少钱，能不能便宜点？

林老板深看一眼叶长鹰，说，知己难逢，叶老弟要是真觉得不错，尽管拿走，不要给钱，给钱就是不给我面子，下次不要来了。不瞒你说，这幅是我前阵子刚画的。女儿临走之前，跟我争了争，她走了以后，我气不过，画了这幅屈原。心事都被看穿了，唉！

还没等叶长鹰阻拦，林老板就使了挂钩，将画卷起来，装入纸盒内，放到了桌台上。

叶长鹰赶紧说，这怎么行呢，林老板，字画如果都这样卖，大家饿死了。

林老板摇摇手，说，我是姓林，不过倒叫了一个女子的名字，叫玉黛，就是林黛玉的名字颠过来写的，一字不差。有点好笑是吧，也不知道我父母怎么想的，给我取这么个名字！但是取了，我就用，一直用到现在。我的脾气也是有点怪的，你不要介意。你只管拿回去看，我乐意。人家说，千金难买我乐意。收下，其他话不要再多说了。

胖婶红薯也不吃了，在旁边起哄，哎呀呀今天不得了，林老板遇到知己比遇到情人还激动，一分钱不要，送！啧啧！这个气魄！叶老弟，收下吧，却之不恭啊。

没想到胖婶也是有文化的，还会用却之不恭。叶长鹰谢过，表示收下。他转念又一想，卖茶叶卖了多少年的人，这估计也只是洒洒水，胖婶会的估计很多，不能小瞧她。

报生这时看了热闹又把这墙上的画都巡逻了一遍，他问，林老板，你的猛虎下山怎么不见了？你不是说那双眼睛最好，要留着自己看吗？

林老板笑起来，说，喔唷你眼睛倒是蛮尖，上个月卖掉了。本来呢，别人家里办公室不敢挂猛虎下山，煞气太重，怕克不住，是有这么个说法，我自己做这个行当，反正不怕。那天朋友带进来一个萍乡煤老板，说是自己性格比较优柔寡断，错过好几桩生意，懊恼得要命，想要找一幅猛虎下山鼓鼓劲。也是嘛，天天对着猛虎下山，眼睛对眼睛，比比看谁煞气更重，胆量不就练出来了？这就是想睡觉遇到了枕头，碰着了。我高高兴兴卖出去，他高高兴兴捧回家，大家快乐。多好呢。

报生又听得一个故事，脸上露出沉醉专注的神色。

胖婶也听得入迷，叫伙计从隔壁抱来茶盘，大家边喝茶边说故事，适意得不得了。

林老板兴之所至，又说起报生的字来，你不要以为年纪小，字写得还不错，就得意扬扬，别人请你写你也不害怕，拿起就敢落笔，表面上看是落落大方，其实心里头还是藏了一个傲。这是很要命的。许多人起步练得很好，中间原地踏步，等到成年拿出来看看，还是那个样子，毫无意思，平庸得不得了。你今年七岁，十年之内不痛哭几场，不脱几层皮，你这辈子吃不上这碗饭。一辈子就是个爱好者，别人说什么你都插不上话。

这话说得重，两个大人一时愣在当下。

倒是报生，刚开口说，那您给我指……

又突然收口，索性跪在水泥地上，咚咚咚磕了三个响头。

林老板，您收我当徒弟吧！

叶长鹰和胖婶收回惊讶，心里突然明白了过来，原来林老板说话是这个意思。

三个人里，竟然还是报生反应快。

林老板不作声，还是慢悠悠地喝茶。

　　胖婶看懂了，就要捧场。她鼓起掌来，哈哈大笑，说，哦哦！原来是这个意思哦！把我吓得一跳！嫌货才是买货人，原来林老板今天是要收徒，我长见识了！

　　林老板还是喝茶。但嘴角有了一点点笑意。

　　报生仰头，喊了一声，师父！

　　叶长鹰也看向林老板这边，他被报生感染，眼神里和他一样充满了期待。

　　林老板慢悠悠喝下龙井，说，新余市书法协会，我是会长，连任二十年。我教你，看心情，我脾气不好，你要忍。忙起来的时候不要来烦我，知道了不？

　　这就是应下了。

　　报生高高兴兴地说，知道了师父！

　　胖婶满上另一杯茶，递给报生说，请你师父喝口茶，他就再也赖不掉啦。

　　报生照做，双手将茶杯向上举。

　　林老板不犹豫，伸手接过，喝干，随后说，快起来吧，看看额头磕青了么？

　　报生站起来，额头上赫然一个大包，他摸了摸，倒说，没青，好好的。

　　叶长鹰过来帮他拍拍灰，察看包。两个人眼神对视，都快乐地笑了笑。

　　林老板起身，从正墙面取下临的那巨幅《祭侄文稿》卷起来，放进纸盒，喊报生，你过来，收下。

　　报生赶紧走过去，双手接过来。

　　林老师拍拍他的肩膀说，好好练，字如其人，人字合一。他们是什么气魄，你就要向什么气魄靠拢。

　　他想想，又把字从纸盒中取出，展开，念道：

　　　　贼臣不救，

　　　　孤城围逼，

　　　　父陷子死，

　　　　巢倾卵覆。

　　念完，他重新卷好，扔给报生，说，快收起来吧，等会我后悔了！

　　报生照做。

　　又喝了会茶，林老板说自己累了，叶长鹰便识趣地带着报生告辞。

　　冻雨似乎也停了，起了些微风，走在路上更冷了，但空气也愈发清爽，甚至带着南方冬季雨后独有的松树和青草的淡淡香气。

　　看报生的面色，他丝毫不觉得冷，还沉浸在拜师成功的喜悦之中，只是不作声，但那表情是含笑的。

　　叶长鹰看着他那样高兴的样子，心中有些感慨，他倒是觉得林老板的想法总体来说，还是老人家的想法，毕竟时代变了，许多东西已经说不清楚，说不好了。说一千道一万，此刻不是唐末，没有颜真卿，也没有激荡的风云，此刻是生活，是过日子，是过好日子。抱守过去，活在故纸堆里，终究是落后了。那书画铺里弥漫着一股旧的味道，陈腐的，过于安静的，就连照射进屋的阳光仿佛都是过去的阳光，令他感到久坐竟多少有些焦灼。但是再细想，究其细节，林老板又有许多难以一一详说的魅力，他一时也想不明白。

　　因此他只对报生讲了一句，林老板，有个性的。

　　夜晚他枕在床上，不期然又想到那书画铺，有些明白那安静是与时代格格不入的，自己恐惧那安静，只有老人家才会喜欢那样纯粹的安静。时代轰隆隆向前奔走，那样的安静要耽误多少事情啊。他习惯性地甩甩头，不再细想了。

十八　　傅抱石

一九一二年除夕那天，从下午就开始下雨夹雪。

到了黄昏时，雨雪更密，若撑伞走在路上，伞面上始终窸窸窣窣，响声不绝。

门前这条马路，纵然平常再喧闹，此时也静了下来。路上被车碾出的泥堆，一条条还立着，但因有白雪的覆盖，这路倒也不觉得泥泞污糟。

白雪覆盖的东西还有很多，单是傅长生知道的，就有东边路口的两具青年的身，僵卧在那边，好几天无人来收。一个胸前的血已成黑色，另一个的肚，密扎扎涌出许多虫，他不敢细看。刚才从米店回来的路上，他又忍不住瞥了一眼，纷扬的白雪将他们遮得差不多了，不像前几天那样吓人。

父亲又取出那把黑伞出来转，看看还有哪里的针脚不够密，伞上的线条还要不要多加几条。但是这时天光已经暗得看不清了，父亲叫长生点上那盏小油灯，就放在自己脚边。

伞柄是竹子的，金黄透亮，已经被主人磨得包了浆，油性好像从竹子皮里泛出来。

送来的时候，那客说，伞面伞骨都要重新换过，用黑色的面，竹节骨就可以。

父亲说，这样要价可有点高。

客有些着急走，说，没关系，结实经用就好。

父亲又问，想画什么？

客不经细想，随口说道，你看着办吧，男人撑的伞，不拘画什么。

父亲刚要打开查看，客急忙按住说，老板，有个要求，不在门口做工，在里屋做，工钱我给你双倍，就算补贴你灯油钱。过几天我就来取。

还不待父亲细问时间，他便匆匆离开。他的黑帽压得极低，根本看不清楚眉眼。

父亲吃了一惊，猜测这人与夏天的事情有关。他们都这样神神秘秘，那会闹了好大一通，结果怎么样，就在五天前，听说皇帝退了位！

他赶紧进到里屋将伞撑开一看，伞面上三个弹窟窿！边缘发黑发焦，伞骨碎成几段。

全家人胆战心惊，但是那客出手大方，这活必须做了。家里米缸已空了好几天，米店说，无论如何，除夕得把之前赊的账平了，大家过个干净年。

第二天，父亲全心去做，只半天工夫便将伞面与伞架全换成新的。

他对长生说，这是一把好伞，伞柄的竹不是我们这里的竹，而是云南的箭竹，极其坚硬，普通人家细细地用，可以用一辈子。

长生听了，翻来翻去地看，琢磨这伞。

到画伞面的时候，父亲犯了难，这么好的伞，画什么面呢？寻常的梅兰竹菊，与这伞的坚硬冷峻似乎不匹配。他举着笔，踟蹰半日，下不得笔。

长生蹲在一旁，说，爹，前几天我在装裱店里看到一幅朱耷的芭蕉竹石图，比着画了几遍，我学熟了，随时可以画，那个和这个搭。

父亲有些惊喜，说，如果能临朱耷，那当然是再好不过了。你有准头么？

长生说，怎么没有！

父亲了解他，他从小就能画，惟妙惟肖，下笔有神。

父亲将笔递给他。蘸上珠白色颜料，他轻轻下了第一笔。

竹节高出芭蕉，孤石上大下小，好像随时都会倾倒。顶端的竹叶嶙峋骄傲，锋芒毕露，着墨极浓，像剑。

终了，父亲转着看，赞叹他画得实在像，是朱耷又悲又癫、又怒又狂的落笔。

撑在里屋整一天等伞面干燥，他们眼巴巴直等着客来取货，付了工钱，早点还清米店的账，提前备下一点年货。

腊月二十七，腊月二十八，腊月二十九。那客总也不来。

母亲有些懊恼当时没问他要下定钱，哪怕几文，要一点好一点，总比白白废了料钱好。

外头又起了风，雪像白毛似的往下落，路上再没什么人影了。米店落木板的声音远远传来，今晚恐怕清不了账了。明早米店的老板娘会上门来拜年，顺带来要债。母亲已经决定要把一只结婚时买的银镯子当了。

父亲叹口气，招呼长生一起来落木板关店。长生一瘸一拐，这几天冻疮发作，后脚跟冻下一整块肉带皮，走路不便。

落板时，长生又看向路口，那两具青年的身已经被全部盖住，现在像隆起的两块孤石了。

刚落完最后一块木板，急切的敲门声就响了起来，老板！老板！

长生忙取下木板，客人的那顶黑帽子先露了出来。

父亲赶紧上前说，你终于来了！

客说，不好意思，有事耽误了。

长生将伞取过来，递到客人手上，他注意到客人手上缠了纱布。

客这会倒不急了，将伞撑开，细细打量，说，芭蕉竹石图！老板你临得这样好！

父亲指了指他，说，是细伢画的，他喜欢这个。

长生站在一边很害羞。

客取出钱，又取出一袋小米，交给父亲，说，害得你们除夕不安生，今天拿不到工钱，年夜饭都不好做，我晓得的。抱歉了！伞修得好，多谢多谢！

父亲忙说，诶，这怎么好意思！不可不可！

客人摁住，道一句，新春愉快！便又匆匆离开，消失在雪雾之中。

全家喝了热乎乎的小米粥后，踏实睡去了。

梦中，长生听见街外有扫雪搬运的声音，听不真切，又沉沉睡去。第二天早上再醒来，邻居们都说，路口那两具被弃的身，不见了。

等店铺都开了门，母亲破天荒地花了一次大价钱，给他买了一双驼毛的袜子。

大年初一，无论如何，都是带着喜气的。南昌这条老街的人们笑着，互相串门，手里的一把糖抓给这个娃，抓给那个娃。

一九三五年的春，雨淅淅沥沥下了一个上午，他赶去小酒馆与朋友相见。

春寒料峭，东京更是有些冷飕飕的，雨里带着风，斜撑把伞正好将风挡一挡。

甫一落座，三个好友寒暄过后，他便注意到角落里的那把黑伞。竹质伞柄，金黄透亮。他一愣，心里咚咚咚跳起来。

朋友介绍说，郭先生偏要自己去温酒，等会就来。

他笑说好，心中却忐忑地等着。

他记得那黑帽底下，是极浓的眉，陡峭的鼻。

郭先生笑着举酒走来，他细细一瞧，却不是他。

抱石老弟，久仰大名！

郭兄幸会！

两人热烈地握手，很快交谈起书画来。

酒喝了一壶又一壶，郭先生已满脸通红，他倒还好。

他问起郭先生，这伞是哪里来的？

郭先生半晌不作声，再细看，流了泪来，说，送我伞的这位年长的朋友已经不在人世了。二六年年底在南京中了三颗子弹……他一直同我说，这伞面画得好，临八大临得是惟妙惟肖，也不知道怎么，我就把伞随身带了这些年。

长生连喝三杯，给郭先生讲了一桩陈年旧事。

听了故事，郭先生念起屈原。

身既死兮神以灵，

魂魄毅兮为鬼雄。

他说，抱石老弟，你手掌炎黄文脉，活着就有你的任务要做。你只管埋头做你的，我呢，只管保护你。以后我如果毁誉参半，千疮百孔，我无怨的。

长生心内感动，无以言表。

东京画展后，他声名大噪，老师千般挽留，他坚持要搭船回去。

　　他只说母亲重病，必须回去，母子一生，此时不见，就是永别。

　　汽笛长鸣，他望向海面，许久没有动。

　　他将双手举在眼前，看那些粗糙的老茧，繁复的纹路。

　　我不怕死，我只怕有辱使命，白搭上其他人以死护我的心。

　　我不怕死，我只怕天降大任于我，我却苟且偷生，怠懒荒废。

　　一九三七年，很快就到了。

十九　　手洞与癫子

天井下方，堆了二十多斤的空心菜，林老板拿了个木盆，漂在积满了雨水的池子里，往里倒干净的自来水，将一旁选好的长条菜梗子放进去泡。

报生卷起袖子想帮忙，林老板就说，那你洗洗择下来的菜叶子，中午跟我吃辣炒菜叶好了。

报生赶紧取了塑料盆来，打了自来水，轻轻地展开一片片叶子，再柔柔地搓。

然后林老板这才拿起塑料牙杯开始刷牙，喊里咔嚓刷得十分用劲，最后漱口的时候力道极猛，几乎是吼着将水吐在天井中央十几平方的水泥池子里。池子里漂着愣头愣脑的白沫子，很无因地，懵懂地，不知道该去哪里似的。然后他再洗脸，热滚滚的毛巾拍在脸上，说，舒服！

洗完这些，他又开始搓空心菜梗子，一点都没有要写写画画的意思。

报生看了看白沫子，觉得奇怪，问，师父，漱口水吐在这里流得出去么？

林老板说，怎么流不出去！这池子底下是挖出来的水，和外面的河都连着，过不了一会，去袁河里转圈啦。

哦哦。

吃发糕不，我来蒸几个。

林老板又挽起袖子进了厨房。这屋烧的还是老灶，晒干的玉米秆子叶子秸秆先往里烧，再加进两根单薄的木材废料，很快，蒸笼里的水汽就蔓延开，香气也浓了。报生闻出来，这是白米糕加红枣，最甜的一种。

师父把他叫进厨房，关了门，只留一扇木窗开一点缝，灶上也不熄火，放上一锅水烧着，灶台旁边最暖和，搭上两只小凳，冬天就在这里吃最舒坦。

报生闷头吃，始终不好意思把字从包里拿出来给师父看一眼。

林老板问，报生喜欢这里不？

报生赶紧咽下米糕说，喜欢，这里的画，字，我都喜欢。

林老板摇头，踩踩脚底下，说，我是说这里，我们这里，喜欢不？

报生说，冬天虽然冷，可是外面很安静，撑着伞走路，从我家走到您这里来，这一路，我都喜欢。

林老板逗他，走到我这里来干什么呀。

报生脸红了，说，待一会，想听故事，想让您看看我昨夜间的字。

林老板从锅里挖两勺热水冲茶，两个硕大的面碗里各放一撮绿茶，竹勺里的滚水冲进去，绿茶似乎受惊，呆住，从未想过会经历这样的遭遇，过了好一会才逼出青绿茶汤。这清香压过了蒸糕的甜香，是苦后回甘的。灶内秸秆毕剥作响，一个栗子壳剥裂开，故事就来了一个。

　　刚入初春，夜里还是冻的，胡县令为了表示郑重其事，专门叫人黄昏时分就添了好煤。这会，炉子在窗下正烧得旺，煤块间隙里跳蹿出绯红色火舌。

　　他又不能说话了，耳朵也听不见。此刻的世界，重新稀里糊涂。

　　单只是眼前夜的昏黑罩住了他。

　　外头重重叠叠的高树已经出了叶，阔的长的，深绿浅绿重合在一起，在他看来都是黑的。县府的几处厨房忙碌起来，有一处就是专门招待他与僧长的。远处空地上好几个小童聚在一起玩耍闹喊，叫这个夜子充满了生活恬静快乐的滋味。

　　气味。甜的香的，都是温柔的。

　　他受不得这活着的美了。胸腔里一阵翻腾，他狂吼起来，咆哮如雷，眨眼间就把僧袍扯得粉碎。那些破布被丢进火里，很快烧得一团，发出刺鼻的味。

　　僧！佛！问经！求告！求好运，求好年，求顺遂！

　　求。什么都求。

　　县令叫他们来，求这个求那个，做法事，问人事，请客，吃饭，喝酒，寻山，看远。

　　僧与佛到底算个什么呀。好看，庄严的好看。

　　恶人也拜，二臣也拜，都拜。因它庄严肃穆，典正和谐，美。

　　美害了它。

　　县令请他们寻访东湖寺与多宝寺。

　　好木金漆，宝相庄严，美轮美奂。

　　他从台阶上下来，山林里，就离着他脚边十步之远，一只鼗狗正从孤坟里扒拉吃食，一只小童的手悬在外面，早已没有血，青绿色的肤，灰色的血脉，手臂上的嫩肉多，已经被啃咬得丝丝拉拉，小手掌却是完整的。那小手黑黑的，可能是一个调皮的顽童，手背肉鼓鼓，肉坑一个一个，共五个。

　　他的心腾的一下被巨雷击穿。

　　三十多年前他带着妻子和肉嘟嘟的女逃进山里。逃，走，翻山越岭，夜里狼嚎，人也饥饿，狼也饥饿。

　　终于到了母亲的老家，清江水边的一处村落，那女是再也熬不下去了。

　　他已经忘了她的样貌……单只记得那小手，团起来，可以放进他的嘴里。那样逗她玩过。

　　他五十四岁了，早就已经忘记了女的相貌了。毕竟，她从未长大。

　　人啊，真是没有意思啊，他记得那么多呢，他画了那么多呢，人家还要请他来写县志呢，他才气冲天呢。他却从未画过儿童。没有画过女娃的手。

他对自己起了重大的责难和斥责。朱耷，你到临川干吗来了！你但凡还有点人的样子，但凡还能坦然赴死，你哪里能到这里！写什么县志！逛什么山水！不说别人有没有忘记，你自己就忘了。你苟且偷生，你忘记了。

第二级台阶再也迈不下去了。

他突然又不会说话，又无法听了……

破僧服燃起最后一缕红焰，他已经走在路上。

僧长来追他，雪个，雪个，你干吗去！你回来啊！

他一个甩手，僧长跌在地上。

胡县令也跑出来，困惑地望向他的背影，手上牵着两个闹着要出来看稀奇的胖女。

鞋子早已经不知道去哪里了。

石子坚利的棱划伤他的脚。

他想，那熊熊的火，遮天蔽日啊，连烧了七天七夜，朱家几百间宅院都焚毁殆尽，那火是红色的，红色太多了，何止是火呢。血！

他们冲进来就砍。砍过了看家护卫，砍的不就是他天天见的人么。叔，伯，兄，弟，夫人，老夫人，婶娘，子侄……

父亲将金币珠玉塞给旁门看管的兵，求他们放过。

不不不，他记错了。不是父亲求的，是母亲求的，是妻求的，是弟求的。他们跪下来。二百六十七年。父亲是聋哑人，天生不能言语，不可能是他求的。但是他为什么跪下来。

是他抱着女吗？她那双大眼睛惊恐地看着这一切，忘了哭。他想起来了，他还担心女经过这一吓，以后也像他的父亲一样，是个哑子。他十分担心。

烟火缭绕，那兵不肯，说他们没有说实话，他们的家底实在不可能这一些些！骗谁呢！皇亲贵胄，就三根金条，十个串子？打发叫花子呢？

女已经咳嗽起来，越来越严重，痰里有血丝。

母亲和妻将头上的耳朵上的手上的全部摘下来，苦苦哀求。

其他的兵就要过来，那兵想独自贪下这些。

滚吧！都给我滚！

他挥舞鞭子，给每个人来了几下。

女的眼珠登时溅出血，哭号近乎嘶叫。

他们连夜奔走，一刻也不敢停留。

喔，后来，后来，后来，他不记得了。他疯狂地扯头发，头皮已经滴下大颗的血。他怎么不去死呢。他自己怎么没有死呢。

一个疯子，最恨的是谁。

是他自己。

他呼呼往前走，往南昌的方向，往他从小生长的地方。

这条路太熟悉了，不需要指南针，不需要地图。

味道，南昌有自己独特的味道。东街的笔墨铺，西街的酒食铺，宅院里的几千本书，这些气味聚集起来，诱着他返回。他要回去。

给清廷写县志？这样的想法，胡亦堂这个蠢货怎么想得起来？

走近了！这不就走近了吗？滕王阁老木的旧气已经飘过来了，比野外草地的气息要浓烈。街市上清晨的叫卖声传来，叮当叮当，热水豆浆包子馄饨麦芽糖烧饼。叮当叮当，粪车牛车马车驶过五个街口向南去了。

孩子们已经醒了吗？这么早么？哦是了，他们惯是胡来的，该睡时怎么也不肯睡，该醒时怎么也不肯醒来。晨雾才刚刚散了一点点，孩子们就起来打闹了。他们跟着他，觉得他古怪稀奇，打他，他不还手，也不恼，只是低头走，或者站在檐下发呆。

打我吧，骂我吧，冲我吐口水，使劲，好好，你们这些孩子们，你们这些南昌的小淘气，你们这些赖猛的（小坏蛋）！揪我的鼻子，打我的头，对，打，扇我，好，我是疯子，我是！我发癫，我是癫子对对对。孩子们你们的小手，多朝我打几下！打我！还不疼，这算什么呀。小拳头握紧呀，打我肚子。使劲！哈哈！

哈哈哈哈！

我可想起来了。娃儿的小手正是这样的啊。

热辣辣的眼泪淌下来，他醒过来了。

他回到了南昌，心定了。他爱怜地看着那些孩子，从他们中穿过，走向属于他自己的深巷矮屋，老庙蒲团，走向枯石孤鸦，走向中国历史的深处，走向中国书画的山巅，走向自己的命运。

林老板喝完两碗茶水，说得有些累了，肚子也寡得咕咕叫，于是起身炒菜。空心菜梗洗好了，在开水里过一遍，捞起来剁碎，用辣椒和盐腌一腌就能吃，脆生生的。叶子加上几个蒜瓣快炒，还是油亮苍绿的，吃起来有一丝丝涩和苦，但不至于完全的涩和苦，还有一点别的滋味。两个海碗盛满饭，报生一碗，他一碗。

热腾腾地吃过了中午饭，林老板说要午睡了，报生便告辞。

这时，后街又响起卖豆腐脑的声，嫩豆腐喂，嫩喂！

报生抬头看他。

林老板疲惫地笑笑，哪里是我吃，是外孙爱吃。他现在在纽约，我不会再买豆腐脑了。

报生帮师父落了半边木板，家去。

一路上，报生的脑子里始终回响着那句师父教给他的话，墨点无多泪点多，山河仍是旧山河。笔笔都是血。怎么也散不去。

二十　央美

升入二年级，某天，叶长鹰跟他闲聊。

他问，央美，听说过么？

报生摇头。

他细细给他解释，说，全名叫中央美术学院，在北京，是中国美术学院中的最高学府，画画写字最好的人，都在那里。你应该想办法去那里。

报生笑了笑，眼睛里闪过光亮。

叶长鹰起劲了，预备给他讲起来。不过不慌，他从兜里拿出银盒，取出雪茄来抽。这是去上海探亲的时候在古董店里淘来的，样式很足，深棕色的型，胖大，夹在手指间沉甸甸的，很压秤似的。

点上，使劲吸两口，烟雾很快就弥散。

北京。在北方。很远很远。差不多就是鸡脖子那里。很冷很冷的。你要穿什么啊，棉毛裤棉毛衣，羊绒衫，呢子大衣，还要卡牢围巾。棉裤棉鞋，一点都不能少。坐火车去。三天三夜就可以到。从我们这里，上到南昌，咔嗒咔嗒，弯到湖南去，过了岳阳，长沙，再到湖北。那才刚到长江，不够，还要往北，最后一座山在身后，那就过了信阳了。再也不会有大山了哦。一马平川，眼睛可以看到二百里那么远。走了一天一夜，睁开眼睛看看，还在河南。然后终于可以进到河北去，邯郸车站到了，你的心啊，就开始跳起来了，有期待了，睡不着了。进入河北了呀，很近了。你就站在窗户边向外看，外面地很平啊，使劲看，你差不多就能感觉到那个很细微的曲度你知道吧，地球是圆的你知道吧，唉，你眼睛好你就能看到地球的球面哦。很多地方很荒凉的，河北不像南方，山山水水，哪里都是绿油油的，长了好多东西，那里不是，平的，没啥好长的，看得心里空落落的是吧。不要紧，一直往北，就要到北京了。

电线来了，高楼来了，立交桥来了，烟囱很多的，都来了。火车速度放慢，进站，到北京了。拎着行李下车，看好站牌，上公交车，往后排走，坐下来，央美就要到了。你的眼睛一直向外看啊，一点点景色都不肯错过，因为你心里激动。北京其实灰秃秃的，有污染。水泥立交桥，灰色天空，总体来说很灰。你看来看去，车水马龙，知道了，这就是北京。车子晃啊晃啊，售票员叫，提前出来等呀，屁股别那么沉！你怕被骂，早五站就站在门口了，又挡着别人的路，被人家翻了四个白眼。

喊嚓，终于下车了。眼前就是央美了。门头是矮直笔挺的一个水泥建筑，旁边是行草一行字，很简单的，没有多余的装饰，中央美术学院。地上一排铁栅栏，有滑轮，你推开，拎着包走进去。天旋地转。

一排排的楼呢，跟你都不熟。很简朴的外形，但是跟外面的楼就是不一样，它那个简朴里总有一点点变化，建筑设计，知道吗，外形经过了特别的设计，长宽高都反复对比过，只有那样才好看。墙面的灰色和白色也有说法，灰色白色多了，它这里的不一样，设计过。

选一个教学楼走进去吧，静悄悄的，教室里总有人的，一排看过去，我给你数啊，第一间是在写书法的，写废了好几张，那么好的宣纸也不心疼，扔在地上。第二间在画工笔花鸟，鸟嘴画错了，重新来过。第三间跪在地上画山水，要参加比赛的，已经画到下段的石头了，不错，还算满意。第四间在画油画，模特是个女孩，穿着衬衣站在那里，冷死了。第五间在做模型，想用丝线做出一座桥，白色丝线，一点脏都不能有，学生戴着手套在慢慢穿针。第六间在塑一头牛，牛身还不够磅礴，泥巴使劲往上甩，看看能不能有一点肌肉线条的灵感。

你如果是学生，你很快也会有一间教室，几个伙伴，一位老师。每天天不亮就去写，画，塑。弄不好，心里不踏实，觉也睡不稳，眯一下就要赶紧去。很投入，有成就感，老师指导，进步飞快。

过个两年，你就要发表作品了。几个大的杂志的编辑，你委托你老师帮你去投投稿，老师的老脸么，豁出去为你讲几句话。年年月月的许多画展，第三排转角三个位置，挂上你的画了，同学老师嘉宾都过来看，品味，琢磨，你很忐忑，等了好像很久，一位老师开口说，说你这幅画学到了印象派的精髓，深深打动了他。你松口气，心里乐得开花。

再过一年半年，各种邀请函来了，请你的作品去参展，请你去开会，全国各地，甚至纽约巴黎一些画展给你寄来了机票。你埋头创作，天赋勤劳，都有了回馈。真是说起来要哭的。

全国美术界的大师都在那里，教书，生活，创作。你在食堂打饭，就遇到一个大师，去年全国比赛一等奖。你偷偷坐在他后面一排吃饭，听他跟别人谈点事情，你表面上没什么，心里在偷师呢，你想有一天你也要拿奖的。

三根雪茄都抽完了，没的抽了。小梅与报生都听入了迷，仿佛已经翻越千山万水，在央美过了大半辈子，熟悉了，惯了。他话音停了，二人都好像没回转过来。

他笑眯眯地看着报生。

报生这才回过神，说，我妈说，上个技校就很好，技校生可以直接分在厂里，是正式职工。她腰坏了，干不了几年，想把岗转给我。

叶长鹰显露出惋惜的表情，嘴角边都是遗憾。他刚想说点什么，厂那边传来爆炸声。

轰隆隆，轰隆隆，地面与空气都在剧烈震动。一时间所有人都跑出来惊叫探问，怎么了怎么了！哪个分厂爆炸了！

没有确切的消息，但是那股硫化物特有的臭鸡蛋味飘了过来，大家醒过味，赶紧用湿毛巾捂着口鼻，骑上单车向城北狂奔。城北上风上水，远离车间，是市政府办公处，十分安全。

叶长鹰安排小梅赶紧骑上单车带着报生往北走，他自己绑上一块毛巾要去调度室看看。

小梅拉住他，说他疯了，逃命要紧。

他说刚进了几千万的优质煤露天堆着，还来不及进仓库，绝对不能出事。烧结厂还是安全的，从来没有出过事，这个味道不是烧结厂的。不看一下不放心。

他将他们送到厂区医院附近，就掉头向南。

临分手前，报生叫住他，想问什么，却没开口。

他明白了，笑了笑说，我其实从来没有去过北京，一次都没有。哪有那钱呢。

他的身影逆流南下，双腿因为长，蹬单车的时候显得过于弯曲了。

二十一　阿婆

　　这个沉默缓慢的城市，对许多事情的响应都慢半拍。

　　也许因为有钢城的保护，这里的人们对于外界的变化不太在意。新闻联播上无论播报多么紧张的大事，关了电视，人们还是若无其事地出门散步，闲聊，上床睡觉。每一天都与其他天没什么区别，每一个冬季也与其他冬季类似。

　　一九九二年的除夕即将到来，陈报生意外地发现，这一年冬季的风和灰尘都比以前大。

　　回乡下陈家村的长途客车速度也比以往快。他前脚刚踏上红泥地，后脚还没下来，司机就迫不及待地踩了油门往前开，搞得报生结结实实摔了一跤。整个人扑在泥坑里，不但手脸上全是泥水，为了过年而赶制的新棉袄也泥泞不堪，不再挺括了。

　　他从泥坑里狼狈地爬起来，意外嗅到了红土地里一种独特的腥味，这是以前没闻过的。

　　他还感受到大地微微颤动，将一股又一股热流隐秘地输送到地表，传达地壳深处的信息。

　　新衣服泡邋遢了，他有点心疼，母亲也安慰他，回村里赶紧洗了晾晒出来，还能赶上除夕的夜饭，而且洗过的棉袄穿上去更柔软，更贴身。陈报生点点头。他又打开书包，发现字帖也湿了，不过这没事，晒干就好，不影响他临摹。

　　这一年的春节十分奇怪，炎热非常。

　　除夕前几天，每天都有二十多度，结果是大家都穿着白衬衣走家串户，棉袄根本沾不得。堂哥们都说，一碰到棉袄就燥热得想喝冰袋。

报生睡在陈家祖屋祠堂里。祖宗牌位的侧边建了两个小卧室，做客房用，专门给回乡下拜祖的子孙睡。父母睡在叔叔家的二楼，方便晚上打牌闲聊，只有报生睡在这边。他一点也不害怕，反倒喜欢这里的安静。青砖砌的墙，石板铺的地，地已经被拖得发亮，几乎可以倒映出人影。墙壁上一行行都是沁出来的水渍，每隔一段时间就会自上而下滚落，凝在墙角。

漫长的午后像夏日一般散着甜味。他闭上眼睛，感受到祖屋地下深处静静流过的河流在缓缓变热，抬升，将祖屋的青石板地面拱得略微有些松。

几只沉睡许久的蜈蚣和蜥蜴有些受惊，突然苏醒，从砖的缝隙跳出，跃过他的脸颊，跳入房顶木梁的接缝里。

看来，地热烘得所有动物，都活跃起来了。

年夜饭上，堂哥堂姐们都抢着说，过了十五元宵节，就要坐火车去广州打工！那里新建了好多服装厂内衣厂袜子厂玩具厂，生产的都是港货，时兴应景，全是内地看不到的好东西。工资也高，每个星期都可以买新衣服，下馆子。

堂哥说，广州那里是新世界，录像带里的香港电影是怎么样，广州人就过怎么样的生活。

大人们也很兴奋，他们彼此之间头碰头，低声交换信息，

　　从打工说到市里小巷子深处新开的许多家录像厅，那里面放的片子港台美国欧洲的都有，尺度十分大！不仅有泳装美女和街头黑帮，熬到半夜十二点以后，更有许多秘密影片一个个播，看一整晚都不会困。

　　姐姐们手臂圈着报生，叽叽喳喳说个不停。谈到香港电影，她们就讲，里面的白领套裙漂亮得不得了，要结伴找钢厂家属区的裁缝店做。钢厂女职工都向上海女孩子看齐，要求高，名堂多，裁缝们都锻炼得严谨精细，做出来的套裙样式贴身顺滑，尽显腰身。年初三她们要去市里最大的电影院看电影，准备将报生也带过去一起看，还要请他吃最潮流的三层巧克力皮雪糕，就在电影院旁边那家冰激凌店买。

　　江南的年，竟然可以吃着雪糕过，这对于所有人来说，都是新奇的，好像天地要变化，日月要重新安排寒来暑往。好像此地，将冲开重重山的封锁，直面海风。

　　年初三到了市里，每一家录像厅都把黑色的大音箱放在过道上，从喇叭里向外扩散港片的对白，武术拳脚的配音，过分激昂的配乐。百货商场和专卖店也不甘示弱，巨型喇叭轰轰震动楼层和地面，高亢地连番播放促销信息，搅得人耳膜震裂，心神不宁。

　　姐姐们带着报生连看两场言情片，问他喜欢不喜欢。

　　报生说，没看懂，三个人哭来哭去，看得好累。

姐姐们哈哈大笑，说他不懂就对了！然后拽着他去逛街。她们着意寻一个好的裁缝店，为马上要来的春天做几身贴身的短西服外套和黑色长裤。

报生心想，其实她们照着小梅阿姨的几身西服一模一样地做就是了，一定好看，何必到处寻找呢。但是没有人会专门找临时工家属区的裁缝做衣服，那根本不上档次的。

天气在年初七热到了顶峰，就连池塘的夏蛙都叫了起来。

阿婆阿公们聚集在一株三百多年的老樟树下打扇聊天，说起天气都在摇头：多少年没过过这样的春节了，世道要变。这种时候老天爷都要拿人来祭才会罢休，一定要看紧后生们，不准他们下河疯玩。

报生的阿婆坐在祖屋门口，等他。

阿婆是他奶奶的妈，年老后接到陈家村来住，已经住了十多年了。

报生穿着一件新衬衣从外面回来，阿婆叫住他，报生，骑自行车带我去肖家村。

报生骑一辆车杠锈了的旧车，阿婆坐在后座上。

他小小的，结实的，敦厚的，阿婆也是小小的，但瘦弱的，佝偻的。

阿婆今年八十七，耳朵上戴了两个巨大的金耳环，把耳垂扯得像蒲扇。

骑上坡很吃力，报生就站起来蹬，一二嘿，一二嘿。

阿婆闭起眼睛养神，什么都不说，享受重外孙子的卖力。

遇到泥泞的红土路，他就下车来推，解放鞋上粘了厚厚的红黏土，分量很重。

阿婆问他，报生啊，重么？

他说，还好。

阿婆说，土哩，干了就会掉下来，落回土里。

进入肖家村，阿婆指挥，报生在排屋中间穿来穿去，到了一间红砖房门口。

房子破旧不堪，墙面挂了许多灰，墙根下都是红泥点。

推开门，里面却干净得一尘不染。堂屋里挂了好几件寿衣，颜色款式都不同。

案上点一钵子线香，烟雾袅袅，供的是王母。

往东屋里走，雕花木床上躺着一个干瘪的老妇人。

房内有奇香，丝毫没有老人味，报生感到奇怪，这香味从没闻过。

他有一丝怯意，不敢再往前走。

老妇人听得阿婆的脚步声，从床上坐起，靠在床头。

她伸出手，阿婆伸出手。

老妇人说，莲香你来了！坐我边边上。你手还很热，还蛮有劲哩。

报生这才看清她是瞎的。眼眶陷下去，被层层皱纹包围。

阿婆挨着她坐在床边，说，我前天梦见天龙缠身，喷火把我烧死。所以我来找你了。有点怕。

老妇人听闻，咂摸咂摸嘴唇，反复捏着阿婆的手，沉吟不语。

阿婆说，阿姐你帮我解一解。

老妇人哆嗦摸上阿婆的脸、头发，说，莲香啊，你骨气衰，骨头中间空，寿数快尽哩。

阿婆点头，说，我的苦吃完了，走了好。

老妇人笑了笑，拍拍阿婆的手。

阿婆说，阿姐帮我度吧。我晚上困不落，翻来翻去。

老妇人点点头，从枕头下摸出一块木牌，按在阿婆手心，念念有词。

　　　　　昭昭其命

　　　　　冥冥其无

　　　　　视之不见

　　　　　听之不闻

　　　　　受持万遍

　　　　　身有光明

　　　　　受持万遍

　　　　　身有光明

念罢，老妇人问阿婆，心里舒了吗？

阿婆流了泪，说，舒了，以后再做梦不会怕了。

老妇人拍拍她的手，不要怕，落叶归根，你回到根里，有什么好怕的。

阿婆说，帮我量衣服吧。

老妇人捏捏阿婆的手脚腰身，叫来一个女孩，交代了几个数字，女孩便出去了。

老妇人又指了指报生的方向，说，这个后生是你重外孙吧？你以前讲过的报生。

阿婆说，是哩，今年过了年就是九岁。虚岁十岁。

老妇人喊他，后生你过来，阿婆给你捏捏骨。

报生于是走上前，将手伸过去。

老妇人的手冰凉，瘦骨嶙峋，却力道惊人。

她拉住报生的胳膊从上到下捏了一遍，说，莲香，你这个孙好，骨沉，有根。

阿婆问，骨气好多，是啊？

骨气涨得满满当当，是个好命。老妇人回。

阿婆高兴起来，不顾自己命数的事情了。

临出门前，阿婆问，阿姐你看我大概几时？

老妇人答，后宁夜间（后天夜里）。

阿婆问，到时候你去陈家村接我的魂啊。

老妇人答，必是去，你放落心。

阿婆心满意足地走了，重又坐上报生的车后座。

走过红土地的时候，报生的单车被石子颠了一下。

阿婆拉紧报生的衬衣，说，后生，你要喜欢红土。红土种的花生最好吃。

报生说，我知道了。

第三天夜里，阿婆果然在睡梦中安静地离世。从肖家村方向传来隐约的唱和，报生听不真切。倒是田里通宵烧的稻草烟一直跟着风往屋里灌，又香又熏，惹得报生一夜未睡，疲倦不堪。

大人们忙起来做法事，那老妇人家的女孩骑车送来寿衣寿鞋寿帽，并帮忙洗面擦背，梳头穿衣，将阿婆料理得体面妥帖。

阿婆走了，报生感觉到那一股地热更加强烈，堂哥们连长袖衬衣都穿不住了。

他心里有些麻麻的烦闷，想找出字帖来写字，字帖却不翼而飞。

他呆坐在青石板的小屋里，想起小时候夏天，阿婆和他并排躺在竹椅上睡觉，两个人一起看星星。

一颗流星闪过，阿婆说，刚才是哪个人落泪了啊？

他说，阿婆，那是流星。

阿婆叹气说，日子难过啊，今年又欠了债，谁屋里欠的债比我屋里多，落了泪？

报生不再说话，躺着看星星。

阿婆说，你叔叔明年下蛮（努力），看能不能还上。

过了一会，阿婆睡着了，打起鼾。

报生还是想写字。他翻抽屉找字帖，发现了一个银手圈，已经发黑发乌，蒙了尘。想起来了，这是那一年还清债后，他过生日，阿婆给他买的。戴了两年小了，他就把它留在阿婆这里，此后竟然忘记了。

他守着这根细细的圈，呜呜呜哭起来。

二十二　停薪留职

距离上次那爆炸，已经过去两年了。

那确实不是烧结厂的事情，是球团厂一个燃烧炉保修不到位，出了娄子。叶长鹰还因为赶回去查看煤堆，又叫人拉挡板把煤堆隔离保护起来，获得了年底的"十佳员工"称号，奖金三百元，工资上调半级，也就是每个月多二十五块五，其他福利待遇一起调。年底元旦晚会，领导又安排他领衔主唱《我的中国心》，可以说是他工人生涯里最光荣的时刻。晚会照片洗出来，小梅看了，摄影师很会捕捉瞬间，前排民族风打扮的姑娘戴着大耳环抱着吉他，额头上点了红心的儿童搂着年轻母亲的脖子，厂长站在正中间，黑框眼镜后面的眼睛笑得眯成一条缝，高个子叶长鹰站在后排，姿态很潇洒，双腿显得极其长，白衬衣上两个扣子不扣，露出一点脖颈，与挂历上的日本男明星简直一模一样。小梅夸他是中国钢铁工人的第一号帅哥，他叮嘱她把照片放放好。

但也就是从这会开始，许多工人私底下都开始传，一是厂里做出来的钢质量不过硬，二是外面挑三拣四，不需要这么多钢材，因此厂里每天生产出来的那么多产品竟然渐渐卖不出去了。很多地方现在宁肯买巴西日本的钢材，都不买这边的。钢厂卖出去的一大批货，又陆陆续续退回来，说质量检测不过关，不但全部退回款项，还要打官司，贴赔款，厂里总务办公室那边天天搞得焦头烂额。

　　叶长鹰也同报生一样，总觉得空气中有一股海盐味，这太奇怪了。钢城这样的内陆城市从哪里飘来的海水味呢？

　　情况在变，铁饭碗不铁了。他有这个预感。报纸电视上也总是在强调下海创业，自己闯出一片天。

　　很快，"停薪留职"的说法传出来了，大家都在谈，这个到底是个什么东西。彭细伢因为退伍军人的身份，这些动荡不会轮到他头上，他的头脑就最清楚，他就抢着跟人家解释，停薪是怎么个停法，留职又怎么个留。有人问，那到时候还回得来？

　　当然回不来啊，一个萝卜一个坑，那些技校毕业的小伙子肯定要把我们这些老家伙比下去的呀。到时候你回来干什么啊，哪个领导要你啊。他说。

　　大伙捏着几份通知不停地琢磨，只等着开大会领导把这些事情都说清楚。不安的疑云浮现在每个人的眉间，来调度室串门的人明显少了。

　　晚班无聊，彭细伢拉着叶长鹰聊《外来妹》这个电视剧，实则不是聊，是他不停地念叨。这边叶长鹰抽烟想心事，那边他不停地念叨哪个女演员好看，皮肤白，眼睛大。

　　他新婚不久，心情总是很雀跃的，天天高兴的样子。

　　老婆是入厂两年的本地人，父母都是厂里老职工，她长得白白胖胖的，婚纱照上的面积是他的两倍，爱笑，看上去是一个十分开朗活泼的姑娘。老彭总是能和她聊许多，两个人十分投缘似的，因此他可以说完全将红妹放下了。

　　红妹的麻花辫，红妹结实的腿，红妹的苹果脸蛋，都随着生活流逝了，远去了。钢城不大，他知道去年红妹就结婚了，据说是嫁给了哪个老师，终究也没有遂了她爹的愿，找个当官的嫁。

　　说到外来妹，老彭又想到了红妹头几次跟他逛公园时说的悄悄话，他使劲挥挥手，好像把那些话与红妹都挥走了。接下来仍旧说电视剧。

　　叶长鹰还是琢磨停薪留职的事情。这个事情激起了他巨大的兴趣，但是这内心的激动他跟谁都没有说过。以他个人的经历来推断，这是另一个时代来临的号角，说不清是好事还是坏事，但是总归，大变动来了。

　　现在的情况是，红头文件马上就要发下来，分厂办公室的"小蜜蜂"说的，这个事情很急迫的，原因有两个，一是厂里效益不好，二是很多新毕业的技校生高职生想进厂里又没有空位置，安排不了，他们就都成了街溜子，打罗（当流氓），天天在市里各处转悠。在小学附近抢小孩子的钱，故意深夜坐出租车黄包车到没人的地方打劫，三五成群地跟着一些没来头的大哥一起做坏事，在外地打死了人又逃回来，各类事情搞得钢城和市里风声鹤唳，不胜其烦，所以他们的就业要重点解决，再配以雷霆手段，把治安抓一抓。

"小蜜蜂"还说，实际上停薪留职也许只是第一步，后面的，也许就不会这么好了，还留职，没有职可留。再拖下去，那就是提前退下来，或者买断工龄彻底割断联系，要么就是领最低工资，回家自己想办法。饿是饿不死的，但是自己要想其他办法。这些工人有什么其他办法可想呢，平常就只顾着眼前那一块，很多人根本连厂里的流程图都认不全。麻烦大了。

总体来说，各方面的信息都在推向这一个重要的变化：铁饭碗要动一动了。从来不想事的工人们必须开始思考问题了，不能像以前那样以为天塌下来都有厂里顶着。万事不操心的日子是很舒服的，男工人们下了班就打麻将跳舞看录像，女工人们上着班织毛衣看地摊杂志，这样的生活过了这些年，终于是没办法再维持了。

人心惶惶。

大家都把头缩起来，怕时代的利刃挥向自己。

多可怕，钢厂啊，国家重器，当地唯一的大型企业，竟然也是这样脆弱的么？

这么多年了，乡下的，浮桥那边的，谁家不想办法托关系把孩子塞进来上班呢？钢铁之城，应该是坚不可摧的啊。

但叶长鹰完全不害怕。

工人，他是早已不想做了。这一个大的变化，对他来说，就是一个巨大的机会。

　　从心理准备到实际行动，他都比其他人要快一步。

　　他对服装感兴趣，小梅又是裁缝，加上他时常来往上海江西两地，对两地之间流行风向有着实在的根据，他决心租门面开一家服装店。从上海进时兴的服装，拿到此地卖，那些年轻漂亮的女孩子，一定会非常喜欢。价格不妨定得高一些，只要款式独一无二，不信她们不咬牙拿下几件回去打扮自己。

　　主街的另一头，叶长鹰正在一家一家查看门面。

　　他手上存了一万，是很可观的一笔款子，租什么样的门面都是够了的。他瞄准城里最热闹的商业街，要么不做，要做，他就要在最显眼的街道做，争取一炮打响。

　　他的行动速度比别人都快。好像多年积累的别扭，在这个节骨眼上迅速变成了动力。他很难理解其他人的犹豫不决和纸上谈兵，这难道不是一次巨大的政策机会吗？

　　等红头文件下来了，分厂的大会也开了，大伙反倒松了一口气。命运的铁锤终于砸到了背上，受着吧。反正第一批是自愿嘛，和自己没关系。调度室又恢复了往日的喧闹。

　　夜里，抄表员、司机、后勤、检验员都会到调度室逛一逛，抽根烟，聊会闲天，交流最近获得的新闻。

　　大家的口气激动不安，嗓门都出奇地大，好像自己正参与到一个重大变革里，是非常重要的成员。但是，落实在行动上，完全没有人真的打算去申请，毕竟停薪留职以后，到底该干吗呢？什么本事都没有，那不是等于下岗失业？

在大家一次次的讨论中，叶长鹰已经租下了门面，装饰一新，并且请了四天的探亲假，通过同学介绍，从上海郊区的工厂里进了一批时兴的港风服装。只等小梅生完孩子坐完月子，他就要正式开张营业。

她现在七个月的肚子，整个人完全没有发福发肿，还是照常在裁缝铺里忙到晚上才回家。肚子圆圆的，像一个大号的篮球。他从前倒是没想过肚子竟然会那么圆，从肚脐眼到前后左右凸起部分的长度是一样的，令人惊叹。

小梅给自己做了一件红色格子的孕妇装，走起路来像一只骄傲的小母鸡，他很爱看她的孕步。

很快就要有自己的孩子，这种情感的荡漾被他刻意地压下去了，他看小梅也是如此。他们几乎不花许多时间去讨论这个事情，商量孩子名字，乐颠颠地要给孩子未来如何如何安排。没有。小梅的说法是，乡下老人都说，孩子没出娘胎之前，话要少说，什么期待都要少讲，免得被路过的鬼神听去，把孩子抢走。只当是个小事，就像家里养猫养狗那样，很平常。原则就是，屁话少说，心态放稳。他是同意的。

孩子的意义，在他这边，使赚钱的想法更加强烈，同时回上海的念头也急迫起来。这两者是彼此关联的。就算政策落实了，知青可以带着老婆孩子回上海，没有钱，也没有办法办事情过日子。在上海那个地方，没有钱是寸步难行的。咖啡馆、糕点店那么多，诱惑那么强烈，小孩子要吃，爸爸掏兜，只有几块钱，那是不行的。在此地，没有钱还可以过，吃吃食堂，晚上去农民房那边听听戏，也蛮好。但在上海，没有钱就太可怜相了，一家子不知道要怎么抠抠搜搜才能过下去。他的老婆孩子绝对不能那样。

如果生意好做，他打算立刻申请停薪留职。他知道，知青回城的政策在进一步补充落实，已经陆陆续续有人回到了上海。停薪留职后，他可以将劳动关系迁回上海，挂靠在某一个单位，以后拿养老金。老婆孩子都能拿到上海户口，孩子以后就是真正的上海人。这是值得奋斗的！

他的风帆已经张满，只等到风力大涨，驶回母港。

二十三　姨夫

在小梅生孩子前一个月，熬了好几年的大姨去世了。

小梅时不时腹痛，不敢出门，更不便参加白事，只能由叶长鹰代劳。

白事在樟树的乡下办，小梅的娘家人都来。蛇皮袋子扯开做顶棚，拉了几十米，底下摆了十几张桌子，一起吃两天。大姨的两个儿子从广东匆匆赶回来哭了一夜，第二天又匆匆赶回去上班。

正堂里坐着的是附近庙子里的和尚师父，领着两个徒弟，盘腿坐在草垫子上，录音机插着电，一盘磁带循环放着佛经佛乐，师父和徒弟跟着音乐一同唱和，声如洪钟，面目肃穆。

对于诉说悲痛，两天太长了。

亲朋好友们聊着聊着，就要问到姨夫什么时候再娶的事情上。还有两个儿子在广东打工，回来要结婚，要生孙子，家里没有个管事的怎么行。

姨夫却摇头，说自己念了十年的经，学了佛门的东西，已经全部想开了，等这事办完，他就办个内退，和这回请来的和尚师父们一起出门唱念，做法事。

大伙很惊讶，从没听说过这事。嗡的一下聚过来问东问西。

姨夫说，这有什么稀奇的，街上到处都是卖奇门遁甲修仙飞升的书，我十几年前买来看，看着看着就明白了。后来陆续拜了师父，学了不少东西嘛。心里已经知道了，自己就是要走这条路。只是道家的师父太少了，不好找，佛家的师父村子里就有，我这不是正好么。

马上就有亲戚里的婶子大娘伸出手来要他给算命。

他倒是不含糊，说看就给看。

看完了，从斜挎的包里拿出书来，寻着掌纹图一一对应，说，你看，这里就是说的这个。

然后关上书，闭上眼睛捻着手指算，而后睁开，就说得头头是道，一则二则三则，吉是什么，凶是什么。

旁边睁着大眼睛目睹的人，大气都不敢出一个。

两天的法事做完，大姨的骨灰盒下了葬，叶长鹰帮着姨夫把那几间简陋的老房子打扫完毕，就要回城。

姨夫犹豫着，对他说了裁缝铺的事情。

那铺子的营业执照，加上布料设备，当时办下来其实花了不少钱。我这里有两个伢子结婚，确实很是个事情。长鹰你看。

叶长鹰明白，很快就说，姨夫，这店本来就该还的，大姨走了，家里各方面都还需要用钱。回去我收拾了，把东西拿过去。

姨夫眼睛看着地面，叹口气说，本来送出去的东西，不能收回，这是多有脸的事哩。但是我现在归了佛门，心向了佛祖，就向不得别人。本来我可以出去打工赚点钱，伢子结婚不就宽裕点么。但是现在确实坐下来就想念经，一心只想听师父讲经，别的事情一点也不想做。钱就赚不来了。

说到这里，姨夫竟像是做错事的小孩似的，反复道歉。

叶长鹰极其不忍，就说，姨夫，那你给我念一段吧。我也喜欢听经。

姨夫听了大喜过望，眼睛腾一下就亮了。

立刻叫他坐在蒲团上，自己坐在对面，也不用录音机，就唱起来了。

> 须菩提啊，
> 若菩萨有我相，
> 人相，
> 众生相，
> 寿者相，
> 即非菩萨。

这曲调从未在别的磁带里听过，叶长鹰怀疑这完全是他自创的调子。

唱经的姨夫完全不是平常尖嘴猴腮的样子，他的神情里有一种因为发自肺腑的真诚而带来的庄严，眉眼之间几乎发出光来，那嗓音浑厚凝重，调子感人至深。叶长鹰完全被拽进去，听入了迷，当中好几句，竟然是忍了又忍，才没有哭出来。

姨夫为表示感谢，唱了一整个大段。

结束后，叶长鹰盯着他看，问，姨夫你怎么唱得这么好？

姨夫有点害羞，说，这是我自己创的，我就觉得这样唱好听。唱给师父听过，他也说好，才愿意带我出去做法事，要不然哪里肯哩，每次还要给我分十块钱。

叶长鹰问他，你嗓子这么好，以前没有想过去文工团么？

姨夫说，有！怎么没有！我老家村子里的人都说我唱得好！但是后来不是父母走得早么，十几岁就下地干活了，不想那些了。以前村里广播东方红，专门找我过去唱，说是比磁带里唱得都好，唱得人眼泪流。

把木门落了锁，叶长鹰要步行到村口等长途车。姨夫说他先不回城了，隔壁村里过几天还有法事，他唱完了再回去。

那你这几天住哪里呢？

嗨呀，就是庙子里找个桌子凳子就睡了。跟着师父师兄们一起，蛇鼠都不敢靠近的。

待长途车驶上大路，红土被风扬起，呛得人直咳嗽。

叶长鹰看着窗外飞过的一个个红土丘，想到，姨夫这辈子在自己的村和老婆的村里打转唱经，没有人知道他唱得跟帕瓦罗蒂一样好。这事，该怎么说呢。

回去他跟小梅谈到这桩事。

小梅惊讶极了，她从未听过姨夫唱歌，也从未听大姨提起过。

姨夫在家里也就是喝茶看报看书，盘念珠。他倒是有一些道观庙子里的朋友，到了夏天总要出门去会会朋友，一走一个月，上班的事也完全不管，所以领导都对他意见很大。大姨说过几次，他不听，后来就不再说。对于裁缝铺的事情，她虽然也感到很可惜，但是表哥从前待她很好，应该留给表哥结婚。

　　庙子里，姨夫正唱晚经。

　　他投入地唱，仿佛天地之间只剩这几个音。

　　没有其他的苦事。

二十四　愤怒

春意到了最盛的时候，厂里出了事。

凌晨一点半，凶犯站在原地没有动，门口聚集的人越来越多，远处警笛尖声鸣响，十几名警察正在赶来。

倒在血泊之中的，是另一个分厂的厂长。他身形矮小，瘦弱，脸上的眼镜已经全碎了，腹中的血洞正汩汩流出近乎黑色的血液。在这一次的名单分配中，他是比较强势的，分厂效益拖全厂的后腿，他身上的压力不是一般的大。看见还有工人在厂区里聚众打扑克，他愤怒地跑过去，一脚踢翻了他们的木桌，对他们吼道：滚！都给我滚！都这个时候还在打牌的人统统滚出去！

没过几天，停薪留职的名单中，便多了当时打牌的那几个人。凶犯是其中最觉不公平的，他上了十多年的常晚班，还有慢性肾病，跟厂里领导申请了几次都没有办法调岗，只好硬生生扛着这份工作。他只是偶尔和工友们打牌放松放松，就这样把他变相开除了？那他农村的爹妈怎么办？他本来就念叨要离婚的老婆会怎么骂他？怨恨在他心头越积越多，他的眼睛都被这怨恨泡红了，他提起菜刀就跑到厂长家门口去敲门。

厂长刚开门，还没弄清怎么回事，身上、脖子上、脸上，都已经被挥舞的菜刀砍得血肉模糊……

凶犯立在原地，一时不知身在何处。他全身还在发抖，汗水从他后背一波一波地往外涌。

他只知道，自己是活不成了。

阳台上，那厂长的老婆原本正在收衣服。此刻靠在阳台的书柜上，已经心脏病发作，晕了过去。

警察来了，冰凉的手铐将那凶犯的双手铐住，他这才醒了神来。他看了眼那厂长的老婆，和她身边来不及叠的衣服。那白色的背心，是这厂长的？已经破了两个洞，领口都变形了。

他稀里糊涂了，他想，这厂长是几时到这分厂的？前年？还是大前年？江西冶金学院，好像是这个学校？好像是的，记不清了。他家并不像他想象的那样豪华，并不是，真奇怪。他为什么不对他好好谈一谈？也就是说，事情原本可以好好谈开来的吗？不不不，他那个时候什么都听不进去，不可能谈得拢，他难逃一死……

警察勘查现场时，从书房找出那受惊的女儿。她已经吃过饭，正准备做作业，外面的声音令她躲到书桌底下，迟迟不敢出来。警察把她拉了出来，喊她赶紧去医院，也许还可以见到父亲的最后一面。

但是并没有见到。她只来得及在殡仪馆里，见到那一个巨大的冷柜中，父亲蒙着白布的身形轮廓。人在这个时候是麻木的，没有办法做出什么表情，她看着，想伸手去摸，但还是按捺住了。大人的话她听懂了一部分，但是她不明白，为什么到处都是不满，但是只有她的父亲，最后倒下了？

报生跟她是同学。半个月以后，她回来上课，从此再也不说半句话。

她坐第一排，报生有时候看她上课听讲的身影，是僵硬的。报生总觉得自己是不是应该和她说说话，但是不知道该说什么话题才能令经历了这样恐怖事情的同学放下戒心，随便聊聊。

可能所有的同学都是这么想的，这女儿终究是失去了所有的朋友，在学校里成了一个独来独往的孤家寡人。再过一个学期，她便辍学，再也不来了。

好些年后，在米店背米的时候，报生见到年轻的她，挺着肚子，看样子已经快要生产，拎着一篮子小青菜，慢慢地踱步。那神情，依旧是清冷的，隔膜的，好像仍旧没有朋友的样子。

听说，她哪里都没有去，嫁给了一个老师，留在钢城，接受了单位分配的工作，开始了自己新的生活。

二十五　爷叔

初夏刚到，经过一天一夜的等待，小梅生了一个男孩，长得和她一样好看。

叶长鹰给他取名叫叶延飞，延续不断地飞，飞过高山，飞过河流，飞回上海，飞过太平洋，飞到纽约，飞到巴黎……只要是外面就可以，只要不受困于这里，不受困于贫苦和闭塞就可以。

他暗暗想，他的儿子，再也不要当工人，下车间，在轰鸣的机器之间抄表，再也不要吃本地仿制的粗糙假面包。他长大以后会习惯上海精致的咖啡厅，高档酒店的下午茶，他会远离这一切。父亲替他提前走几步，父亲因为他变得更加坚定。

其实叶长鹰早已经预料到，小梅的那间裁缝铺迟早是个说不清楚的事情。大姨家里可谓家徒四壁，大姨在时，她说了算，大姨走了，家里千头万绪的事情，哪一件不要用钱呢？还有什么是可以拿来换成钱的？无非是那间铺子。他早就有打算让小梅出来自己做。

因此结婚以后，他们没有搬家，还住在田边。申请新的房子要补差价，还要装修收拾，买新家具，都要花钱，不如省下来为以后做服装生意打基础。小梅也很赞同。不过为了弥补这一点，叶长鹰从上海精品店里带回来好些小玩意来装点他们的新房，水晶玻璃罐，旧画，塑料花，纱巾，波斯地毯。小梅把他从上海带回来的各式话梅装满玻璃罐，话梅的香气袅袅溢出，整个房间都香得梦幻，与外面施过肥的水田的味道，差距太大了。

这屋子原本只是他俩的秘密，但是随着来看孩子的左邻右舍挤进他家窄小的客厅和卧室，这屋就被曝光了。大伙除了惊叹孩子的漂亮，就是惊叹这屋子像样，像动画片里的博物馆，像电影里外国人住的地方。邻居们挤在一起喝茶吃话梅，逗孩子咯咯笑，叶长鹰很大方地让他们看，随时回答各种问题。手里也没闲着，依着习俗，下厨煮一大锅鸡蛋，煮好了用红纸擦一遍，蛋壳玫红色，喜气洋洋的。

小梅恢复得很快，长头发用手绢扎起来，春装穿得整整齐齐，腰间系一根细带子，斜抱着孩子与大伙说笑，一点产妇的懈怠与慵懒都没有流露。叶长鹰从这里对她竟然有一点佩服了，她是一个很能约束自己的人，其实身体还是虚弱的，但是她表现得那么挺拔，像一棵小松柏。他悉心维护的世界因为她变得更美，他有一些说不出的感动，于是又刻意地在自己肩膀上增加一份重量，要赚更多的钱。无论如何，他的老婆孩子都值得更好的。

报生与母亲夹在人群中赶来贺喜，母亲拿来五十条旧棉布做成的尿布，再加上一套蓝色碎花棉绸的婴儿夏天衣裤，报生送过来自己编的小竹笼，里头放了两个银质小铃铛。裁缝铺关闭的这两个多月快三个月以来没见到报生，叶长鹰把他拉到灶披间，躲开喧闹的邻居们，问他最近字练的怎么样，林老板那边去过了吗？

报生从书包里拿出一沓字给他看，又说，林老板那边每个星期都去，颠张狂素的故事都听过了，很有意思。

他细细翻他的字，已经练到写王羲之的行草，自在放松，神韵流淌的地步。他才不过十二岁，真是后生可畏。

他说，报生你写得太好，我已经不如你了。

报生有些不好意思，说，叶叔……师父说我根本没入门。

他惊讶，说，哦？林老板具体怎么谈的？

报生说，他谈得很少，就是看看，叹口气，叫我回去重新写。

这样？可是我看你这两年进步太多了。气韵的连贯上，已经是专业水准哦。

师父偶尔有空就演示给我看看，但是我听不太懂。

他具体怎么说的？

他说，字人一体，心里怎么想的，才能写出怎么样的字。始终说我空有笔触架子，没有真东西。

叶长鹰想了想，哈哈一笑，说，那他对你的要求太高了，他说的东西，恐怕得三四十才能懂了。

他总是很不耐烦，我去了就叫我走，说他想要清净清净，什么也不想教了。但是我还是每个周末都去，因为说不定他有时候心情好，可以对着客人讲许多故事。

但是你还是很喜欢你师父吧。

很喜欢，他说话总是很有趣。报生很认真地讲。

临走前，叶长鹰把家里的空白画框和油画刀笔木头架子送了大部分给报生，让他没事画着玩。报生问他，叶叔你自己不画了么？

他回答说，也画，但是肯定少了。

他想明白了，画的世界再美好，再隔绝，是不赚钱的。他沉在那里面，于家于事，都没有什么用。不靠它挣钱吃饭，把时间都耗费在这上面太奢侈。何必呢。眼下急迫的事情太多，再不可能有空去画花画草了。

他跟小梅两个人都迫切地想要快点开张。

夏天已来，正是女装销售的旺季。

孩子一过三个月，小梅就叫他准备鞭炮糖果，选个周末把店开张。

他有些忐忑，问她身体能不能吃得消。

她叫他只管放心，守店守店，大部分时候也就是坐着，不累人。

周日上午九点半，商业街正涌进人潮，叶长鹰放了一万响的万载鞭炮三挂，万花筒烟花两大桶，噼里啪啦一通，就算正式开张了。孩子怕吵，小梅带着孩子下午才过来。推着婴儿车走到街市，可需要走不少的路，小梅出了一身的汗。

生意不太好。

一些平价的衣服本来以为会吸引客流，但是往往只是引得人来看来摸，真正成交的数量少得可怜。

一个星期下来，营业额都不够房租钱。

叶长鹰有点着急了。

坐在门口想事情，香烟一根接着一根。

四周新开了好几家门店，从一大早就鞭炮声不断，人潮汹涌。赶来看热闹、看新鲜的人把整条狭窄的主街挤得水泄不通。

很多人只是为了躲人潮，就顺便弯进他家来待一会。

他这家店的名字叫"海潮"，他起的，有一种老式的浪漫，既是说服装时尚像海潮一样哗啦啦冲到人的身上，又是说这家店的风格是海派风味，老腔调，有故事的。想到这个名字以后他还很是得意了一番，觉得这名很能表达他的态度，是做生意没错，但是不俗，有格调，到这里买衣服可以放心。

可是冲进来躲鞭炮的客人们却没人关心这个。

大多数人只是看一眼，几秒钟，就转头看向外面的热闹。等鞭炮一停，就立刻走出去，连转头跟老板说声谢谢的都没有。

一上午，没做成一单生意。

小梅发愁地看看他，没说什么，把孩子抱进里屋喂奶哄觉。

极度愁闷之下，他突然想到往返上海那么多次，火车上听别人聊生意经。

起先并不是生意经。

进入夜里，火车开得飞快，窗户都留着宽缝，风呼呼往车厢里灌。

许多人已经挨不住疲惫，仰头睡了。嘴巴张开，打着呼噜。

但是总有不愿意睡觉的，抱着茶缸要讲故事。

讲自己的婚姻家庭小孩情人过去现在。好像恨不得要在这昏沉的火车一夜里把自己的一生统统毫无保留地讲给陌生人听。

陌生人们是真听的。

几个人睁大了眼睛听他讲，聚精会神。对这个陌生人的一辈子似乎充满了无限的好奇。

这是位爷叔。

五十岁出头的样子。头发梳得油光水滑，一丝不乱，额头上一朵硕大的云朵造型，柔顺地一直蜿蜒到脑后。穿丝质黑灰条纹衬衣，上面一颗纽扣打开，里面系金黄色男士丝巾，洋派十足，气质在这倦怠的车厢里，可谓是非同凡响。

叶长鹰坐在他斜对面的另一排座位上。不搭腔，只是斜眼偷偷关注他。耳朵竖起来听他讲话。

车厢外面是飞驰掠过的大片沉默的田野，车厢里面是一晚上也说不完的爷叔动荡的人生。

父母嘛，父母总归不是普通人。

落实政策以后，康宁路的老宅子就还回来了。我住二楼，和小时候一样。

我父亲后来照常恢复职务，上班开会，家里终于正常了。又过了几年，开始有批文了，给别人做嘛不如给我做，我就开始跑莫斯科这条线。那边人喜欢我们这里的什么呢，哎呀，可以说都喜欢，运过去就卖空。丝绸的裙子，描了金边的盘子杯子，羊皮手套，牛皮小提包，软纱窗帘，儿童小饼干，哎呀，什么都是卖空。

生意相当好做。

几年以后我就很充裕了，腰包总是鼓的。

夜总会莫斯科是很多的，我一个人又离婚了，怕什么，最怕寂寞。

当然是几乎天天跟着朋友去。今天这个请客，明天那个过生日，总有由头。

那边很多我们的留学生的，出去读书，学习好的是少的，混个文凭的是多的，很多混文凭的就去夜总会里打工啊，一晚上赚的是国内的一个月工资啊。很结棍的。

后来嘛就认识了一群莫斯科大学的女孩子，都是十八九岁，很活泼。

她们跟我讲很多的，可以说无话不谈。男朋友怎么不好啦，老师怎么古板啦，学校怎么无聊啦，这些的。后来我就总是去找她们。没有朋友一起，我也去找她们说说话，顺便帮她们做做业绩。

诶你说对了，是的，长期下来嘛我肯定有一个喜欢的。这还用说嘛。

诶，不是喜欢，是很喜欢了。

她嘛年纪最小，才十七岁。家里父母离婚了，父亲赚了点钱，把老婆踹了又娶了一个，后妈嘛看她总是很烦的，就把她打发到莫斯科，免得一个屋檐底下，总是磕磕碰碰的。

她经历了这一下呢，就是父母突然散掉了，家没了，人就有点心理上过不去了。具体来说，就是有点变态了。我比她大多少啊，三十多岁啊，你们想想，很难追她的。再加上她这个心理，更难了。真是把我搞得很烦。

一开始呢就是聊天的，她跟我说她在这里谈的男朋友是个莫斯科本地人，对她呢不太好，大男子主义，不太体贴的。她到这里呢，父母也不打电话，对她不闻不问，生病了也不管。我听了以后就很生同情，就想要对她很好了。每天去找她，帮她做业绩，她说什么我都听到，记在心里。有一次她说过生日了，我问她想要什么礼物啊，她说小时候喜欢毛绒玩具，现在长大了也想要一个。我说这个太好办了，我就是做这个的。第二天我去了，很花心思的，一百个毛绒玩具做成一束花给她，又专门叫夜总会安排生日歌，给她搞得很激动。小姑娘很感动，哭了。

我说你不要在这里端盘子了，一整个晚上不睡觉很辛苦的，对身体不好。我给你钱，你好好在学校附近租个房子，把大学文凭拿到，这几年过得舒服一点。你父母不管你嘛，我可以管你呀。

她犹豫了很久，同意了。我马上就去租大学附近最好的公寓，给她安排得很好，她住进去很开心很满意了，我也松了口气。

那么，都这样了，我们就算好了吧。但是她也跟我说，她那个男朋友她还是很喜欢的，我不能管她这些，毕竟她要跟同龄人一起玩的，希望我不要干预。我同意了，照理说也不应该管太多的，虽然我心里发酸哦。

但是她心里头的毛病呢，也不能算好了。不用打工以后，她每天晚上还是要出去玩的。也不跟我讲到底哪个酒吧，她就出门了，夜里两三点都不回来的。

我很急，每天晚上出门去找她。找不到我怎么能放心呢。

莫斯科大学附近的酒吧，一个一个去问。

终于找到了，拖出来，不肯，大哭，说我干预她了。

我说夜里这个时间了，不回去很危险的。

她不肯，喝了酒发疯，要我跪下来道歉。

　　我嘛，一辈子，风风雨雨过了，赚了许多钱，谈恋爱这是第一次。这话说起来很肉麻是吧，但是确实是这样的。

　　我喜欢她什么呢？

　　完全不晓得。完全说不通。

　　我属于金屋藏娇啊，找谁不好呢，非要找她？有什么道理？

　　没有，完全没有。我自己也没有办法的。

　　她叫我跪下来，我说那我们找个角落好吧，她说可以。我就找个角落跪下来，她就扇我耳光，说什么呢，说我诱拐了她，欺负了她。

　　从外面看起来好像是这样的。

　　我就认了。我知道她其实是心情不好，打我发泄情绪。

　　哎呀，说起来真的是难为情。她的同学们，周围酒吧的常客，都知道我和她这样的事情。常常发生，别人都看到了。对，不是一次两次。

　　当时呢，心里是有点不开心的。我想我等于是把你供起来了，你把我当什么，对吧，你来打我耳光。你无非是仗着我实在是喜欢嘛，没办法嘛。

　　但是现在我想起来呢，这好几年过去了，我很怀念莫斯科的时光。我觉得那一段辰光，我过得其实还是特别开心的，十分开心。我当时是一个什么心情？就是我实在是很幸福，被扇耳光这点小事，跟这种大幸福比起来什么都不算。我完全可以忍受她。

后来临近她要毕业了，我给她找了一个在莫斯科的工作，很轻松的，工资也不错，那套公寓又续了三年，因为她很喜欢。我根本什么都没想，我就是想这样的生活如果能一直下去该多好呢。

后来我回上海办了趟事情，再回去，就找不到她了。问她同学，有的说她去柏林了，有的说她回国了，也有的说她跟男朋友回乡下结婚了。总归是再也找不到了。连一封信都没有给我留下来。一个字条都没有。太绝情了。做得十分的狠。

我找了她大半年，一点音讯都没有了。连毕业证都没有要，这个女孩子不知道去哪里了。毕业证多重要呢，她太小了，还不明白。

哎呀后来事情就发展很快了，我又找了一个她的同学结婚，现在小孩都上幼儿园了。我在莫斯科最大的商场里有门面的，专门卖丝绸套裙，生意还不错的。这一晃都几年过去了。哈哈哈哈。时间真的过得飞快。我老婆管钱，抠得一塌糊涂，房子嘛买了好几套了，生怕钱给我花掉。其实她哪里懂做生意的名堂呢，我身上从来都不可能缺钱的。真要找小姑娘，随随便便找。我就是不想找了，觉得很没有意思。

有人问他生意怎么做得那么大，窍门是什么。

哦，这个你问我就是问到位了！我告诉你们，生意经就是一条，绝对不能中不溜！要么就是特别便宜，要么就是特别贵！中间价格根本做不起来，本会亏光！

这一段讲完，爷叔有点累了，抱着茶缸望向窗外许久。

听客们也有些累了，头碰头，心满意足地沉沉睡去。

车厢内归于沉默。

巡视的列车员将顶灯熄灭，只留下角落的小绿灯。

叶长鹰偷眼看爷叔，他手指的几个柠檬黄宝石戒指在暗中发着幽幽的光，映照他眼中的光，散向窗外。夜里的雾气从无边无际的田间向窗缝里涌，爷叔终于成了一个浓雾裹着的人，不像真的。

谁知道爷叔是真的还是假的，爷叔的故事是真的还是假的。

也许爷叔只是一个做销售做久的老油条，爷叔的故事不过是从地摊上看来的廉价江湖故事罢了。

他想。

爷叔想找。但找着了还不如不要找。过了一会，爷叔闭上眼睛，可能也睡去了。

故事早已经褪色，那生意经突然浮现在他的脑海里。

他有了一个好主意。

二十六　　生意经

他拿出水笔，走到门口那件红色羊皮连衣裙旁，直接在价签后面加了一个零。

价格从 180 变成了 1800！

然后就是等待。

他要试试看，爷叔说的到底是不是真的。

又一阵喧闹的鞭炮声响起，一位身材娇小的长卷发女郎挽着一位腋下夹着黑皮包的中年男人，冲进了这家店里。她左看看右看看，最终被门口这件红色的皮裙吸引了目光。

她用目光咨询小梅，小梅笑盈盈地把皮裙取下，请她到里间，替她穿上，说，小姐你好眼光，这是我们店里最上档次的，前几天才刚刚从上海运回来。

女郎在镜前扭转腰肢，斜眼瞥了一眼价签。

她问同行男子，好看吗？

好看，漂亮！男子说。

他飞速地瞟了一眼价签，眼皮沉下去，好像在估算以二人之间的情分来看，这是不是一个好礼物。

小梅和叶长鹰很快交流了一个眼神：这单有戏。

女郎继续看镜子中的自己，幽幽地轻声说，还挺喜欢的。

男子问，这才刚出来，不再逛逛了？

叶长鹰意识到这是一个明显劝阻的信号，男子并不特别想给她买这条裙子。

女郎听到这句话，腰一扭，进了里屋。

关键时刻叶长鹰开口了，他说，其实穿衣服讲究的是一个感觉，一眼看上去最适合自己，最喜欢的，这种感觉是难得的。这件衣服全城找不出第二件，能把这件皮裙穿好，很不容易。

女郎挽着男子的手走出门，走下楼梯，一句话都没有说，眼神中却有撒娇，厚厚的嘴唇嘟起来。

真喜欢啊？男子问。

嗯，我都没有穿过这样的裙子。女郎有些委屈。

男子顿了顿，立刻转身回店里，拿出手提包，掏出钞票，说，装起来！装起来！喜欢就要拿到！

女郎的眼中闪过好几道光，原本就漂亮的脸蛋显得更加神采奕奕，她握住男子的大手摇了摇，说，哎呀，哎呀——！

男子大方地笑笑，宠爱地捏捏她尖尖的下巴。

目送这对情侣离开，叶长鹰和小梅都长舒了一口气。

你说，这个老板是做什么生意的？小梅问。

叶长鹰想了想，说，我猜是萍乡那边的煤老板吧？要么就是钢材销售代理公司的，总之是吃钢厂饭的。

此地开着桑塔纳，凸着大肚子，夹着包，带着小蜜，来来去去的大款越来越多，也许是一种特殊的气候征兆？就像地震前，青蛙蜥蜴会成群结队地大规模搬家迁徙一样？他早就注意到了这种情况，这也是他拿出全部积蓄下定决心要做生意的根据之一。

小梅感叹，厂里一个炉前工的工资也就不到七百哦，这一下这个老板花了普通工人快三个月工资。

交小蜜嘛，不大方一点，人家怎么能跟他好？他说得有点促狭。

也是。小梅点头。

看来，我们以后进货卖货，要针对这些年轻的小姑娘了。她们才真的有消费能力！你叫新钢的女职工，怎么舍得花一千多买衣服？要命的。他一边翻看记录本，一边跟小梅说。

那我们库存的好些衣服对于她们来说，都有些老气了，这怎么办？

降点价，快速把这批货出掉，下个月我回上海进点更时髦的。叶长鹰说得斩钉截铁。

其实这裙子进价只八十而已，羊皮是真的羊皮，但是工厂出的羊皮裙就是这个价，绵羊皮，最好的，也就如此。不过大部分人根本摸不到工厂在哪里，各地女孩子们对服装的追求又正热烈，只要穿上去漂亮，多少钱都要拿下来。人靠衣装马靠鞍，出门办事交际，衣服漂亮是第一位的。

叶长鹰心里高兴极了，就这一单，两个月房租水电全部解决掉，胜利的曙光就在前面。他摸到路子了！

如果每天都能有这样的业绩，他们一年之内就可以当上家属区里的首富。

第三个礼拜，他买了再次前往上海的火车票。

黄昏时分，列车启动。

照例是夜车，上了车就可以睡觉，不耽误白天做事。

看来去上海的人很多。车厢内坐得满满的，旅客们刚刚落座，就又爬上皮革座位，踮着脚，从头顶的行李架上把晚饭水果花生瓜子茶叶统统拿出来，准备享受一顿列车上的晚餐。

叶长鹰惬意地双腿交叉，靠在椅背上，看着车厢里的人说着浓重的上海话，热情似火地聊些家长里短，他感到一种笃定带来的快乐。他已经提前给几个厂家打过电话，很明确地通知对方要什么货。一切尽在掌握。

这一次去上海，他将自己也打扮一新——一条淡蓝色的牛仔裤将他的双腿衬得瘦长健美，一件看似平淡实则暗藏玄机的白衬衣凸显他宽阔平展的肩膀，衬衣的下摆扎进牛仔裤里，令他的整个身影呈倒三角形，男性气质被勾勒得淡然雅致。

如果说中国有绅士，那这绅士就应该是叶长鹰这样的人。

从萍乡站上来两个极其美艳的女孩，就坐在他对面的座位。她们俩都烫了长长的卷发，乌黑柔软的发丝随意地披散在肩上，发梢垂落腰间，随着她们走路的步伐一颤一颤的。内里穿的是市面上很少见的刺绣吊带，外套是黑色紧身皮夹克，牛仔短裤很短，露出雪白笔直的双腿。

上车以后她们嫌热，脱掉外套，只穿着吊带。肩膀转角处骨架细瘦，皮肤晶莹发亮。只坐了一会，她们俩拿出一包外烟，用细长的手指夹着，准备去车厢连接处抽夜烟解乏。

其中一个高个子笑着问叶长鹰，一起去吗？

没问题。他很快答道，欣然前往。

站定，高个子给他递烟，点烟。

烟头、朱红指尖、女子的眼睛，一同闪亮一下。

这是什么烟，我从来没见过，在哪里买的？他问。

高个子说，外滩有几家洋酒吧，什么样的外烟都卖。

他感叹，我也算抽洋烟有十年了，但是我从来没见过这个牌子。

矮个子笑了笑说，你别听她的，这牌子不好买，比利时的货，她那个外国男朋友带来的。

他又问，你们的衣服也很别致，这种款式今年的市场上见不到。

矮个子说，当然了，这是直接托日本的朋友带回来的东京货呀，全上海也看不到第二件。

抽完第一根烟，两个人用萍乡话聊起闲天来，全然不管他了。

他听着笑笑，欣赏地看着她们。

他从来没见过这样爱打扮，又打扮得如此漂亮的女孩。她们简直好看得奇异啊，只有上海才会允许女子这样打扮。在萍乡，在钢厂，这样打扮都是不可思议的，令人侧目，会给女子自己惹来无数麻烦。

他看着她们，觉得太好了，这样大胆有天赋的人们一起奔向上海，这才对。

他望向窗外。

夜色的帷幔从空中完全降落下来，笼罩了整个平淡的大地。与激动人心的上海相比，任何大地都显得平淡庸常。

列车经过一个孤单的站台，停靠两分钟。

这个站台很小，总共只三间房，三个门。

一个门内装机器设备，一个门内住扳道工，第三个门是进站口。

叶长鹰不由得替这个地方的人担心起来，这么小的站台够他们用么？停靠这里的总是慢车，他们去哪里不觉得太慢了吗？这里的人如果要去比利时，得倒多少趟车？

真艰难，在只有一个进站口的小地方生活。

几根烟抽完，高个子给了他一张名片，说，到上海有空可以打给我们。

他接过名片，上面写着女子的英文名字，露西和凯莉，BP机号码。

很简单的名片。

他说，好的，谢谢你们的烟。

回到座位，女子又吃了外国牌子的口香糖，喝了可口可乐，从精致的小皮包里拿出薄毯子，相偎睡过去。

叶长鹰偷偷记下她们口香糖的牌子，想着去上海一定想办法进点货回去卖。

他敢肯定，这样的新潮货，能把全钢厂的女职工都给震住。

二 十 七　　妹 妹

他下了火车，脚踩在滚烫的水泥地上，心头涌起一股激动的热流，同时还多少有一点犯怵。

去妹妹说的那家医院，是走哪条线路？坐哪路公交车？

他小时候对附近的公交线路倒背如流，现在是不行了，大部分都忘了。

出了火车站，他犹豫着左右看看，心里吃不准。

想了想，他走到路边小笼包子铺，问一位正在吃早点的老头。

老头梳背头，头发乌黑发亮，小指甲留很长。

他猜测这是一位上海本地老克勒。

请问一下，去妇幼医院怎么走？他说的一口上海话。

老头不回答，乜斜眼睛将他从上打量到下。

缓缓吃下一个汤包，老头说，问路是伐？十块阿妮（十块钱）。

他惊得说不出话来，一口恶气涌上来。

他有点发抖地说，我是上海人啊！上海人！几十年前知青下乡，响应国家号召！我现在回来问个路而已，你收什么费啊？有道理吗？我家就住在静安区，我就是有点想不起来了，问个路！

老头被他吓到，用调羹铲起一个汤包，转过身，背过去不理他，对其他食客笑道，神经病呀。

他意识到自己失态了，抻抻肩膀上的背包，转身大踏步离去。

对照着公交车站牌，他估摸着上了一辆公交车，浑身还在发抖。

他在上海长到十七岁！在这里学油画，准备上美院！如果没有意外，他很大概率会考上美院，现在早就是几级几级画师，在哪个单位，坐办公室，每天笃定地在上海穿梭，周末去美术馆，穿衬衣西裤吃咖啡！

过了几站，空出来一个座位，他坐上去，看着窗外飞驰而过的密密麻麻的楼房，思绪万千，神游物外，又好像什么都没想清楚。

他在传达室给妹妹打完电话后，妹妹一手提着热水瓶，一手拿着食堂打来的饭菜，欢腾地下楼来领他回自己的婚房。

她面色红润，瘦了不少，精神头却十足，可能是因为终于有了自己的住房。

他们来到医院后一片灰秃秃的家属区。

从狭窄的单元门进去，爬上六楼，再拐过去爬上一层楼梯，绕过其他房客放在楼道上的大衣柜和纸箱子，突然，阁楼的浅蓝色木头门就在眼前。

妹妹打开房门，喊他坐沙发。

她快乐得像个小燕子，嘴巴机关枪似的兴奋地说，哥你看！

这个阁楼来瑟伐？结棍伐？面积三十平！这附近没有这么好的阁楼！南北两扇天窗，要命伐？过了早上八点，太阳不要太好哦！我真是运气太好了！比我老公排名靠前的那个医生结婚住到女方家去了，这间大阁楼就归我们了！还好他跟我几个月前结婚了，综合分数一下子就上去了！真是惊险呀。

妹妹说得不带喘气，叶长鹰听着也不敢大喘气。

工作辛苦吧？他问。

还可以吧，就是上晚班辛苦一点，但是清静，锅炉房嘛，没人来的。冬天暖和，这几个冬天我一个冻疮也没生。妹妹一边说，一边给他削了个苹果。

他左右环视妹妹的这间婚房：格局方正，南北通透。妹妹手巧，墙面上贴了壁纸，还挂了不少装饰，整个房间显得很温馨。但是层高太矮，一米八不到，他得躬身而入，估计妹夫也站不直。

妹妹终于坐下来和他聊天，他注意到她手上好几个手指都裹了胶布。

手怎么了？

切菜划到了，不碍事。

他欲言又止，妹妹赶紧说，我们吃饭吧，这是我从食堂拿回来的热菜，刚出锅！红烧肉，糖醋带鱼！老香哦！

吃完饭，他借口出去转转，在楼下不远处的精品店里买了两只淡粉色玻璃花瓶放在妹妹的床头柜上。

哥你这么客气干吗呀。

你结婚也没有办酒，说结就结了，我现在把礼物补上。

妹妹不好意思，说，着急分房子，顾不上办酒了。现在要办也不方便，我都三个多月了。

他早就看出来了，心里一直涩涩的。

妹夫是值班护士，在重症监护室，忙得脚不沾地。

父母一直生病，花了不少钱，妹妹的嫁妆也就因此一减再减。她自己倒不以为意，能住到一套属于自己的房子里，她已经高兴得什么都顾不上了。

妹夫长得老相，苏北人，技校读了护理专业。赶上医院大招工，走运气，来上海拿到单位分的上海户口，医院编制，待遇和医生一样。如果不是因为有这份好工作，心高气傲的妹妹怎么会嫁给他？

唉。妹妹是正经上海老城厢的囡囡啊。他抽了根闷烟。

妹妹着急上班，聊不了多大会，就要走了。他们从阁楼里出来，他跳上一辆公交车，赶往南京路淮海路看服装样式。但是，看样式是假的，把心里那股说不清的苦涩忘记倒是真的。

这么一折腾，火车上那两个热辣女郎的影像也远去了。她们俩也要在上海租房吧？房间能有三十平吗？也会渴望在上海拥有自己的房子吗？哪怕是一个阁楼？

到了淮海路，他躲在楼宇之间的角落抽烟。

妹妹现在不常给他写信了，工作以后忙起来了，没空。但元旦中秋仍然会给他寄明信片，明信片上的图片都是漂亮的外国风景，埃菲尔铁塔，荷兰郁金香，京都樱花和庙宇，上海女孩子之间很流行的这种。

他从自己丰富的晚班经验出发，想象她在锅炉房上班的样子。

晚班的时候是这样：五点钟，白班的医生下班吃饭，六点钟，晚班的医生已经坐在诊疗室里了。叶小娜五点一刻从阁楼下来，五点二十进锅炉房里，换好工作服，白班的同事就拿着铝饭盒去食堂吃饭了。她在交接记录上签上自己的名字，又看了看库存报表，这时她感觉火不太旺，拿起那把她用惯了的铲子铲煤，送进锅炉口里。

八点之前，住院部需要换一次开水，她推着叮叮咣咣的小车上去送热水，开水瓶一个挨一个，很快就拿光了。相熟的医生护士和她打招呼，她也跟他们聊会，他们中有人托她热一下母乳，等会医生自己下去拿上来。有人给她塞点香蕉苹果，病人送的。苏北人这会也在休息间休息，她会找他聊会天，两个人说说笑笑，拉拉手。这之后，她会去食堂打饭回锅炉房吃。他很了解她的，她喜欢边吃饭边看地摊杂志，言情小说看起来十分投入，一边吃饭一边看，不知道多惬意。过了晚上十点半，医院也安静下来。叶小娜昏昏欲睡，但是不能睡死。

锅炉上的仪表盘，每一个小时都要抄表，记录数据。哪个数据高了低了都不行，那是很危险的。

她半躺在长凳上，后背垫了一个大枕头。手上抓着杂志，但是眼皮子越来越沉。有时她能睡一会，还能打起轻轻的呼噜。有时，会有人来敲门，说，叶师傅，在你这里煮点东西吃啊。或者，冬天的时候，叶师傅，在你这里晾两件衣服啊。

妹妹从梦中醒来，和来人聊天，说说医院里的事情。过一会，又只是她一个人，她吃个橘子，昏沉睡去。闹钟每隔一个小时就响一次，将她从梦中拽起，喊她去抄表，看看火旺不旺，铲煤。

一晚上迷迷糊糊的，梦到了许多景象，都记不得了，只知道梦里还是很开心的，没有噩梦。叶小娜很少做噩梦。

到了早上五点半，来换班的同事进门了，叶小娜收拾收拾，提着两热水瓶开水，回家了。她不吃早饭，洗洗脸，泡个脚，刚挨着床，她就沉沉睡过去了。

三年，五年，十年，三十年，一辈子很快就过去了。叶小娜自己肯定不会有什么太大的想法，就这样挺好，她冬天怕冷，有了现在这个工作她不可能再怕冷了。

小时候她跟叶长鹰说，长大了要去当舞蹈演员，在舞台上跳芭蕾，踮起脚尖，转呀转呀。家里没有闲钱送她去学，后来到了小学初中，她可能也就忘记这个事情了。唯独叶长鹰总是记得她从幼儿园回来，拉着他的手，说哥哥你看我，你看我。她拉着裙边，在他身边转呀转呀。

他有些难受了，踩灭烟头，不想了。

第二天他去工厂看货，在工厂停留了两天，挑出几件十分出挑的样品，用很便宜的价格拿下，放在叶小娜阁楼的门口。他知道她下了班到门口马上就能发现。她爱漂亮，会很开心的。事情纷乱匆忙，他没跟她见面道别，又坐车回江西了。

那一叠衣服中有一条短短的白色纱裙，做得很时髦，上面配一件白色真丝衬衣，穿出去肯定会十分扎眼。

那白色纱裙，仿照芭蕾舞裙的样子，飘逸灵动，随着高跟鞋咯哒咯哒踩住地面，裙边一点一点跃动，像是跳舞的样子。

他为妹妹将在锅炉房里度过一生，感到心里发紧。百般滋味，难于言表。

上海，就把这样的旮旯地方，留给他们么？

他又想到那个向他要十块问路费的老头，憋屈极了。先前来的时候的那种愉快闲适的心情一扫而空。

他一路无言。

二十八　告别的聚会

　　过了夏至，就有些朋友陆陆续续要离开钢城，回到上海。主要是为了孩子读书，赶在九月一号之前把房子弄好，各方面熟悉下来，孩子就此正式入读上海的学校。老知青回城的政策通过这帮朋友的示范操作，确定是完全可以施行落地的，叶长鹰心也就踏实下来，对未来的方向更笃定了。

　　老吴家里请客做酒，喊这些老朋友过来叙叙旧，毕竟以后再想喝酒，就得在上海找地方了。

　　叶长鹰除了带上小梅延飞，还带上报生。这帮朋友都喜欢写字，他想让报生过去玩一下，凑个热闹，写个什么，也算个纪念。再说，老吴上海菜做得十分地道，他想叫报生尝尝鲜。

　　老吴家住在电影院附近，老房子，大块石头砌的。青苔沿着石缝一路长，把整面墙都占了。房子高出路基两米多，去老吴家要爬十多级台阶，上了台阶左手边是单独的厨房，右手边一楼二楼都有他家的房间。

　　老吴是个小科长，和钢城这个片区的派出所所长关系又十分要好，当初分房子的时候托了所长的关系，分了一个这样大的三室两厅和单独的厨房。他是一个很能安排生活的人。

　　去了以后先吃午饭，然后女客们在一起聊天午睡，男客们在书房比比字，聊聊时下的新闻，展望回到上海怎么省俭，怎么吃好。

　　不知怎的，天热得昏沉，报生再回忆起来，许多事情和事情似乎都不挨着，但是又确凿。那谈话是真实的吗？那哭泣是真实的吗？

　　起初是大家一起写字，谈论，渐渐地，书房里的人少了，只剩下报生自己在写，后来连叶长鹰也不见了。报生写累了喝了一杯茶，隐隐听见楼上有哭声，循着声走上去，二层走廊最里面的房间内，木门与纱门都开着，电风扇呼呼地吹。屋内和窗外似有女眷在旁边低声私语，小梅抱着延飞劝慰了一会挨不住困，去旁边躺着睡了。

　　报生走近。

　　老吴的老婆，低着头坐在单人沙发上不停地哭，脸红红的。她的脸很瘦小，五官也是小小的，纹了眉眼，口红的残印还留着。耳垂上的金坠子随着她哭，一下一下地颤动。

　　所长坐在她旁边的单人沙发上，与她隔着一个小茶几。他表情尴尬，面目一股苦味，伸出的大手轻轻抚摸她的背。他口中念念有词似的安慰她，又像是为自己开脱。你不要哭了我也不是故意的，哎，你不要哭了我也不是故意的。这一句话反复不停地说。

　　所长老婆原本也是过来劝，劝了一会劝不动，便走了。

　　女主人一直哭，偶尔开口的时候提到离婚，然后又不说了，仍哭。

　　所长面相更苦了，还是低声细语地不停地劝，离婚怎么离呢，离婚是不可能的呀，两家怎么搞呢。你们马上就要去上海了，马上要过新日子了。其实说起来我们又不是第一次……

早就说好分开分开的呢，你为什么今天……

中午喝了酒，一时发昏！你今天打扮得这么漂亮……我这完全就是酒喝多了！男人啊，不能喝酒，喝酒误事，喝酒误事啊。都是我的错，你不要哭了，都是我的错。

你刚才那个劲头哪里去了……现在又这样说……

我给你一句话，我以后再也不可能了，不会再犯了。求你原谅的话讲了这么多了，你不要哭了。

我不是要你这么一句话……

好了好了，都过去了……

其余的人都不知去哪了，吴大伯始终没有出现。报生向楼下看，厨房里正砰砰地切菜，烟囱上冒出白烟，叶叔夹着香烟，卷起袖子，在厨房门外进进出出，晚饭会比中饭更加丰盛。

老吴老婆与所长两人的头渐渐挨到一起去，低声絮语……

马路边的紫桐树已经爆开花朵，淡紫色的喇叭花开得密密匝匝，叠在一块，十分绚烂。猫沿着房檐慢悠悠走着，几个附近的小孩在楼下拍变形金刚的纸牌。

再也没有人上来看望这个哭泣的女主人。报生觉得奇怪，好像所有人都对这感到很习惯了。

天刚到黄昏，晚饭就开始了。蛋饺火锅，四个冷盆，纯肉火腿肠好吃得不了，菠萝咕咾肉，糖醋带鱼，红烧鸡腿，啤酒鸭，炸藕丸，白煮大虾，蛋炒饭，阳春面，汤年糕，红糖糍粑。

女主人没有下楼来吃饭，但其他人吃得很热闹。言谈之中，老吴对于眼前政策的变化也有很多精到的点评，引起大家一阵又一阵的哈哈大笑。所长还是被大家不停地敬酒，锦江酒喝掉四瓶，大家都有些醺醺然。

火锅加了三次炭，蛋饺和粉丝都吃完了，大家才在夜色中挥手道别。

叶长鹰对老吴说，定下来以后给我写信啊。

老吴紧紧握住他的手，说，放心，你去上海要去我家玩，我们还要一起喝酒。

再会啊。

再会。

叶长鹰骑单车带着小梅和孩子，报生另骑一辆与他并排。

报生没有开口问什么，他十二岁了，懵懵懂懂地觉得这个事情不该问。

倒是叶长鹰感慨道，老吴一家终于要回上海了，在这桩大事情面前，什么都不重要了。

报生回到家后想，下午大家一起写的那些字，恐怕他们也带不走了。在回上海这桩大事面前，要拿的东西太多了，一整个家都要搬过去，根本忙不过来。

学校里也是这样。好几个同学跟随父母回上海，在老师那里盖了章，办了手续，甚至没有跟同学们道别，就从教室后门走了。

一时之间，好像人人都在离开这座钢城。

二十九　　辞别师父

此地夏的暴烈，和冬的苦寒一样，都是极端的。

八月，热得令人手足无措，无处可逃。家里为了省电，不开电扇。报生热得心生一团热火，而他偏偏要喝一杯滚烫的开水来与这个热作战。

他心里恨恨地想，我拿这个热没办法，那我就热到极致，看你这个鬼天气到底能拿我怎么样！

人人怕热，他也怕热，但他厌恶的不是这个热，而是这个怕。

有什么可怕的，我自己再加上开水的温度，看我会不会死。

他当然没有死。

夜晚父母去上班，他自己在屋里根本睡不着，就想出了这招。

汗流浃背之后，他心里静了，五脏六腑不再哀叹，统统沉默下来。

再过了一会，他察觉到了自己的躁动，他不是因为天热而心烦，而是有许多其他的事情才心烦。

他起身来写字。

深吸一口气，从鼻腔进入，体会那股气息一直到腹部深处。

他慢慢地写《心经》，如今那些字早已背下来，连贯的书写就成了外在的一种呼吸方式。

他渐渐让自己安静下来，汗滴在报纸上，那股白天被按捺住的情绪涌了出来。

林老板要去美国，明天是他最后一次去书画店找他，也就是送别。

他很难过。

那些滴下的汗，可能原本是他想落的泪吧。

他早早起床，收拾了东西，带上叶长鹰的送别礼物，过了浮桥。

林老板已经将店面全部收拾清爽，空落落地坐在前厅翻着一摞宣纸。

报生过来，又帮他打扫了一遍卧室和后厅。其实以林老板的习惯，连零散的东西都不会再剩下，但报生还是要帮他再检查一遍。

中午本来要去旁边的饭铺吃，但是报生不肯，坚持自己下锅煮粉。

他从自己家带来了肉丝和咸菜，生火，煮，捞，一气呵成。

林老板夸他，不错呀，小学也毕业了，自己也能照顾自己了。

报生小学一年级的时候就会自己炒饭吃了，但是他没有说这茬，他只是问，师父，真的必须要去？

唉，我女儿又生了个孙女，那边忙不开么。

不回来了？

都这么大年纪了，估计想回都回不成了哦。

人都说叶落归根……报生说得很急切。

林老板哈哈大笑，说，叶落归根和想小孩这两个事情比较起来，不好选！反正我去那里，也还是继续写写画画嘛，也算有根。

报生半晌不好作声，又说，我还写得不好……

嘿，你还写得不好？行啦，和同龄人比起来，挺好的了。再想往深了练，那得修心啦。写一写，看看，不够好，就不写了。自己想想其他的事情，想通了，再来写，可能写得好一点。

师父，你去美国，给我写信么？

嗨，忙着带孩子买菜烧饭，哪有空写信呢？不写了吧。今天你就算出徒了。把胖婶叫过来吧。

胖婶来了，林老板说，来吧，咱们有聚有散，我明天就走了，这个小孩当初拜我的时候你在，今天算结业了，也拜一下，你还在，咱们这个就算授课结束。

胖婶点点头，立在旁边看着。

林老板给报生一碗茶，报生还是跪下，递茶给他，再磕三个响头。

林老板喝干茶，拍拍报生的肩膀说，起来吧，以后你就算从我出师了，可以再拜别的师父，不必受我的拘束。我教你的东西，可以扔下，也可以继续用，全看你自己。

胖婶的语气也是低沉的，但是还带着笑，说，林老板投奔女儿去了，留下我们这些没出息的天天在这里混日子。

他只是摆手，说，活着就是混日子，我这个写字也就是打发时间。

报生取出叶长鹰的礼物递到林老板手上，是一幅精致小巧的油画，手掌这么大，金框装裱，画的是春天的浮桥。云朵难得地高而远，浮桥上走过一两个挑担的农民，竹篮里的蔬菜正新鲜。

报生说，叶叔出差了，叫我把这个礼物转交给师父。

林老板点点头，说，画得这样精心，费了不少功夫啊。我一定带到美国去，好好保存。想家了，就看看这幅画。

这话说得人不免心中含酸，胖婶马上打趣，说，美国的风景肯定更好看，到时候你用水墨画它几幅，以后说不定价值连城哩！

林老板笑笑，喝茶，眼神中也是捉摸不定的低沉。

胖婶的店门口来了客人，喊老板。等她走了，报生感觉到厅里空旷得不得了。

林老板拍拍眼前的那叠宣纸，递给报生，说，后生，这是给你的练习纸，写着玩吧。你的字，以后不在技巧上了。要论技巧，新余市的比赛你都能去参加，拿个奖不是问题。以后你的事情在过日子上。家里条件不好，父母身体弱，以后家里都得靠你，能写就写，不能写就好好过日子，把家里照顾好。不要想着怀才不遇，也不要自暴自弃，都没什么。书法在心里，倒还不在笔下。日子过透了，字自然就有了。慢慢的，不必急。

报生低头看着这叠宣纸，不敢看师父的眼睛，说，知道了，我会记住。

不再喝茶，林老板将杯盘收了，像是最后一次对他说话似的，很严肃。

后生，你的天赋是万里挑一的，说实话，我没见过比你更好的苗子，出手就是王羲之的行草，写得行云流水，气息贯通，这不是一般的领悟力。但是人生要做的事情太多了，写字可能总是要往后放，总是不太如意。哈哈，你看我，也是被日子牵着走啊。教不了你了，教不了啦。以后的草书，隶书，你就自己慢慢琢磨吧，我看你完全可以自学了。我其实不爱收徒弟，几年前我点评你的字呢，其实想法很简单，就是点评而已，并没有其他意思，只是你跪下来磕头，我不得不收你，其实我也很为难，我根本不想教什么嘛。哈哈，是不是。

报生说，师父，再讲个故事吧。

不讲了，到点了，我得回家收拾收拾。你也赶紧回去吧，我就不送你了。

最后的告别，并没有仪式。师父没有搂搂他的肩膀，甚至没有多看他一眼。

报生怀疑师父也许很快就会忘记他。就像他一直叫他后生，却不叫他的名字，也许师父把他的名字忘记了？

　　回到家中，父母不在，可能是帮邻居下地干活去了。报生呆坐在床板上，许久没有缓过神来。他难得地，不想写字，只想静静地坐会，因为心里头那种空落落的感觉，实在是难以抚慰。

　　小学毕业的这个夏天，真算是他人生中第一次遇到了难熬的事情。

　　他前所未有地体会到了自己的渺小。因为师父对他的冷淡。

　　其他人对他的冷淡他压根不会放在心上，但是师父对他的冷淡，却让他觉得心如刀割。他还太年轻，分不清真话与假话，违心与真情，体会不了一个七十多岁老人的复杂心情。

　　他难得地感受到一股浓烈的依依不舍和悲痛。但是他对谁都没有说起这心事。他也无人可说。

　　叶长鹰越来越忙，他已经许久没有见到他，和他聊天了。

三十　偷偷写诗的女孩

　　报生的初中生活开始于一片灰寂的心情之中。他比同龄人显得沉默多了，总是窝在教室的第三排靠边的座位里，不到老师提问，绝不开口发言。

　　他发现，初中老师很可笑。

　　比如说英语老师，怎么好像讲不通道理似的。她难道没有看过穷人？为什么她说话总像是没有在此地生活过一样？

　　上课时，她会满教室溜达，对着每一个衣着破旧的学生（大部分都是临时工家属区的孩子）问，怎么衣服领子都磨破了也不缝一下，或者换一件？夏天为什么要穿长袖？你夏天只有两件衣服穿么？

　　没有人回答她这些问题。

　　对于十几岁的少年来说，这是根本无法回答的。

　　报生在心里回答她，这有什么好奇怪的，衣服还能穿就可以了。有的同学家里根本没有像样的短袖穿，就只能穿长袖，把袖子卷起来。相对地，其实他也不明白眼前这位英语老师为什么要每天都换一件衣服？裙子几乎不重样。这有什么意义？

　　他也同样无法向老师解释为什么他的家庭作业上没有父母的听写记录，没有父母的签字。

　　陈报生很想告诉她，父母经常通宵卸车皮，白天回家必须睡觉，自己不可能把他们摇醒让他们签字的。因为签字并不是什么很重要的事情。他可以向老师担保，自己绝对已经背过了所有单词，并且默写了一遍！

但是他摇了摇头，欲言又止，决定什么也不说。

在这位老师的冷嘲热讽下，临时工家属区的学生没有英语好的。一考试都是不及格。英语老师发了几次火，就很快放弃了他们。

因为每次都没有听写记录，所以每次报生都被叫到教室后排罚站。

他从未罚站过。在小学，他始终还是老师认为的好学生，字好画好，能出黑板报。罚站这事，刚开始他还有一点尴尬，但是次数多了，他也就习惯了。

他会偷偷带上一本唐诗宋词，或者《三侠五义》,《水浒》《三国》,夹在英语书里偷偷看。

英语老师并不觉得后排站了许多学生丢人，因此只要是上英语课，后排总是乌拉拉站十来个人，把粉笔画的黑板报磨得一塌糊涂。

教室的后两排逐渐成了男孩们闲聊的地方：不仅是英语课，什么课他们都聚在一起，不停地嬉笑、争执，讲外面听来的事情，好像总有无穷无尽的知识要分享给彼此。

这些知识主要是社会知识，混街头的知识。从初一开始，这帮十二到十五岁的男生们，渐渐开始听不懂课程了，无论是数学语文，还是英语地理，都超出了他们的日常经验，变得无法理解。他们像之前许多届的哥哥们那样，从这时候开始需要掌握许多男人之间的秘密，街头闲逛的诀窍，揣测着许多女性黑洞般的生活。

虽然过了罚站的时间报生就会回到第三排，但因为他也是男生，所以后排男孩们并不把他当外人，这些成长必备的知识，他听了许多。

起先，大家十分秘密地永远不停地谈论一个初二的女生。据说很漂亮，来自临时工家属区，从初一开始就和初中部混子老大交好，后来又交往了好几个，到了初二已经是非常有名的校花。因为男朋友们的引荐，她逐渐在整个钢城的少年混混圈子里小有名气。

他们谈论她的次数太多了，尽管没有几个人真的见过她，但是报生觉得自己几乎都可以将她画出来：长头发，很长，估计垂在腰间，大眼睛，已经开始化妆，用口红把嘴唇浅浅抹成梅子红。穿着时髦但是仍然有分寸，背带牛仔裤配短袖棉T恤，萝卜裤配大衬衣，斜背书包，或者双肩包只背一根带子。他们反复谈论她的风流韵事，渐渐地故事几乎飞起来，没人知道她是不是真的说过那么多热辣的话，做过那么多大胆的事情。男生们添油加醋，把许多不知道怎么就从自己嘴里冒出来的话，加到了她的身上。

她可能已经发育得像社会上的女青年那样，胸脯子十分巨大，到底怎么大，没人知道，但是确实是触目惊心的可怖的。只要和你待上十分钟，她保管就会把你逗得飘飘然，以为自己在她眼里是最特别的，她对你青眼有加，晚上回到家里你根本就睡不着。第二天见不到她，你一整天都失魂落魄，第三天你就觉得自己可能已经喜欢上她了，到了第四天，为了能见到她，让她和你单独待一会，让你干什么你都会同意。

上午第二节课后，所有的初中生都要在教室外面做操，结束以后有漫长的十五分钟可以去食堂或者学校门口的小摊上买些煎饼包子吃。

那天报生和几个男同学正蹲在台阶上吃饼子，从最右手边一溜传来絮絮而急迫的低音，她来了！她来了！快看，快看！

她身边拥着三四个女同学，手上各拿着麻花卷饼，并排走过来，悠闲，袅娜，像是在花园里散步的鸟儿。报生看清楚了，她确然是长发，编成一根粗粗的麻花辫斜放在肩头，脸儿小巧饱满，眼睛明亮，鼻尖微翘。但是整体完全不高，仅仅是中等，甚至还有点矮。穿着一件粉色荷花边衬衣和一条格子裤子，步伐很自信。匆匆一瞥下，胸脯子完全不是大家说的那样像妖怪似的可怕，就是一个很普通的人罢了。报生又偷看几眼她的眼睛，发现实则她并没有美人的风韵和神情，五官皮肉之间是无趣的。好的美人图他看得多了，他自以为是明白风情的。

看到这里，他倒是长舒了一口气。并不是美人。他有了些微的放心了。但是为什么不是美人就放心了，他也说不清楚。

可能是因为美人总让人紧张，提心吊胆吧？《三国演义》里起码是这样的。

他不喜欢紧张。

其他人的感受似乎都和他类似。这之后，男孩们普遍松弛下来，说还不如班上的某某某好看呢。慢慢地，这话题竟从他们的知识交流里绝迹，他们再也不点评她，而是转移到新的议论阵地上去了。

到了第二个学期，班上来了一个新同学，女生，叫秋妹。

长得黑黑壮壮，额头上的刘海短短的，发黄。身体却真的已经发育了，与其他纸片似的女生比，臃肿许多。她从乡下的学校转上来，跟着两个哥哥一起过。可能也是因为无人关心，她衣服的式样总是很奇怪，黑底红碎花的裤子衣服，手工缝制的布鞋，衣裤总是显得短，惹得她不停地拽。

更要命的是她普通话说得不好。乡下的学校一直用方言授课，电视也看得少，秋妹一直无法说很好的普通话，开口就十分艰难，想要表达完整的意思更是不容易，常常为了说句话把脸急得通红。

就这几点对于一个十几岁的女孩子来说足够可怕了，班上后两排的男生自从她来了以后，就专门以欺负她为乐。而她又偏偏是报生的同桌。

秋妹，说几句你们家乡话来听听。

秋妹，你是不是已经结婚了但是没告诉我们？

秋妹，你是不是偷偷生过孩子？

你是不是喜欢秋妹，我看秋妹嫁给你很合适。

去你妈的，你才喜欢秋妹呢，谁要喜欢个大妇女！

哇塞秋妹的胸为什么那么大？

摸起来一定很舒服！哈哈哈！

……

而秋妹本人，毫无办法，她只能听之任之，只当是个聋子。大个和奶妈总是围着秋妹不停地打趣调侃，可以嘻嘻地笑一整天。秋妹常常被气得要爆炸，憋着劲在抽屉里摔本子。

报生提醒她，你不要理他们。

秋妹气得眼睛发红，说，我从来没惹他们！总是他们过来欺负我。

那他们说话的时候，你不要笑，也不要回去用书打他们，没用的。

秋妹气鼓鼓的不说话。

大个和奶妈又凑过来了，奶妈说，秋妹我告诉你个秘密。

秋妹捂住耳朵。

奶妈还是嘻嘻笑着，大个说他爱你。

秋妹尖叫一声，拿出英语课本，拼命打他们。

　　他们根本无所谓，躲着，大个嘴里还说，秋妹，他是骗你的，其实是他爱上你了，求你做他女朋友！

　　秋妹气得跺脚，全班都笑开了。笑声一浪接一浪，好像怎么也停不下来。

　　秋妹的眼睛越来越红，终于忍不住，趴在桌子上哭了。

　　教室安静下来，大家好像没事似的在写作业，大个和奶妈在后面互相说，都怪你，都怪你，你把秋妹惹哭了，你得娶她！去你妈的，明明是你惹的，秋妹归你了！

　　下午最后一节是体育课，大家都出去打球，秋妹还趴在桌上抽抽搭搭地哭。

　　报生在写黑板报。

　　他从书包里拿出一张草纸，揉软了，递给秋妹。

　　秋妹接过，呼哧一下，擤了坨大鼻涕。

　　报生说，不管他们说什么，你都不要理会。时间久了，他们就不会找你了。

　　秋妹想了想，却说，诶，其实我想告诉你，我是有点喜欢大个，我才忍受他们这么欺负我，要是换了别人，我早就跟他打架了。我没告诉过别人，只告诉你了，你一定要替我保密。

　　秋妹从书包里抽出一个小小的日记本，交给报生，说，你看看吧，看看就明白我了。

　　说完，她背上那只手工缝的布书包，离开了教室。

　　报生一时很惊讶，没反应过来。他应该看秋妹的日记吗？
这是多大的信任呢！他可以看吗？他很犹豫。

　　晚上回到家，吃过晚饭，屋子里空荡荡的，报生打开那盏
小灯，在灯下依旧犹豫。但想到秋妹被他们欺负了这么久也不
反抗，她那带着浓厚乡音的普通话，报生怀着也许可以帮帮她
的一丝想法，打开了日记本。

　　　他的眉毛是跳动的，我的心也是跳动的，我们彼此确实
盲动的。因为我不知道他下一句话，会让我多难受。

　　　陌生的地方，陌生的房子，陌生的同学，我怀揣着一个
拿得起放不下的心事。

　　　入了春，天气还是这么冷，我怕冷，但是如果老天爷
愿意跟我做笔交易，我可以接受一年四季都是冬天，只要它
把我变成一个好看些的女孩子。这样我可以对他微笑，心怀
自信。

　　　哥哥的生意做得越来越好了，他说要给我买一套新衣
服，我说不要。因为我害怕穿了新衣服，他们对我的嘲笑会
加倍。

　　　月明星稀，月明星稀，是我在叹息。我做什么都害怕。
这个世界叫人害怕。

　　　他对我的每一次羞辱都是在我心上划刀子，但是他毕竟

凑过来跟我说话了，不是吗？

……

报生从没想到，她的文笔是这样的怅惘，她的字迹是这样的娟秀。她分明有着一颗敏感多情的心。

他将日记本合上，不知道该怎么面对这份突如其来的信任。

第二天他把日记本还给秋妹，秋妹问他，看了吗？

他慌张了，犹豫片刻，竟然说，没，没看。

秋妹有些失望，把日记本锁进简陋的抽屉，没有再说话。

来自后两排的嘲笑依旧持续一整天，秋妹还是当聋子。

第三天，下午最后一节自习课，大个和奶妈再凑过来与秋妹调侃，旁边的女生尖厉地插嘴，秋妹，我看你就是喜欢大个，天天发骚！

后两排哄然大笑，许多女生一边笑一边鄙夷地看着秋妹。

秋妹惊呆了，立刻转头看向报生。

报生百口莫辩，只是不停地说，我没有，我没有，我不知道……

秋妹连忙从抽屉里拿出日记本，那上面已经被惨不忍睹地画上了各种裸体，在重点语句下面画了横线，扉页上尤其画了一对硕大的乳房，写着，秋妹是猪。

大个和奶妈还在旁边嘻嘻笑个不停。

秋妹腾的一下站起来，哗啦一声把桌子掀翻，冲着大个一声尖叫，扭打起来。

大个慌了，不敢还手，使劲往后退，要甩开秋妹的刺挠。

秋妹发了疯似的号哭，十指挠人，挠地，用头去撞大个，撞奶妈，撞周围围观的同学。大家躲开她，谁也撞不着，她就去撞墙。

报生赶紧去拉住她，不让她伤害自己，却怎么也拽不住。四周的冷嘲热讽还在继续，女生们交头接耳，怎么了怎么了，谁的日记？谁画的？秋妹暗恋谁？哎呀呀呀！

报生一声怒吼，别笑了！

那声音几乎能把玻璃震碎。

教室立刻安静下来。

吼完这一声，报生的眼泪唰地流了出来。

他无力地摆摆手，想说什么，最后却只说出一句，你们不要欺负她了。

大部分同学都面面相觑，反正放学的时间也快到了，就背着书包默默走了。

最后剩下大个和奶妈。大个想走，奶妈死死拽住他，低声说，这个时候走还是男人吗？

报生平静下来，查看秋妹的伤，她的手上脸上，都是刚才留下的血印子。

　　报生问他们俩，这到底是怎么回事？

　　先是死一般的沉静，报生盯着他们俩的眼睛。奶妈先红了脸，开口说，是我发现秋妹抽屉里好像有什么秘密，用夹子撬了她的锁，把日记本拿出来的。大个，到你了。

　　大个半个身子躲在奶妈后面，支支吾吾地说，是我稀里糊涂画的，我根本没有细看，当时还有别人，就大家都传看了一遍，那些画得乱七八糟的东西，是好多人弄的，不单是我一个人……

　　报生还盯着他看。

　　大个只好吐露最后的真相，说，前面那个奶子是我画的，我真的就是好玩，什么都没想，秋妹是猪绝对不是我写的，我可以保证！如果是我写的，我出门被车撞死！雨天被雷劈死！

　　秋妹一声哀号，像是从地下发出的。她默默起身，低着头，把桌子扶起，杂物收拾好，背起了书包，走出教室门。

　　临出门之前，她走到报生身边，拍了拍他的袖子，想开口，却不行，又流下一行泪。

　　报生眼看着她的背影，消失在远处的大门外。

　　黄昏时分的广播响起，《蓝色多瑙河》悠扬地在寂静的校园上空飘荡。

　　秋妹再也没有来上过学了。

　　有女生说她转学到其他学校了，有女生说她回乡下嫁人了，还有女生说她去广州打工了。

秋妹从大家的记忆里消失了。许多人后来再也记不起来曾经有过那么一位同班同学。

报生后来曾多次想到秋妹，一个偷偷写诗的女孩。

三十一 奶妈

这桩事情过后，报生不再和奶妈大个说话，目光直视都没有，他不看他们俩。罚站的时候，后两排的窃窃私语他也不再听，只专心看闲书，下了课就回家。

就这样过了一个星期。那天傍晚他在家里写字，日头已经落到山背后，四周是昏黄浅红的一片朦胧，他正准备起身去开灯，看见门口一个半藏的黑影，怯怯的，不知在那里站了多久了。他再仔细一看，是奶妈。

张志羽？他问。

还是叫奶妈吧。黑影跨过门槛，不敢往里走，还是靠着门。

你找我有什么事？

黑影顿了顿，说，请你去我家吃饭，我姐做了辣椒炒肉，还有炒粉。

干吗请我？

秋妹的事情……

他这么坦率地说到了秋妹，报生反倒有些不好意思拒绝他。

他这阵子是苦闷极了，很大程度上是因为这事始终困在他心头。他想了想，从内屋走到门口，对奶妈说，走吧。

奶妈在前，他跟着。

他家就在后四排，走过一口井，绕过一棵樟树，一排平房里最内一间。

报生其实知道他家的位置，因为上学时，总会遇到他骑自行车从这边出发。家属区的学生，其实彼此都是面熟的，从小就在这附近活动，就算不是同一个班，也基本都有共同的熟人，随便一次闲聊，就能听到很多名字。报生知道，奶妈的姐姐和他母亲是同事，都是卸车皮的合同工，也上晚班。母亲说过好几次，她弟弟有时候晚上会去帮她干活。

到了奶妈家，客厅里的小桌子上摆着几个菜盘，上面倒扣着空碗防苍蝇。

屋内没有别人。

奶妈给他搬来凳子，叫他坐，说，我姐已经去上班了，和你妈妈一个班组。

报生嗯一声。

奶妈也不说别的，掀开碗就吃。报生一时也不知道说点什么，也就埋头吃饭。

天色已晦暗到看不清远方的树了，菜很辣，两个人都出了一身汗。

从外面踱步进来一只小黄狗，奶妈夹了些菜给它，报生也低头逗弄小狗，气氛似有所缓和，奶妈突然说，我不是故意的。

报生挠小狗的下巴，没有做出反应。对于他的恶劣行径，他还没有释怀。

过了会，奶妈又兴冲冲地说，我带你去个地方！

他把单车推出来，头向后座点了点，示意报生坐上来。

报生犹豫了会，跳上座位。

奶妈加足马力，从家属区后边绕过去，来到煤厂附近。

这里是一大片荒地，堆了很多报废的卡车、拖拉机、破损轮胎、支离破碎的汽车零部件。

他兴奋地将自行车停在一处卡车头旁边，指给报生说，从来没见过这么完整的卡车头！里面超大！

两个人从车窗爬进去。

果然，里面的海绵坐垫竟然都是好的。驾驶位和副驾驶位座椅宽敞，后面还有一排座位，躺下来睡觉都绰绰有余。

夜色已经笼罩住整片煤厂，远处的皮带正在轰鸣，将这里的煤运往其他车间。

奶妈在这隐藏之下，打算说点真心话了。

秋妹的事，是我们做错了，那样对待一个女生……我真的不是故意的。如果你能转告她，麻烦跟她说一下。

转告什么，我也不知道她去哪里了。报生的口气还是冷的。

奶妈实在不知道这话题如何继续，只好转而介绍这块空地。

这边很少有人过来，是我发现的，这个车头昨天才到，我一直听人说你爱写字爱看书，所以我猜你肯定需要这么个安静的地方。本来我是打算这个地方留给我和大个他们打牌的，但是后来我觉得还是给你比较好。我姐说，爱读书的人都应该有这种单独的地方。秋妹的事情我跟她讲了，她把我骂了一顿，还说我一定要跟你道歉，跟秋妹道歉……

报生打断他，为什么要那这样对她？

奶妈愣住了，过了会说，不知道，我现在想想，搞不清楚自己为什么要那样。

报生看定他，把憋在心里很久的话一股脑儿倒了出来。

我一直以为你是个不错的人。有一次下课，英语课代表收作业，你在旁边疯跑疯玩，撞到了她，她大声骂人，还挥手打了你，你没有吭声。我妈跟我提过你。她说你很懂事，经常夜里帮你姐姐卸煤，搞得一身脏兮兮的，也不计较。还说你很体谅父母，一年到头只有两件长袖运动衣穿，也不跟父母讲要买新的。大家家里条件都不好，幼儿园也没有上过，衣服也没有几件，为什么你们要去欺负秋妹？就因为她土，她说不来普通话，她不好看？你去撬她的抽屉，发现是日记本，怎么没有赶紧锁起来？还要去翻，去画，去侮辱她？

报生说得激动，胸脯一起一伏。

奶妈说，以后再也不会了。我跟你讲个秘密吧，你不要告诉别人。我有癫痫的毛病，不知道什么时候就会昏过去，嘴巴里全是泡沫，不赶紧塞毛巾的话，我会把自己的舌头咬烂，牙齿咬碎。看了很多医生，吃了好多药，一点用都没有。我父母后来听人家说去教堂里信主有用，就把我和姐姐都带过去。一礼拜三次，礼拜五，礼拜六，礼拜天，每天晚上听一个小时的讲经，自己再祷告一个小时。就在市体育馆旁边的教堂，黄色木头窗户的那一个，外面有点破，里面很安静，打扫得光亮亮。我从九岁开始去，到现在五年了，再也没有犯过。人家说，生了重病的人，在病床上听到别人念一段经，再把手放在经书上，会真的好起来。我不知道别人怎么样，我自己是真的好了。

那个时候，我们家里很早就吃饭，四点做，四点半就吃完了。然后骑自行车过去。我祷告的时候，就念父母不要再生病了，姐姐的工作轻松一点，自己不要再犯癫痫，尤其是不能在同学面前犯，如果那样的话，我就再也不会去上学了。可能你不相信，我祷告的时候，是很认真的，比上课认真一万倍。我真的觉得主救了我的命。小时候害癫痫的记忆太深了，有一次我就是打了井水洗了几件家里的衣服，可能是因为井水太凉了，我感觉中指发麻，然后其他手指马上失去知觉，脑子里一道闪电，浑身颤抖一下，就晕了过去。再醒来的时候，头上腿上都是擦伤，嘴巴舌头都肿了，咬的。我那个时候就想，我什么时候在学校来这么一下子，我就再也不上学了，要么就去自杀。

秋妹那个事发生的那天晚上，我一个人去了教堂，跪在主的面前忏悔。我奇怪，我怎么会变成那样一个人？在学校欺负别人，还哈哈笑？在做那些事情的时候，我好像一个从来都没有病过的人似的，好像从来没有得到过主的照顾，那么狼心狗肺。我不能原谅我自己。就算我姐姐没有叫我来找你，我自己也一定会来跟你讲清楚的。是我不对，我以后绝对不会再那样。我这是第一次从主的眼睛来看我自己，这是一个多混蛋的人！世界对他好，他却去欺负别人。所以我说的是真的，我那个时候不明白我为什么要那样做，但是我能保证，我以后再也不会那样。

奶奶的一席话讲完，报生倒愣住了，不知该安慰他，还是该立刻原谅他。

他又补充道，我三岁那年在乡下玩，很多小朋友在一起打架，不知道是谁用木棍挥了我一下子，打到后脑勺，我当时就栽下去，犯了癫痫。从那以后每个月几乎都有，我家里为了我这个事情，花光了钱，还欠了好多债。后来是老乡介绍，我父母到厂里干卸车工，慢慢把债还上。我妈说，这事没法追究，也就不追究了。主已经显灵了，就够了。我从没想过自己会成为一个王八蛋。报生，我带你去看看那个教堂吧。你是不是从来没去过？

好，好啊。报生有些错愕。

奶妈骑了半个多小时的车，到了市里这座教堂前。

晚祷的人群已经陆陆续续地往外走，他拉着报生进去。

讲台上，唱诗班的十几位成员正唱着舒缓的歌，结束这一天的疲惫。报生赫然发现瞎子院的几位老人和那位有着大辫子的姑娘正在台上投入地唱着，声调虽然还生涩，带着方言的音，但歌曲被他们唱得高亢优美,与他们平常唱赣剧选段完全不同。

亲爱的主耶稣,

时时刻刻眷顾我,

不怕世俗的诱惑,

因有你,

不怕狂风和暴雨,

坚定不移跟随你,

……

奶妈轻声对报生说,你可以闭上眼睛,心里随便想点什么。报生照做。

　　秋妹的日记还在继续写。她写下了许多对他们的怨恨和愤怒。他希望她多写一些,闷在心里不好,写出来,有了具体的语言,秋妹会慢慢忘记吧。希望她能忘记这些坏同学吧。如果秋妹去广东打工,她会不会在眼花缭乱的花花世界里过得很开心,把这些同学对她的坏抛在脑后? 以后遇到秋妹,他很想告诉她,她的小诗写得很好,以后也许她会成为一个诗人。

　　眼前是笔墨,字随布随风飘舞,一行行,飘飘然,从眼

前掠过。许多帖，他已经知道了意思，那帖里的故事在眼前
跃动起来。他不再需要别人讲故事给他，却仍然还是想念师
父。但是这想念，也随风飘动起来，不再那样沉重得压人。
他有点明白了，师父与他相处的时候，是平常心对他，没有
着急，也没有当他是个小孩。师父离开了，也就是轻描淡写
地道别了，不想刻意，不想让他留下深刻印象，而是反复告
诉他，往前看，自己继续走。可以再寻师，也可以不寻师，
总之有了自己就成，一切力量都放在自己身上，才是真正的
道理。

一曲终了，台上的唱诗班也缓缓离开了。瞎子院的几个人，
再次敲着竹竿，手扶着前面人的肩，离开了。

奶妈问他，感觉怎么样？

报生说，你以后不要再欺负人了。我们还是做朋友吧。

奶妈嘿嘿一笑，露出一排歪歪扭扭的牙齿。

回程，奶妈叫报生以后把作业给他抄。

他同意了，不过提前说好，自己的作业也有很多错的，叫
他们抄的时候随便加点什么，不要抄得一模一样就成。

我还以为你绝对不肯呢。奶妈说。

反正大家也不考高中，初中能毕业就可以了。报生说。

初中毕业读两年技校就可以分配进厂里当正式职工，临时

工的孩子们都是这样打算的。考上了高中如果考不上大学，高中三年就白读了，还不如技校实惠。以后进厂里当炉前工、电工、焊工、水管工，课本上的东西学多少，有什么要紧呢。这些操作，他们从很小的时候陪父母熬夜赚钱的日子里，就学会了。只等着年龄一到，进厂上班拿工资。

答应抄作业的事情，报生没有什么思想负担。他也同样觉得校园里很难熬。为什么老师讲的东西，那么枯燥无味？为什么书画里的故事，老师从来不讲？他在课堂上看一切可以找到的课外书，除了数学课必须听一下以外，他几乎不听其他的课。那股骄傲的劲头总是从他心头泛起来，他要自己学习，不想听老师抱着教案书念，哪怕不能上大学也无所谓，反正他家里本来也不可能供得上。他不信自己找书看，学不出一点名堂。

奶妈为什么叫奶妈呢？

其实不过是因为他天生皮肤白，上面两点看起来健康粉红，像个女人的模样。

大家嘲笑他，他笑嘻嘻地接受了，不以为意，以至于大家都快把他真正的名字忘记了。

三十二　小旅馆

上海的奢华，真是令人咋舌。

南京路上，临街橱窗里最贵的表标到了 38 万，一件大衣 9 万 8。

要是从南京路上好好挑一身，穿回江西给那条街的铺主们看看，该是多风头的事情呢。叶长鹰一边想，一边苦笑。从头到脚一身下来，若折腾进两万，在南京路也根本算不上什么。可是江西那地的很多农村来的同事，熬到四十岁，家里不知道有没有两千块的固定存款。差距太大了。

他越喜欢南京路，就越产生极度迫切的愿望：赶紧回来，回到上海，过上海人过的日子。穷乡僻壤的那一页，他要速速忘记。

在顶级的商铺里逛了一圈，他大体上知道了今年的流行款式。天已黑，他准备找个旅店睡一夜，明天去郊外的服装厂房里挑货。以往他都是在静安区的一间青年旅舍要间房，但是这一次他又心疼一百五十多块的房费，想着节约下来可以多进几件尖货。鬼使神差地，他坐公交车到了近郊，找了一间加油站旁边的破旧旅馆住了下来。

旅馆是苏北人开的，前台和服务员嗓门大得惊人，也没有任何服务态度可言。前台给他一把钥匙和一壶开水，转头又去捶门，大声痛骂里面的住客刚才交的押金是假钞。

叶长鹰赶紧走进自己的房间，把房门牢牢锁好。

水泥地面，带污渍的床单，灌风的窗户。他瘫坐在床上，搓搓脸和头发，暗想自己失策，何必要给自己找这份罪受，下次一定不能这样了。但是他也明白这不一定，现在哪里都需要用钱，他不见得次次都能体面来去。飞飞上次看病，一个星期用掉一千，钱从哪里来？再忍忍吧，等赚够了钱，他们一家就全部回上海，不用再勉强挣扎在钢厂了。

刚合上眼，隔壁传来女子咿咿呀呀的声音。

他用毛巾包住头，翻个身，不理，准备快快睡去。

不料，没过几分钟，就传来大声争吵。

一个男子的声音粗粝聒噪，说自己太累了，不过两分钟不到，就要收一百！根本不讲道理！

女子说，完了就是完了，完了就是收这么多呀！

男子叫嚷说，不行，你得让我再来一下，要不然我亏大了！

女子叫嚷，随即传来拍打声，女子叫，再来还要付一百！

男子咬牙切齿地说，放屁！没这回事，你不要动，不要动，来一下，就一下，哪里有来一分钟就收一百的啊！你让我再来一下！

女子挣扎，男子讨价还价。

他听着，哈哈笑起来，笑声贯穿这栋破烂的旅馆。

其他房间的旅客在他的带领下，不约而同地都笑了起来。原来大家都听见了他们的话。笑声愉快欢乐，好似这对男女的争吵替这些旅人解了忧愁。

女子知道自己丢了脸，不肯依，哇哇大哭起来。

男子听了笑声，羞愤难当，高声骂，笑屁啊，笑屁啊！我是太累了！册娘逼。

大家笑得更畅快了。

第二天醒来，他愕然发现放在窗台边小茶几上的包被偷走了，里面有二百块钱。还好其他证件和存折他都放在卫生间里，没有损失。他本想报警，但是想到一报警又是耽误一天的工夫，况且也不知道这家店在这块区域的势力，干脆作罢。取了押金，便奔赴郊区厂房，对这家旅店再不做理会。

他后来再也没有去过那家旅馆，但那一晚畅快的笑，却留在了回忆之中。

谁敢相信呢，上海的郊区，就差不多是蛮荒世界，那里人们活得原始粗糙，什么事情发生了都不奇怪，什么话都不让人脸红。

叶长鹰偶尔也想过，要不要给那两个妖冶女子打电话出来喝一杯酒，聊聊闲天。但是真的可以只是聊闲天么？就算他本意是朋友碰一下，可是别人拿他当朋友么？混迹外滩的女子，只怕喝人血的时候，也是姿态优美的。他尽管欣赏她们的美，却几乎可以肯定，她们会误会这欣赏。

经过美术文具店的时候，他买了一个白色头骨钥匙扣，夜

深人静的时候时常拿出来看看。他想到有句话说得好，红粉皆
骷髅，可是那红粉实在是美的，是叫人喜欢的，人无法无视这
一份美。不过，他规定自己，欣赏美，远远的，就可以了。

三十三　株洲

生意不像他想象得那么好。

尖货进了许多，小蜜却没有那么多。

他店里的衣服是勾人的，可是价格也同样是可怕的。

东西高端起来，店里的人就少多了。

小梅跟他说，有时候坐一个上午，只进来两个问路的，真是叫人心里发慌。

他的思路还不想改，始终还是想搞点厉害的货来。

这批货他跑了三个厂区，挑了整整两个通宵，完美复制了港台那边最时尚尖端的款式，甚至布料都力求做到近似或者相同。成本上去了，但是衣服摸在手里，立刻就能感到分量。他对这批货太有信心了，为此砸进去大部分存款，并寄托了全部热情。

他叫小梅回家带飞飞，不要再来看店。

实则是要对小梅的店面装饰风格做大刀阔斧的删减。小梅惯常喜欢的那种碎花温馨风格，与这批货要彰显的新时代女人的干练张扬的风格相违背。小梅当然是一个贤惠的妻子，但是时代呼唤的，并不是她这一类型的女人。看看上海写字楼进进出出的那些短头发职业女性，再看看香港电影电视剧里西服笔挺、说话做事说一不二的女性形象，他判断，新的春风，吹来的是一种全新女性生活方式。他一定要紧紧抓住这些再明显不过的征兆。

他用英式的棕黄格子贴纸重新布置墙面，又将穿着一身修身黑呢的职业套裙的塑料模特摆到窗台，正对着整条商业街。再把铺面布置得简约大气，灯光打足，小装饰统统收起来，只摆上几对珍珠耳环。搞得好像撒切尔夫人都可以在这里买一身服装穿回去开会。

随后，他笑眯眯地跷着二郎腿坐在店门口，点燃一根上海古董店里淘来的雪茄，静等客户上门。

果然如他所料，这间店铺迎来了前所未有的汹涌客流和一致的好评，女子们在巨大的穿衣镜前试了又试，眼神中都是留恋。有好几个年纪稍长一些的，很快就掏了钱包，当场穿上新装高高兴兴地走出去。但大部分年轻女子还是左右看看，犹豫不决，最终三个两个地离开了。他不着急，他料定她们会在几天之内返回，掏出一个月的工资，或者叫来男朋友，一口气拿下几件最适合自己的套装。

他等啊等，到了第四天，他感觉到了不对劲，没有女人会让心爱的衣服在服装店里躺三天以上。

他与下午过来试衣服的一位老客户攀谈，这位分厂后勤科的科长告诉了他实情。

叶老板啊，你这批货是很好的，但是拐角过去好几家，和你这批货很像啊，她们都说是从上海直接进的货，但是价格只要你这里的一半，我要不是你的老客户，也是上海下来的知青，对你有充分的信任,我可能也会过去买的。毕竟价格摆在这里,对吧?

这是不可能的!我老实跟你讲,我这批货加上来回成本,利润只有三成!多一分,你看上哪件我送给你哪件!

这就奇怪了,她们说是从上海进货,其实我也不相信。

这批上海的货,有一部分直接从香港走海运过来的,成本不可能低。

也是哦,我听几个同事说,很多本地的老板其实是从株洲那里进的货,假装成是上海的。是不是有这种可能?

叶长鹰冷汗冒出来。

株洲?那里这么快就仿了这一批货出来吗?女性买衣服通常都是看样子,很多人对布料没有那么多讲究。如果株洲的货把布料等级降下来,很有可能把他这批货打到滞销。几万块的货,今年春天不卖出去,明年再卖,就绝对不是这个价格了。

笑着送走这位老客户,他故意挨到很晚才关门。

从拐角过去,可以看到那几家店铺。叶长鹰假装抽烟溜达,在这个拐角处走了三四个来回,总算看仔细了。

单说橱窗里摆的那几件主打款,确实样式和自己这边差不多,但是布料明显是次品。不管是呢料还是棉料,都薄多了。但是女性买衣服的特点就是这样,如果是为了响应潮流,质量稍微差一点无所谓,只要价格下来,都可以接受。

　　他有些急了，第二天就摆出牌子，上面写着"正宗上海货"。但是销量仍旧只维持在之前的水准，还有些下降。一周过去了，情况不妙。再耽误下去，初夏的风就要吹起来，天一热，马上套裙就穿不住了。

　　很多人只是在这里试试样子，转头就低声说，我们去隔壁几家看看，听说比这里便宜好多。

　　他急得浑身发抖，不抽雪茄改抽烟，一根接一根。

　　一天又过去了。他关了店门，回家拿了几件衣服，和小梅交代几句，当夜便赶去火车站，买了一张去株洲的站票。

　　出了株洲站，到处都是拉活的黑车。他找了一个五十多岁的司机，看上去老实本分，不像是会把客人拉到郊区敲诈勒索的样子，说去服装批发市场。司机很沉默，一言不发，十几分钟就把他送到了目的地。

　　他一下车，惊呆了。

　　偌大一个批发市场，都是次品，没有一件真正的尖货。但都做得像那么回事。他明白自己输在哪里了。原来这是一个模仿了又模仿的市场。港台模仿欧美，上海模仿港台，株洲又模仿上海。

　　只要样子不是走形太严重，大家都可以接受。而且接受的价格，逐渐降低，直到钢厂下班的女工拿了工资就买得起。

　　他马上决定，从这里再进一批货！和上海货混搭到一起卖，分不同的层次：挂出去的摆件都是上海货。但真要到具体每一个客户了，就推说码数不全，或者款式不适合，用实惠的价格把这批株洲货快速卖出去。

这算是无奸不商么？算吧，但是这紧急关头，他哪里顾得上这么多。

存款都押在这上面了，如果亏本，他这个小家庭根本吃不消。

要上晚班，白天还要看店，他睡眠的时间压缩到每天只有三个小时，大脑疲惫得思考不过来那么多，他只能想最重要的事情：赚钱。

他把存折里前期收回的货款和最后压箱底的家当全部取了出来，押上这一把。

能不能快一点回上海，成败在此一举。

事实证明，他的打法是完全正确的。

女子们进店，是因为喜欢上海货，但在叶长鹰巧妙的游说下，她们真正买走的，是价格便宜的株洲货。只有面对一些在钢厂当个一官半职的老客户，或者家境优越的女子时，叶长鹰才会废话少说，直接把尖货拿出来，悄悄告诉她们这才是真正的上海货，跟外面的歪瓜裂枣根本不是一码事。在他的恭维下，她们通常会毫不犹豫地一口气买下好几件，从小坤包里直接掏出一叠现金，交到他的手上。

他把钱拿到里屋过验钞机，机器发出哗啦啦的声音，听着叫人踏实。

春天结束了，夏日流火漫天，叶长鹰此番净赚十万。

彻底翻身。

城里掀起了一股英式套装的风潮。每个女子的橱柜里都有不止一套换洗：下班了穿什么，见客人穿什么，郊游穿什么，她们逐渐形成了约定俗成的穿搭规则。这座城的女子们，从对苏式布拉吉连衣裙的喜爱，转变成对英式套裙的顶礼膜拜，这幕后的推手，说起来，有他一个。

但小梅却有一丝不悦。

第一，叶长鹰的英式套裙计划没有提前和她打招呼，不但破坏了她精心布置的店面装饰，还甩卖掉了她之前囤的碎花春装。第二是从业务的角度上，她不认为自己输给他，但是他却没有和自己商量过到底什么样的女装才是未来的主流。

她把自己的观点和盘托出：套裙对版型和缝纫的要求太高，上身是短西装，真要做好，和男士西服一样难，而市面上做不好的是大多数，要么就是做得太长，要么就是没有腰身，要么就是胸部的褶皱打的角度和放的量不对，穿上去别提多土气。更关键的是，套裙对女子的身形要求太多了，非瘦不可，非平胸不可，否则凸显不出那种干练知性的气质。可是钢厂的女工、女文员、女领导，哪个人有那么好的身材？凤毛麟角！

叶长鹰笑笑，问，那你说什么款式的女裙最合适？

小梅很坚定地说，还是连衣裙，从上到下一片式，对腰身没有太多要求，整体显出一种修长的感觉。

叶长鹰说，再修长，胖人穿上还是难看。

小梅说，我们女的穿衣服，还图个方便，连衣裙一套头就成了，可以穿高跟鞋也可以穿平跟鞋，就是拖鞋也没事。可是套裙就不行，套裙要把内衣绑紧提拉，穿上以后才显气质，时间一长，大家就累了。

他想了想，肯定了她的看法，但是又说，现在女工都要穿得像港台电视剧里的女白领那么潇洒，这种心气很强的，哪怕是铁板，她们也会天天穿。

小梅问，那照你这么说，要穿多少年铁板？

他说，十年。起码十年！

小梅叹口气，也不知道她们怎么那么强的心气？松一点不好吗？

他笑了，说，深圳那边的口号，时间就是生命，效率就是金钱，大家都紧，紧就是潮流。

三十四　办手续

原来知青回城的手续办下来，总共也就是五个章，两张薄纸。

他抖抖这两张纸，笑着问厂长，这就可以回上海了？

干吗，不舍得这里啊？那就再上一个月的晚班好了。王厂长说。

他爽朗一笑，给厂长递上一支雪茄，点上。

尝尝，据说是古巴的货。他说。

王厂长给他倒一杯茶，说，老叶啊，你是发财了，解脱了。不像我们哦，还要在这里熬苦头，不知道什么时候是个头。

你是做厂长，和我们这样的小虾米怎么一样？不要笑话我了，我鞍前马后卖几条裙子，根本上不了台面的。叶长鹰一边这么说，一边心里想，厂长可以做的事情太多了，单是从他这里过的煤就有多少了，哪里是靠工资过的？

接下来什么打算？

看看情况，差不多就回去了。

我听说上海有可能搞商品房？

我也听上海的亲戚说了，到时候你要搞一套吧？他问。

没时间去看地段，你如果看到好的，记得告诉我一声。

没问题，不过到现在还没有苗头，只是听到风声。

肯定的，什么事情真要做，前期都要放出风来探探虚实。厂长说。

因为很快就要走了，他在厂长面前放松了很多。

停薪留职的事情还在搞？他问。

搞，厂里的政策，鼓励大家嘛。

之前闹出来的事情怎么样了，没事了吧？他问。

没啥大问题，该移交移交，这边该精简精简。唉，其实我
是想不通，这有啥好冲动的？树挪死人挪活嘛，你看看我，大
学毕业分配到这里，只能一辈子在这里了。想回上海，也没有
机会，在这个地方像坐牢似的，心里头闷得不得了。

这时，"小蜜蜂"过来敲门，笑说，哟，哪个人又在说闷
啊，周末去水库钓鱼还不适意啊？领导，你要的阳春面来了哦。

厂长一见到她就笑开了，说，再拿只碗，给老叶分一半。

诶不要客气了啊厂长，你先吃，我们回聊啊，再会。

再会再会。

"小蜜蜂"扭身将门关上，笑眯眯地对着叶长鹰轻声道，跟
领导说点公事，随后又对他眨眨眼睛，很亲密的样子。

门内传来他们俩的说笑声，随后又低下去。

很不巧，叶长鹰还没有机会谈到他们二人之间的秘密。不
过他心里知道该怎么做，他不会出卖他，那些秘密就将烂在他
的肚子里。原因，可能是因为种种默认的江湖规矩，也可能是
因为，王厂长也是上海人。以后大家都回到上海，也许总有需
要彼此帮助的时候。得饶人处且饶人，他要留点退路。

很出乎意料，"小蜜蜂"下午到店里找他。

这外号，说的是她腰细。也因为生得过分娇小玲珑，好像只有正常人体型的一半，像洋娃娃。

她换了一身衣服，上身是鹅黄色真丝衬衣，下身是羊皮短裙，脚上蹬一双黑色高跟鞋，整个人看上去十分洋气。

她先是在店里一口气买了四五件衣服，让叶长鹰好好赚了笔，再坐下来与他细谈一件很不好开口的事情。

老叶，我们进厂都有十年了，是老同事了。我就不跟你拐弯抹角了。

什么事你尽管说。

有个事我不知道你清楚不清楚，分厂里现在有几个刺头，要搞倒老王，现在正在找大家搞联合签名。其实无非是因为那几个刺头根本好多年都没有正经工作过，开个病假条，一休就休半年，那停薪留职是有名额要求的，不让他们走，让谁走呢。他们几个，说起来是职工，其实就是流氓！老王在这一点上绝对没有做错，我是支持他的。那封检举信有人跟我说过了，里面涉及我和老王的事情……说起来难为情，但是我还是要跟你讲，用这个来扳倒老王，真是下作！下流坏子才会想到这个！老王你是了解的，你和他交情也是有的，我今天就是来恳求你，绝对不能在那上面签字。不管他们跟你讲什么，都是假的，不作数的，不能相信！

一口气说完这一大堆，"小蜜蜂"看着叶长鹰，希望他能给出一个明确的答复。

叶长鹰本来就不愿意卷到这摊浑水中去，他都已经把回上海的手续跑完了，怎么还会去签那种损人不利己的字呢？他肯定地说，绝对不会签的，我是要走的人了，那些东西和我无关了。就算不走，我和王厂长都是上海人，我也绝不可能签。

"小蜜蜂"明显松了口气，然后又谈到，老王他也跟我讲过，那些煤的事情，如果没有你帮忙，是搞不成的。

听了这话，叶长鹰吓一跳，赶紧说，不，不是帮忙，那是领导有安排，我就是照着做，千万别说帮忙。而且很多事情我都不记得了，进进出出的东西太多了。

她点点头，说，老王说了，这些事情不能让你白做，我这个包，等会就留给你，两万，你不要客气……

不不不，这怎么能行，千万不行。你跟王厂长讲，我是知道分寸的人，什么该说，什么不该说，我心里是有数的。他担心任何东西，都不需要担心我这里，麻烦你回去一定跟他讲清楚。我是要回上海的，这里的事情，我绝对不会留个尾巴，我是要清清爽爽回去的。

"小蜜蜂"长舒了一口气，那包又重新攥回手里，说，叶老板现在生意做得这么好，是吉人自有天相，好人有好报的。那我就先回去了，过几天你还去厂里收东西么？

就剩下一点点东西了，我赶在晚上去，尽量不惊动别人，你放心。

好的好的，那老叶，再会哦，上海见了。

上海见，慢走啊。

这一番谈话结束，叶长鹰出了一身汗。吓人吧，要是收了这款子，他岂不是成了同谋？以后万一有什么差错，他随时都可能被请进去问话，抓起来都有可能。

"小蜜蜂"啊"小蜜蜂"，别看她身段柔软，说话和气，原来竟然是老王的一个剑客。叶长鹰连抽四根烟，缓和一下心绪，捋捋这几件事。

晚上临睡前，他突然疑惑起来，她那个包里，真的有两万现款么？

一旦进入到这个问题，他面前的迷雾也就散开了。下午那一出，不过是假意示好罢了，绕来绕去，就是为了一句话，老兄拜托了，千万不要说出去啊。王厂长作为一个厂长，这未免显得太患得患失，小家子气了，他一个要走的人，扯进那些事情里去，图什么？他那么提心吊胆地贪财，有什么意思呢？

想想叶长鹰现在，每个月利润一万多，他会在乎厂里那些纷争带来的好处么？他根本不稀罕像老王那样，为了捞钱，殚精竭虑，再聪明，再有手腕，路子错了，也就是浪费大脑。

想通了这一点，已经是夜里三点多了。他轻松多了，这才放心地睡过去。

隔了几天，他专门选在傍晚七点多去厂里收东西，还是被几个刺头找到，堵在更衣间里。

他们手上拿着一叠文件。

老叶，你可好找啊！签了文件要回上海了是吧？恭喜恭喜啊。但是这里的事情你不能不管，这几份文件签一下！为首的那个头子抖着腿对他说。

他面上没有表情，心里腾的一下起了厌恶心。这些刺头，有些是靠关系进来的，也有的家里什么背景都没有，就是那样子。平常吊儿郎当的，干起活来偷奸耍滑，要利益的时候却步步紧逼。他向来对他们没有好感。

什么文件啊？他问。

王厂长的检举信！为首的那个凑在他耳朵旁边轻声说，我们一起，告他！他以为他睡女工的事情别人不知道！我们掌握得清清楚楚！你签个字，我们把这种大蛀虫给他告倒！

他拿出香烟，给刺头每个分一根，自己点一根，问，信打算发到哪里去？

头子说，总厂纪检委啊，总厂领导邮箱啊，都他妈的发一份。

他说，把他告倒，你自己能留下来吗？

头子愣了一下，说，我管它那么多！我活不下去，他也别想好过！

他说，你让我想一想，好吧？明天我还上晚班。

头子抓起纸，说，好，老叶，明天你给个态度！他妈的，不能让这样的腐化堕落分子留在厂里！我们厂就是让这帮王八蛋给搞坏的！每个月生产出来那么多钢铁，卖给谁了！多少钱卖的！他说得清楚吗！他必倒，我跟你讲！

他抽着烟，不点头，也不摇头。

夜晚在恍神中倏忽而过，晚班结束，收拾完东西，他去食堂买早点。工人们三五成群，窃窃私语，说的都是这桩事情。他把饭盒压紧，径直骑车回家。

第二天晚上他没有来上班。第三天晚上他也没有来上班。

他再也不会来上班了。

那日夜晚，他打电话叫工人连夜把车皮卸完，厂里的特种钢项目当日晚上开始试运行了。车辆调度一直在紧张地进行，半夜三点，王厂长打来电话说，老叶，留一车煤不要运走，等会从小门进来一辆车，你放行，让他们把煤运走。

他回答，领导，恐怕……记录上不好做……

厂长说，你就写特种钢项目临时调配，其他事情我来负责，你不要管了。

他只好答应，挂断电话。

像这样的电话，每几个月都有一次。

说到底，他为什么不在检举信上签字？

因为他曾经无数次设想过，有一天，他带着老婆孩子在南京路逛街，找一个老法式风的咖啡厅喝咖啡，吃巧克力蛋糕，遇到王厂长。

那个时候他也不在钢厂做了，带着款子回到上海，可能在附近哪个好地段买了房子，各方面都安顿得很好。

也许"小蜜蜂"也跟着他一起回到了上海，因为听说她的老公也是上海知青。

那个时候该说什么呢？

来喝咖啡啊？

是啊，此间的蛋糕喏，全上海第一呀。

是呀是呀，周末来这里转转，老适意了。

哎呀，坐一会坐一会。

他可能会给他让一根古巴雪茄，自己也来一根。

阳光十分妖媚，周围的老墙上青藤紫花都很繁茂。

这样的情况是完全有可能发生的。

为了这样的美景，他不想埋下任何隐患。

上海，才是他们这帮人的航标。

此地纠纷，有什么意义呢？毫无意义。

三 十 五　　张 秩 序

　　家属区的人家，一般都舍不得自己家里特地生炉子烧水用，而是从厂里打开水回家，就是路上远点，费点力气。钱是稀奇的，力气却不用就浪费了。于是，几乎家家户户都从厂里打水用。姐妹们洗头洗澡，冬天洗衣服，都是靠手提开水瓶，一趟趟来回运最终实现的。最厉害的姑娘，能一只手提三个开水瓶，走在铁轨旁的碎石头上，如履平地。

　　张秩序一般都在厂里洗完澡回家。

　　但是到了冬天，她总是尽可能地打开水回去洗头洗澡，这样的话，她可以逼着张志羽认认真真洗洗他那双爪子。如果家里只有井水，早晚洗手洗脸的时候，他就只是匆匆忙忙地沾一点水就跑了，就这样，还冻得手上都是冻疮。更不要说晚上泡脚的事情，他是能躲就躲。十几岁的后生们真的臭死了臭死了，再不泡脚，脚上都要长出蘑菇了。

　　她一手提两个开水瓶，从土丘泥泞的肚子中间穿过。

　　刚下过雨，棕红色的泥浆被踩得到处都是，土丘中间的那条暗戳戳的窄路又湿又滑。还好她穿了高筒套鞋，不然在小梅那里新做的裤子就要脏死了。

　　她刚下中班，人造革的黑色挎包里还装着热乎乎的肉包子。食堂的肉包子是有名的，汤汁饱满，面皮筋道，只要二毛五一个，外面的人想买都没地方买去。她一口气买了八个，把皮包撑得鼓鼓的。

张志羽估计开始发育了，饭量大得吓人，现在每顿饭都能把饭锅子刨空了，所以她每个月的饭票基本上都交待在弟弟的那张嘴里了。好在前不久有个男同事去南昌进修培训，把他的饭票偷偷全塞给她了。

回家，还要走一段铁轨。不必钻车皮（她最讨厌钻车皮，觉得那样一点都不文雅），但是要沿着碎石块铺成的铁道走上二十多分钟。

她从陡坡的台阶上走上去，几十根铁道就在眼前，穿过这一片铁道，下坡，就是家属区。雨又下大起来，铁道上迷迷蒙蒙的，空气过分潮湿，有一股酸味。她的长头发完蛋了。听那个进修的男同事说过，厂区下的雨都是酸雨，落到头发上会让头发发黄，落到脸上还会长斑。她加快步伐，想快点回去把头发擦干，让弟弟赶紧把热包子吃掉，还要躲到自己的小房间里读那封男同事从南昌寄来的信。

原本黄昏六点到七点多这段时间里，铁轨上的车皮都是趴窝的，司机们要去吃饭，但是这一天可能是临时从萍乡上了煤，张秩序身后突然响起震耳欲聋的火车鸣笛声，示意行人避让。

她心里一惊，脚下被一块尖石头绊了一个趔趄，人往前一扑，四个开水瓶同时爆炸，滚开水炸满她的双腿。

大腿剧痛！

她赶紧爬起来抖裤子，但是没用，里面穿的棉毛裤被开水泡得重重的，抖不开。她嘴里咝咝吐气，挣扎着一瘸一拐地走回家。

脱了裤子，大腿表面的皮就跟着一起掀下来，露出通红的皮肉。她找卫生纸泡上紫药水，敷了会，疼得要命，不敢敷了。头又突然发昏，眼皮子沉重，她勉强钻进被子里想躺会。

就此晕了过去。

张志羽回来，发现姐姐躺在床上不答应人也不说话，他赶紧去看她，额头一摸，烫得吓人。他喊她几声，没有反应，屋子里弥漫着一股奇怪的闷臭味。掀开被子，里面全是血，姐姐的双腿上鼓满了血泡，正不断向外渗着透明的液。

他登时大喊，姐姐！姐姐！醒醒！

没有回应。

他浑身抖得厉害，想跑出去喊人，竟然迈不动脚。

父母回乡下买肉了，说好了第二天才回城。

他死死咬住下排的牙齿，从床上的被子堆里抽出一条毯子将张秩序的腿裹了一下，想着无论如何得立刻带她去医院。

这时报生从窗外路过，他母亲蒸了桂花糕，他拿过来给奶妈尝尝。

张志羽看见他，这才能开口说话，他抖抖索索地喊，报生！报生！我姐姐昏过去了！快帮我把她送到医院去！

报生走进房间一看，也吓了一大跳。他立刻找自家旁边的邻居借来一辆三轮车，叫奶妈抱着姐姐，坐在后座上，他拼了命地蹬，骑去厂里的中心医院。

冬日里寒风凛冽，他出门之前多了个心，从家里多拿出一件军大衣给奶妈，叫他披上。奶妈的校服里，穿着一件已经洗得变形了的棉毛衣，套一件毛线拼接起来的背心，手上关节处长了冻疮，向来是紫黑的。

急诊大夫一看就皱眉头，说，怎么现在才送来，昏迷多久了？这是要命的事情啊，二度烧伤，皮会全部脱掉，住院！接下来起码卧床半年！先去交押金！三千块。

两人傻了，谁也没想到要交这么多钱。

奶妈只好对医生说，我们出来得急，没有带钱。

医生倒是不逼迫，说，通知父母，叫父母带钱过来。

我爸妈去乡下了，明天回来，明天就能交钱。

行，那先押个身份证。

奶妈又说，我还是学生，没有身份证。

医生又问，你跟病人什么关系？

这是我姐姐，亲姐姐。

哪个单位？

烧结厂。

行了，医生撕下单子，递给他，明天过来交费，这里填一下病人信息。

奶妈拿着单子，从桌上拿起笔要写，又犹豫了会，对报生说，你的字好，还是你来写吧。

报生依言，半蹲下来填表。

你姐姐有二十一么？报生悄声问。

没有，虚报了年龄，我爸想让她早点去上班，多报了两岁。奶妈说。

当天晚上，报生陪着奶妈守了一夜。奶妈无话可说，只是发呆，全然没有了从前嬉皮笑脸的傻样，多了许多愁苦。

他从口袋里掏出两根烟，问报生，抽不？

报生摇摇头。

他自己点上一根，蹲在楼梯口闷闷地抽起来。

不呛么？报生问。

习惯就好了，我偷偷抽半年了。他把烟盒拿出来，给报生看。

红塔山，软壳。

别人给我的，奶妈说，你来一口。

报生接过来，浅浅地嘬了一下。

有点苦。他呸呸呸吐出好几口痰。

奶妈又接回去，继续闷闷地抽。

医院倒是有暖气，给得很足，天亮之前，他们互相靠着，在长凳上睡着了。

第二天，奶妈的父母来到医院，把押金交了。他们掏空了家底，只有两千二，又找单位同事借了八百，才凑齐这费用。

　　医生看他家里艰难，劝慰他们说，把这些凭证都收好，去单位里报销，一般来说，能报百分之九十多，最差也有百分之七十。

　　奶奶的爸爸却担心这事情让领导为难，回头来挑剔张秩序虚报年龄的事情，别把张秩序给开了。他家就决定自己担下这笔账，只跟张秩序的班长请了几天假。

　　发烧到第三天，情况似乎有点危险。张秩序成天昏迷，连水都喂不进去。脸色青黄，嘴唇惨白。

　　医生甚至开出了病危通知单，对他们说，这东西靠自己扛，万一没扛住，器官衰竭了，人很快就会没，要做好心理准备。

　　张志羽听了，立刻跑到楼梯间找了个角落，蹲下来，拼命祷告。

　　天上的父，主啊，神，求你救救她吧！救救她！我愿意少活二十年，换我姐姐的命！求你了！

　　下午，报生拿着作业过来找他的时候，他还蹲在那里，双目紧闭，口中念念有词。

　　报生也蹲下来，拍拍他的肩膀，说，张志羽，你在干吗？我给你带作业来了。

　　他睁开眼睛，看到眼前的报生，面目突然垂下来，大哭着说，我姐姐要死了！

报生连说，不会的！不会的！要乐观！要乐观！到底怎么了？

张志羽大哭着把医生的话讲给他，慢慢安静下来以后，又开始快速地低声祷告。一边祷告，他一边把额头疯狂地蹭在医院的墙上，蹭破了皮，额头上一片血迹。报生拦不住他，赶紧从护士那里要来两块纱布，给他贴在额头上。

回到家中，报生抄了十遍《心经》，第二天拿给他。

他说，我也不知道该做什么，听说抄经有用，我写了这几幅字，就当是我的祷告吧。

张志羽把这些字和《圣经》都放在姐姐的枕头底下，每天依然为她不停地祷告。

熬到第七天，张秩序退了烧，当天下午就睁开眼睛说，好饿，想吃炒粉。

医生一拍大腿说，没事了，扛过来了！

张志羽立刻跑到楼底下飞一样骑车去步行街的老张炒粉店，要了一份加肉加蛋的给她送过来。因为是飞速地骑过去，又飞速地骑回来，等她打开饭盒的时候，那粉还烫着。

张秩序对弟弟说，你是要烫死我吧。

奶妈说，滚你的，给你买就不错了，还挑。

张秩序吃着吃着，突然想起来，说，我那个皮革包！里面好多包子呢！你打开了没有？

奶妈说，谁顾得上啊？

完了，臭了，皮革包也没法用了！八个肉包子，用了好多饭票呢。可惜了。你把包子扔了，把那个包拿给我。她惦记着包里那封没来得及看的信。

晚上熄了灯，张秩序用手电筒照着看信：

小序你好，我到南昌这边都很顺利。南昌还是繁华多了，下个月你坐火车过来玩吧，我请你吃南昌瓦罐汤。我从部队复员入厂工作有五年了，工作上各方面你也看到了，工资条你也可以看到，你觉得我怎么样？盼复。

张秩序在被子里给对方回信：

我提开水把腿烫伤了，自己没当回事，结果在家就晕倒了，送到医院昏迷了好些天才醒过来，所以搞到现在才给你回信。痛死我了。不过问题不大，养养就能好。我估计要半年以后才能上班。我在中心医院五层住院部。

过了一个月，对方的回信才缓缓寄来。内容很短。

太吓人了，你没事吧？烫伤一定要好好休养才行啊。我这边的进修课程很多，每天都挺忙的，要不然我一定抽时间

赶回去看你。实在是抱歉啊，希望你快点好起来！

张秩序把这封短短的回信翻来覆去看了好几遍，撕了个粉碎。她冷笑着想，忙？我都这样了，你说忙？那我以后躺在家里快死了，你也可以说很忙。永远都会很忙。

张秩序再也没有回信。

她本打算把饭票折成现钱寄给他，后来想想又作罢。凭什么还给他？他当时送的时候是心甘情愿的！当时还恨不得我多拿几张饭票才好呢！这瘪崽子。我就不还给他！

后来两个月，他家里又陆续借了七千多买进口特效药，争取让张秩序少一些痛苦，康复得快一些，主要是以后不要变成一个瘸子，还是像普通女孩那样，可以蹦蹦跳跳的。

张秩序这一休养，工资只能拿到百分之二十，家里太困难。父母找到厂里，跟她班组的班长商量好，以后她的车皮就让家里人帮忙卸，卸车皮的工资还是不要变动。但说是家里人，其实主要还是张志羽，因为他母亲是个残疾人（小儿麻痹），父亲腰不好，他们只能帮着捡捡碎煤块，卸整厢车皮的重活，就只能靠他了。

张志羽没有二话，每天晚上八点上工，早上五点下工。最开始一晚上卸一个车厢，后来可以一晚上卸三个车厢。这样，他只能在白天上课的时候补觉，常常睡得昏天黑地的时候，课代表喊一声起立，他就跟着大家齐刷刷站起来，眼皮子根本睁不开，只能低着头。好在老师知道他们这些人的家境，也知道他们的目标是技校而不是考大学，所以只要他们不吵闹，也就不管。

报生也时常晚上过去干活，帮母亲卸了，再帮奶妈卸，一般赶在三四点太阳要从山丘后面跃起来之前回家眯一会。简单地洗过脸，就连人带衣服缩到被子里睡。这一觉通常是又沉又甜的，伴有一些美梦，好像总是比夜里睡要更香。沉沉睡到七点，闹钟响了，他在床上呆愣一会，父母还没有回来，也许还在厂里和人聊天，家里静悄悄的，后墙没有开窗，屋子深处黑测测，他好像是从一片广阔的寂静中醒来的。他长叹口气，觉得活着真好啊。他身体结实，能帮家里干活，有几个朋友，还能写字，还可以晒太阳，活着真幸福。

五分钟后闹钟再次响起，他搓搓脸，醒醒神，爬起来去学校。他尽量在学校里不睡觉，但是这不受他自己控制，上午十一点太阳正升到高处，从玻璃窗子外照射下来，暖烘烘地晒着他的头顶，这怎么叫人不瞌睡呢。

他原本就黑皮黑面，这下眼圈也黑，更加像个包公，只有眼仁是亮的。

这一年张志羽过了十五岁。晚上上班影响长个子，导致他后来的身高始终无法达到一米七，找对象的时候，在第一眼印象上吃了点亏。

三 十 六　　郊 游

半年后，张秩序回到工作岗位，接着卸车皮。

厂里减员增效以后，根据上面的整体安排，要扩充实验室，专攻超大型轮船和潜艇的无磁钢板设计，因此对厂里的内部员工开展内调，征招实验员。征招要考两门课，一门是理论化学，另一门是实验操作。理论化学那门考书本知识，实验操作考做化学实验的本事，具体就是进实验室以后，按照题目要求，自己取适量原料，组装器材，在安全高效的基础上，制出符合标准的化合物。实验考试时，好些人打翻酒精喷灯差点把窗帘烧了，用自来水直接浇过氧化钠炸掉整个洗手台，闹得鸡飞狗跳，这都不提了。

张秩序在初三的时候，化学学得非常好，虽然后来上了技校荒废了，可是她还是很有信心，觉得自己能上。她去市里的新华书店买来高中课本和烧杯试管，在家里复习了一个月，居然叫她给考上了。奶妈的父母一扫多年的愁容，当成大喜事来办。为了让喜气喧腾起来，他们煮了一大锅喜蛋分给邻居吃。

报生分到六个，吃得很过瘾。

他只是觉得奇怪，问奶妈，你姐学习很好么？

奶妈说，我也弄不清，她可能只是化学好，以前好像就拿过第一。

那初三的时候可以找你姐姐问问化学的题了？

千万不要，她是个地雷，一踩就炸。

张秩序转成实验员以后，工资涨到原来的五倍，领工资的时候，她都不敢相信自己的眼睛。她再三问会计，是不是这个数额，会计说，没错的，我们这个实验室是省级重点实验室，实验员都算干部待遇。

那年春节，她破天荒地从厂里拿了整整五箱水果，二百斤好米，三桶油，引得左邻右舍都来参观，好像这年货是战利品，是打了一场十分艰难的大胜仗才有的。

到了春天，张秩序就叫奶妈准备准备，还有报生，她要请客，请他们去南昌玩两天。

南昌，哼，南昌是她心里的一根刺。一个男的到南昌学习了几个月，开了眼界，就可以把以前说过的话当放屁。南昌有什么好的，她非要去看看不可。

甚至，其实她考上实验员，也跟被刺激有关系。你进修了几个月，有什么说法？成了什么事？啥也没有，狗屁不是。我不用进修，我就在家里自学，我就能考上实验员，拿好几倍工资，年货能让全家人胖五斤。

不过，她终究还是有点瘸了，两条腿的肌肉受到损害，不能再跑跑跳跳了。但是她很能安慰自己，又不是要拿奥运会冠军，走得慢点就慢点呗。

实验员周六和周日两天休息，周五晚上就算周末。

于是在张秩序的带领下，周五晚上九点多，她、奶妈和报生一起登上了远行的火车。这是他们三个人第一次坐火车，第一次离开钢城。

没过几分钟，火车就驶离钢城，进入到一望无际的农田深处。眼前一片绿油油的庄稼里，油菜花的嫩黄色遍布其中。三人从来没这样看过景色，盯着窗外一直看一直看，不敢相信农田竟然有那么大，那么远。到了分宜站就上来了许多当地人，挑着扁担的，扛着蛇皮袋子的，抱着孩子的，慢慢走进车厢，寻摸位置。他们可能是去南昌走亲戚，也可能是去卖点农产品。农民们坐定，把几只鸡鸭脚上的绳子松一些，让它们可以小范围地溜达溜达。还有一只小白兔，起先被小朋友紧紧搂在怀里，后来小朋友在摇摇晃晃的列车里渐渐闭上了圆圆的大眼睛，小白兔便跳了下来，在主人的脚边吃草料。

青草味在车厢里弥漫开。

离睡觉还有一会，许多人都打开塑料袋，吃起零食。

他们三人嗑起了瓜子，眼睛里满带着好奇看着这些旅客。他们在钢城久了，农村的生活已经记不太清楚，看到这些鸡鸭兔子，也觉得稀奇好玩，很有意思。

下车时，夜子深了，车站外尽是拉人住店的大姐大婶。

张秩序不敢瞎住店，拽着两个弟弟走了半个多小时，看到一家游戏厅旁边有一栋三层楼的旅店，牌子上写着"牡丹旅馆"。她观察了一下周围的情况，游戏厅一晚上都不歇的，永远吵闹，旁边还有几个饭铺，现在还坐了好几拨人在吃饭喝酒，看来也是通宵营业的。那就在这里住吧，一整晚都有人，万一出点什么事，叫喊有人听到。她还想到，人多的地方，警力就充沛，一打110估计警察很快就会到，应该是安全的。

她于是就决定住在牡丹了。大姐说了算，报生和奶妈能有什么想法呢？他们瞪大眼睛左看右看，挤挤挨挨地跟着她走上去，活像两个刚进城的乡下人。

开的是个标准间，两张床，张秩序睡一张，他两个后生睡一张。

洗过手脸躺下来，一时还睡不着，楼底下传来游戏厅里的叫喊声，饭铺里食客的哈哈大笑声，三人静静听着。

张秩序说，明天我们要去八一广场，滕王阁，还有南昌大学，都要转一圈。你们两个有什么想去看的？

奶妈说，都听你的，我没意见。

报生说，我听说八大山人老了以后是在天宁寺里过的，要是来得及，我想去天宁寺看看。

张秩序痛快地答应了，说，报生是个酸秀才，好不容易出来一趟，应该满足要求！

第二天吃吃喝喝不提，从南昌大学走出来已经是夜里，三个人累得要命，就在学校附近找旅店歇了一晚。第三天一大早就起来，张秩序说，今天啥也不干，就坐车去找那个天宁寺！

我倒要看看，这庙里的和尚有没有偷懒，是不是躲在佛像后面睡大觉呢！

报生心里一直很期待，其实第二天他只是陪太子读书，他对于景点没有那么大的瘾头，还是那庙子到底是什么样的，才是他心念所在。八大山人的画也好，字也好，他不知道临过多少遍了，听师父讲他的故事，也听过很多回了，好像心里已经去过了无数回似的。同一个故事他央求师父反复说了很多遍，差点没把师父烦死。

坐上市内中巴，他的心就忍不住快跳，不停地想象那其实是个很朴实的庙子，也许只两三间房，但是里面总有一些超凡脱俗的东西，可能是气韵非凡，也可能是有高人。

然而下了车，三个人傻眼了，眼前用帆布挡起来，正在施工，牌子上写着：寺庙整修，敬请谅解。

报生登时泄了气，呆立一边，看着大吊车在围挡里转过来，转过去。毫无办法。

张秩序看了看四周，指着庙子后面的山说，我们去那座山上看看嘛！来都来了，看看那山上有什么好玩的。怎么样？

也并不能怎么样，只好上山去看看，毕竟千辛万苦转了好几趟车才过来的，不转一下太可惜了。

走过前面的石子路，走进山里，有一条窄窄的小路，两边竟然春意盎然，鸟语花香，他们几个越走越有劲，隐约听见水声，便往那个方向猛扎。

走了半个多小时，终于来到那水前。

原来是一挂晶莹剔透的瀑布！从高处的石阶上喷涌而下，划过两边的野树野草，落在三个人眼前的潭里。

瀑布落下时带风，风里裹了这片林子里的花香果香草香，令人心旷神怡。

三个人没想到这山里竟然藏了这样的好景致，都很开心，因为庙子搞装修带来的沮丧一扫而空。张秩序的大眼睛骨碌碌转来转去，指着瀑布旁边的石崖说，报生，那里有字！我们去看看！

报生顺着她指的方向看过去，果然，瀑布旁边的石壁上，有一块比较白的地方，好像是有字。三个人又起了兴趣，在没有路的野林子里穿行，蹒跚着走过去要看个究竟。

走到跟前，看清楚了，上面刻的是李白的那首诗。

> 日照香炉生紫烟，
> 遥看瀑布挂前川。
> 飞流直下三千尺，
> 疑是银河落九天。

报生看呆了，张秩序叫他给大家讲解讲解，这个字写得好不好，有没有水平。

报生看了又看，伸出手去摸那些刻上去的字，说，这比我写得好多了。

不会吧，你师父不是说你的字已经可以在市里拿奖了嘛！奶妈说。

他摇头，说，这不一样，我的字是在屋子里临摹出来的，这里的字和这里的景色瀑布都连在一起了，字与天地融在一起，这个瀑布有多少气势，这个字就有多少气势，一点也不多，一点也不少。和它比起来，我的字里没有实在的景色和气势，输了大半了。

张秩序和奶妈听了这一番话，也不由得对这字肃然起敬，默默地又看了许久。

从山上只一尺宽的土阶上，走下一位老人，戴着道士的圆帽子，挑着扁担，走到这瀑布前汲水。

三人没想到这山里还住了道士，都愣住了，谁也不敢开口说话。

老道士汲了两木桶的水，也不看他们，又挑上扁担，走回山上去。

他走得飞快，一会就消失在树丛之间。

奶妈说，我们要不要上去找他呀？

张秩序摇头，说，人家老道士在山里住就是图个清净，我们冒冒失失跑上去打扰，一点都不礼貌。算了，找个地方吃饭吧，肚子饿了。

于是他们走出林子，在山脚附近找了一排饭铺子，挑了一家看上去热闹点的，坐下来点了几道南昌最有名的小炒。吃到一半的时候，三人又见到那老道士，蹲在路边，卖刻字的竹筒。此地人们常用竹筒来蒸饭，盛酒，饭酒会自带竹香，比不锈钢的要好得多。不过，这会看，他的摊位前却很冷清。

报生走过去，一个个翻看竹筒。

上面用草书，密密麻麻刻满了道德经的段落，完全不像别的铺子，刻字只是装饰，刻几个福禄寿喜就算了。他这里的竹筒，像是他用来练字以后剩下的，不好浪费，只能卖掉。报生细看这草书，肆意张扬，狂傲流畅，完全不似这老道人表现出来的平凡模样，更重要的是，这字和那瀑布旁边的字笔法极其类似，那草书挥舞起来以后的快意，是一气贯通的。

那老道正一手持着竹筒喝酒，一手从怀里掏花生吃，他问报生，后生，喜欢么？喜欢买几个回家玩吧。

报生问，怎么卖？

一块钱一个，随便挑。

这上面的字，是您写的么？

哈哈，你也懂字？道士笑起来。

报生说，说不上，就是比较喜欢。

　　道士随手从腰带里拿出一把小刀，又递给他一个空竹筒，说，你来写几个，我看看。

　　他从没这样直接刻过字，但是这老道的邀请十分坦诚，他太想以字会友了，于是深吸一口气，认认真真刻起来。

　　草书他已经练了好几年了，心里还是有点信心的。他刻的是张旭的肚痛帖的头几个字。

　　刻好之后，他拿给老道看。

　　老道还是笑眯眯的，不说话，只是拿起报生的竹筒和自己的竹筒反复对比着看。这一看，差距还是出来了，报生自己当下也明白了。

　　老道拿起刻刀，帮他修改了几笔，一边刻一边说，你在山里头写字，刻在竹子上，就要有山的气势嘛，高高低低，大大小小，放得宽一点，不要拘束，舞要舞得开，收要收得拢。

　　改好了交给报生，报生一看，果然那瀑布的气势又来了，虎跃龙腾，元气淋漓。他不由得说，谢谢师父！

　　老道赶紧说，诶，我可不是你师父啊，不可乱喊。你到底买不买啊，不买不要挡着我做生意啊。

　　买买！报生掏出十块钱，说，我买十个！

　　你这个后生，怎么乱花钱，买这么多干吗，我看你哩总共就三个人，你买三只就好哩，来，找你七块。

　　报生心想，呀，原来在瀑布底下就被看见了。

既然如此，他就开口问说，老人家，那瀑布旁边的字也是你写的吧？

老道哈哈一笑，站起来，把酒桶往怀里一塞，慢悠悠地扛上扁担，就要走了，他说，三块钱到手，今天的酒钱有了，不说了不说了。后生快回去吃饭，你一家人都等着哩。

报生忙说，不不，他们不是我一家的，是我的朋友，我跟着来玩的。

老道慢悠悠只管往前走，边走边说，哎呀你这个后生好烦，跟你说话总要讲好多，我老道的话你又不信，真是傻乎乎的。

老道看着慢，但走起来脚下生风，一个拐弯就看不到了。

报生低头看看老道给的三个竹筒，赫然发现上面刻的是怀素的自叙帖。他又高兴起来，知道自己此行取得了无价之宝，那快乐的心情，难以言表。

返回钢城之后，父母问他这一次出远门怎么样。

他只是不断地讲，很好，特别好。

再问他具体哪里好呢，他就说不出来了，只是笑。

那三个竹筒他放在枕头旁边，没事就拿出来看，几个月的工夫，竹筒已经被他摩挲得包了浆。

张秩序还了人情，从此埋头做实验，早出晚回，成了奶妈嘴里的"科学家"。

三十七　父亲

上了初三，报生跟父亲说想买辆自行车。之前的那辆已经破旧得不像样子，只能卖给收废铁的。

父亲说好，从兜里掏出两张五十的票子，让他自己去市里二手店里买。

报生看他像是心情很低落的样子，就问他怎么回事。

父亲说，母亲之前不是接他的岗么，是签的合同，现在合同到期了，厂里效益不好，不给续签，相当于没有工作，以后只能当临时工了。一个月固定工资只有八十，其他的就是看卸了多少煤，给多少工钱，但是现在扛铲子的太多了，好多活轮不到他们来做。他工伤的补贴降到每个月二百元，一直等到六十岁退休以后，才有资格拿退休工资，那会估计就能上两千。

报生把两张五十的票子还给父亲，说那旧车修一修还是能骑，一点都不碍事。

父亲又说，考虑过去广州打工，但是腿不好，怕别人不要。目前来看，只能先留在钢城，看看情况再说。

母亲把晚饭端上来，喊报生吃。看到父亲这样长吁短叹，母亲很不高兴。

她说，这有啥么？哪里找不到活干？我有的是力气，干到报生技校毕业出来上班还是绰绰有余的！你不要长吁短叹了，叹了一天气，你肚子不瘪？

你一个女人家，怎么出去找活？……父亲没说完。

快吃饭！去老树那边听听戏，不要乱想八想了！母亲心烦意乱，难得地对父亲高声说了几句。

晚饭后父亲果然去听戏，母亲不知道去哪里聊天，报生把碗洗了，又把桌子椅子都擦了一遍，而后坐下来发呆。他第一次迫切地想，这初中怎么老也读不完，他真想快点技校毕业，快点参加厂里的招工，当工人，挣钱。

这天晚上，家属区确实有戏，瞎子院的瞎子家族过来了。

不知道是谁把他们请来的，也可能他们有亲戚在这里住。农民们从家里搬出好些竹椅子请他们落座，小板凳做茶几，摆上几杯凉下来的花茶。

瞎子家族不多啰唆，搭上琴弓，试了几个音，便开始唱起来。

> 是谁家少俊来近远
> 敢迤逗这香闺去沁园
> 话到其间腼腆
> 他捏这眼，奈烦也天
> 咱嗽这口，待酬言
> ……

家属区很多人都没了工作，正愁眉苦脸，瞎子院的乐师们竟然唱爱情，这倒是很好，大家需要的是忘记，不是反复提起。

报生的父亲老陈，蹲在一角抽烟。

他的肺不好，照理其实根本不能抽烟，但是心绪不宁的时候，他们这帮工人只能靠抽烟来打发难熬的时光了。一个月二百的补贴，真是太为难人了。但他的身体做其他的根本扛不住。有什么出路吗？有什么其他的方法吗？他苦苦思索，只感觉四周都是铜墙铁壁，没有一个出口。

坐在近旁的盲人师傅跟他说话，老陈，你来拉唱一段，我歇会，抽根烟。

老陈摁灭烟头，接过盲师的琴，操起琴弓，跟上大部队的节奏。

调整好了，他唱了起来。

　　　　偶然间心似缱

　　　　梅村边

　　　　似这般花花草草由人恋

　　　　生生死死随人愿

　　　　便酸酸楚楚无人怨

　　　　待打并香魂一片

　　　　阴雨梅天

　　　　守的个梅根相见

　　　　……

　　此地的唱法佶屈聱牙，音调陡然上升下降，即使是情诗，也显得有脾气，硬生生。但是老陈有办法唱得柔和动人。字和字的衔接上，他有自然的气息联动。慢慢地，盲师们都将唱词让给他唱。观众们也几乎被他唱进杜丽娘的春情里，呼吸渐缓，各怀心事。

　　一小段唱词终了，间奏二胡响了起来，蹲着欣赏的观众们喝一声彩，鼓起掌来。

　　老陈厉害啊。

　　老陈唱的比杜丽娘还像女人啊。

　　老陈！你唱得我浑身发痒啊！

　　人群轰地笑起来了，气氛更热烈了。

　　老陈开心地笑笑，摇摇头，拉二胡的手并没有停歇。

　　又有人喊了，老陈再来一段！

　　他点头，变了调子，说，好，再来一段！

　　　　　原来姹紫嫣红开遍

　　　　　似这般都付与断井颓垣

　　　　　良辰美景奈何天

　　　　　赏心乐事谁家院

　　　　　朝飞暮卷

　　　　　云霞翠轩

雨丝风片

烟波画船

锦屏人忒看的这韶光贱

……

好！大家又快乐地鼓起掌。

报生也过来了。他听着父亲唱得这样好，心里很吃惊。怎么父亲仿佛变成了女子一般，一唱三叹，妩媚娇羞？他突然觉得父亲陌生了，又感觉不好意思，怕打扰了父亲唱戏的劲头，便又悄悄回家了。回去的路上他还想，自己是个五音不全，如果要唱起来，可能比杀猪还难听，怪不得父亲从来没有教过。

戏唱到夜里十点，人群渐渐散去。

老陈也正要回家，瞎子院里当家的叫住他，陈师傅！留步！

怎了？老陈问。

陈师傅，你唱得这样好，今天的茶水费分你五块哩！当家的摸索到他的手，把钱塞到他掌心。

诶诶，这怎么行？我就是凑一下角，不能收。

收下！当家的很坚决，把他的手按住，又说，陈师傅，要么，你跟着我们一起出去串场子好么？一场下来，也有百八十块，不比卸煤强些么？我们几个都是瞎的，好多事情不方便，前几次收了几回假币，亏死了，我老太婆在家里哭。你唱得这样好，以后帮我们管管事可好？

老陈很犹豫。

当家的又说，我们认识这么些年了，我们相信你的，你跟着我们一起出去唱，又高兴又能赚钱，多好呢！

老陈被说动了，心间突然一亮，便爽快地答应了。

这一个时刻，他感觉，就好像是他的命在跟他讲，去唱吧，唱起来快乐。

回去跟报生和报生妈说了，他们都很支持，报生妈说，你赶紧去唱唱吧，在屋里叹气都要把房子叹塌了，快走快走，不要待在屋里。

第二天下午，老陈就去瞎子院帮忙收拾东西，整理乐器（这他都是再熟悉不过了），领着盲师们去市里的车站坐车去河下矿区演出。车程一个半小时，下了车，他又走在前头，带着盲师们到了那家新开张的夜市门面前坐好，将琴弦架上弓。

又一场演出开始了。这回唱的是穆桂英挂帅。

老陈终于走在了命定的轨道上，心中无比踏实，无比兴奋。

盲师们终于有人料理杂物，并且有一个明眼人的肩膀可以搭了，不必再提心吊胆地过马路。

报生问母亲，为什么爸唱戏那么好听？

母亲说，哦！一直没跟你说哇？你爷爷就唱了一辈子，十里八乡没人不知道他的。他走得早，你没听到。不过你爸以前唱得比爷爷还好，就是后来进厂，不太唱了。

报生说，爸唱杜丽娘唱得真像。

母亲说，嗨，他要是没这个本事，我当初还看不上他哩。

说罢，母亲笑了起来。

报生望向河下的方向，想到父亲在吃夜宵的人群当中唱杜丽娘，会唱得他们全呆住，忘记吃粉，忘记喝酒。

三十八　汤显祖

临川的盛夏地火上浮，烘得人双颊红热。

但若是夜晚，就能好许多。黄昏时分就要在地面上浇上井水，冰凉的井水会与地火交融，让那股燥热淡下去。树荫之下摆上竹椅竹凳，待夜色完全降临，戏台上的《牡丹亭》就会唱起来，台下的椅子上会坐满村民。

此刻不就正唱到离魂么。汤宅后院巨大的树木伸展出无数繁茂的枝叶，低垂在观戏人的头顶上、脸颊旁，树叶微微凉，里面有丰富的汁液在静静流淌。

汤显祖坐在凉亭里的太师椅上，看着眼前的戏景，心中不禁欣慰。

旁边的老友临安知县看他这副样子，打趣他说，汤博士上演这戏，倒不怕那些理学家说三道四，闹大了，上面拿你是问。

汤显祖笑了笑，不回答，反而问他，书上说，地势坤，君子以厚德载物，这句话，县台是如何理解的？

知县答说，我哪里有汤兄的文采，不过是些寻常回答罢了，还是汤博士你谈谈吧。

他摇着蒲扇，神色严肃了，说，临川处南地，这地母的博大旺盛，从我这后院里遮天蔽日的大树枝条便可以看出。这样重重叠叠的叶片，气势汹汹的枝杈，不正和人间男女的情势是一样的么？理学将这一块全按下去，不许说，不许提，其实误了多少孩子的性命啊！

知县说，汤博士恐怕言重了，这在我看来，不过仍旧是情窦初开的懵懂而已。

汤显祖摇头，正立起身子，说，从前我在广州府徐闻县管事，那里的青年士子们，因这些事情而自尽的，不知有多少，说起来叫人叹息啊！我听着，心中大为不忍，始终耿耿于怀，辞了官职后，才由此写了这《牡丹》。

哦？还有这样的事情？

那徐闻县比临川更南边些，靠海，生长一种如伞一样的大树，叫榕树，葳蕤茂盛，以荫蔽人，最适合那地的气候。那县里也有一大户人家，育有一个独女，叫采薇，生得容貌绮丽，婉转多姿，因此父母也不常让她出门。

但广府有拜地祖祭神的传统，到了正月十五，各家的成年子女都要出来行跪拜大礼，奉上供品，点烟火，以求来年万事顺遂。这采薇女子到了十六岁那年，终于家里肯放出来出去祭拜，也是穿戴一新，去当地最大的地祖庙里行仪式。

那天上午，正是跪拜行礼之家蜂拥而至的时候。一些贵族富贾子弟早已经跪在地祖庙前整整两排。那采薇下了轿子，只见人山人海，摩肩接踵，一时之间，顾不得男女有别，只好依次跪拜在某一家李姓的官宦子弟后。那李家公子见到她以后，就只是头晕目眩，心中顿时许了山盟海誓，下了决心要求娶采薇。

但是事情就是这样阴差阳错，那采薇当天心中暗许的，却是另一家薛姓的公子。就在这样一场祭拜典礼上，当地的这些家族子弟彼此都打了照面，愿意与采薇交好的并不止一家，虽然李家公子回去以后便请了媒人去说亲，但采薇的父母后几日接到了许多家的说亲，一时难办起来，只好好言好语先劝回去，只说小女还小，留待明年再说。

李家公子痴心一片，不肯轻易放弃，想了许多法子，寄信，找底下的小厮与她那边的丫鬟说情，从墙外扔一些礼物，都试遍了，那采薇只回了一封冷冰冰的回绝信，就再也不肯多说一句话了。李家公子情深似海，又加上父母责骂他耽于儿女情长，一口气涌上来，便跳了江。过了半个月才从下游将尸首打捞上来，那体肤已经全部变了，认不出原来的模样。

采薇听到这样的事情，大受震惊，心中自责，却想到青春短暂，别人能为爱去死，自己怎么不能呢？又大起胆子，向那薛家的表明心意。薛家原来有亲的，但是也因为采薇的美貌与她日日交好，私会在她家的后花园里，过了一阵子，薛家的被父母发现，大骂一通，说他被狐狸精迷住了眼，赶紧给他说了亲事，在当地大操大办了三天三夜，煞采薇的狐媚晦气。

采薇知道这事时，薛家公子的婚事木已成舟，为时已晚，她从一个闺中淑女，不知何时变成了人人喊打的祸水，一时也想不通，与母亲争执几句后，撞死在自家的假山边。这是第二桩人命。

薛家公子听说这事，终日恍惚，像是得了失心疯，见人就说采薇夜里来找我问个清楚！她来找我了！不出半年，竟失魂落魄成了癫子，没多久死于一场伤寒。这是第三桩人命。

在此后的半年中，又陆陆续续有青年士子姑娘听说这事，想到自己不如意的人生，自杀者竟然过了十人！我那时正是徐闻县的知县，听闻这一桩桩惨事，怎么能忍心呢！那都是活生生的年轻人，为什么都如此想不开？

于是我召集几家出资，开了书院，让当地的年轻人都来读书思辨，以为这样可以令他们目标远大，为家族承担起自己的那份担子。成效如何？有一些，但是仍不是究竟。我辞官时，当地一大半的青年都入了书院读书，可谓一个进步，但是这就够了吗？我回到临川以后仍旧在想，这些年轻人为什么如此想不开？为了情，生者可以死，死者可以生？到底是为了什么？

回到临川，一日读古书，我终于明白了。古人说，大禹治水，堵不如疏。男女情谊，恩爱绵长，这难道是非道？是罪恶？是羞耻？当然不是！县台，你看看我们临川夏季这漫山遍野的野花野草，郁郁葱葱的山林绿色，地母的神力显示得还不够明显吗？地势坤，这势里难道是叫人不要生儿育女，不要恩爱缠绵？恰恰相反，你看我们这南方的美景，山川河流，都是叫人生情生爱的啊。

情不知所起，一往而深。这正是地母的势，人间的道。

　　我依从天道，顺势而为，为他们写下这缠绵悱恻的情爱唱白，难道我是在作恶？不，县台，我不是，我是在疏导。我期盼他们看了我的戏，明白了情爱的珍贵难得，将心中那青年人独有的苦闷抒发抒发，哭它一场！也许就挽救了许多苦闷难挨的情思，救了他们的命呢。

　　县台听了他这番微言大义，点头，说，汤博士，不惧人言，以戏做药，原来背后有此深意！佩服，佩服！

　　汤显祖哈哈一笑，说，我知道许多人骂我诲淫诲盗，不知廉耻呢，理学家更是要写文章说我道德败坏，枉为读书人了。且让他们骂去吧。我心里无愧，丝毫不怕。来，喝茶。

　　喝茶。

　　戏到深处，台下的人有些已经愣了，融进那词里，如痴如醉。

　　汤显祖早已作古，临川的唱词却早飘到了许多许多其他的地方。

三十九　　中秋

　　叶长鹰还不舍得离开。

　　生意实在是很火。

　　从厂里的情况来看，优化政策一个个紧锣密鼓放出来，临时工家属区不用上班的人越来越多了，空地上出现了很多甩扑克、打麻将的小桌子。他们三五成群地围着那些桌子，从早上开始打发时间，一直到夜深了才离开。一个月二百块倒也不是不能过日子，很多人老家里还有农田，一年来回跑几趟拉大米和蔬菜，吃饭这块的钱就基本省了下来。他们原本就是很少吃肉的。家属区上空飘浮着大块大块的时间，厂区空地里堆了成百上千吨卖不出去的钢材。

　　但是从市里繁华的景象来看，情况却相反。来买流行服装的美丽女子越来越多，越来越年轻，越来越富有。

　　此地以一种奇怪的方式膨胀起来。

　　这条市里唯一的商业旺街，好像已经百分百融到香港台湾上海的流行时尚中：杂志里可以见到的潮流服装，在这里总是可以找到一模一样的替代品。这条街的老板们，个个都在迅速发财。

　　捷径他已经完全掌握了。

　　不再从上海的工厂进货，只是在上海拍照片，转而去株洲进货，但门口挂的招牌"正宗上海货"却从未摘下来。

　　他对此没有什么心理负担，整条街的商人都是这样，只要确保货品质量差不多，说得过去，谁会在乎衣服到底是哪里的货呢？应付老主顾的话也很好说，就讲上海那边的质量下降得厉害，毕竟全面放开了嘛，哪里做得过来这么多，还不如这些广州进来的货，又时兴又好！不过，当然不是广州来的货。广州那边乱得很，他轻易绝不往那边去。

中秋节是一个重要的节点。

正式职工不再有大量的节日慰问品，仅仅是领十个月饼就算福利了。临时工家属区更是一片萧条。报生的母亲什么也没领到。张秩序倒还是拿了许多月饼和粮油回家，奶妈给报生送了十个豆沙的。

叶长鹰的精品服装店迎来销售额最高的一天。晚上十点关门时，他几乎卖出去店面中七成的服装，新进的秋装售卖一空。他心情大好，以这样的速度下去，很快，他们就可以存够二十万现金，这笔钱回上海重新开始生活，是足够了。

不过，他的心态却变了，此地挣钱正是好时候，要不要多留几年？谁放着好好的生意停下不做了呢？但是也不着急，有的是时间慢慢想。

他跨上自行车，慢悠悠地骑回去。听说厂里裁减的人员更多了，他不由得感到幸运，还好早一年多签合同，起码那个时候政策好，拿的津贴更多。他不免觉得自己还真是看得很远的人：此地无论如何是不行的，待不得的。有机会，一定一定要回上海。静安区的弄堂是他的家。南京路、淮海路、外滩，那里才有一个人可能的发展和前途。时代一定会向着这个方向发展。——看，一切都证明他是对的。

这晚的夜风凉爽轻快，空气里有成熟的果实的香味，他心里充满了丰收的喜悦。

路过厂大门，他突然看见一行人披麻戴孝地坐在路边又哭又叫，旁边挤满了看热闹的人。

有人死了。

一位老妇人抱着一个相框正在哀哀恸哭，相框里是一张中年女子的照片：面容瘦削，戴着一副老式的黑框眼镜，嘴唇干瘪枯槁，长发粗糙地扎了个马尾放在肩膀上，不像是钢厂女工，倒像是某个小学的古板的语文老师。

他认出了照片里的人，这是他的邻居，住在小区的另一排平房。

前天早上出门之前，他从自己家走出来，还看见她蹲在家门口刷牙。用牙刷仔仔细细地把牙齿刷干净之后，又奇特地，从口中拿出来继续刷自己的手，手指甲，手臂。那条窄窄的红泥路，他从这头走到那头的时间里，她一直在投入地用一把小刷子使劲清理自己的皮肤里的沟沟坎坎，刷了又刷。

她死了？

抱着相框的老妇人看来是她的母亲，她不停地大声哭诉，女儿是在夜班时间出的事故，厂里应该负全责，现在赔偿金只有三万，留下的这一个才刚上小学的外孙子怎么办！

　　瘦弱的男孩，戴着和母亲一样的黑框眼镜，站在人群中间，瑟瑟发抖。

　　从人群的窃窃私语中，他拼凑出了完整的事故信息：半夜，她从吊车驾驶位上跳下来喝水。身后的一个大铲车没注意到，转弯之际，几十吨的翻斗将她掀倒在地，她当场七窍流血，大小便失禁，趴倒在地。事后的检验发现，她后脑勺的颅骨，全碎了。

　　他扶着车把手，在秋风中发了一会呆。过了一会，他骑车离开。

　　身后，他听见厂办公楼的大门打开，有人呵斥，有人哭诉，声音越来越遥远。

　　此地，钢厂，家属区，怎么可以继续待下去呢？这哪里是可以好好生活的地方？一个女子为什么要去开吊车？上夜班？这是女子该干的事情吗？

　　他要做一个理想国！在那里，女子有了孩子以后不必上夜班，不必吊在半空中当驾驶员，不必过粗糙的生活！女子都优雅，娴静，圆润，没有一副被生活折磨到干枯的脸庞。

　　他想到在火车上遇到的那两位美艳女郎。对，女子就该像她们那样，丰裕悠闲，打扮自己，身姿袅娜，衣裙飘飘。他对她们不是爱慕，而是欣赏，是想请她们做他理想国的模特。

这个夜晚，他对此地的厌弃到达极致，恨不得年后就立刻带全家返回上海。

他还没有发现，总厂大门旁边那间冷饮店，卖橘味熔岩冰激凌的上海冷饮店，已经关门了。那满是上海味道的装修已经旧了，玻璃上沾满了钢城亮晶晶的灰，房子里也是邋遢不堪，皮椅木桌都不见了，可能是被人拿走了，也可能在二手家具店里卖掉了。冷饮店做不下去，大家都没钱吃冰激凌，这间铺面很快就要租给一个卖兰州拉面的商人。

还是卖面条比较有销路，主食是必须吃的，冰激凌可以放弃。

四十　告别

离开钢城的日子终于定了。

叶长鹰买了两张卧铺，都是下铺，免得飞飞爬来爬去摔到头。

这票很不好搞到，专门托了铁路上的知青朋友才弄到手。

家属区那套房退回厂里，家具、画、窗帘、小物件，送的送，卖的卖，基本不太留。回到上海再买新的，好东西太多了，统统重新来过。

彭细伢把他叫出去喝酒，为他送行。

老彭喝白的，他喝啤酒。

酒过三巡，把厂子骂过了，领导骂过了，骂不动了。

叶长鹰问他，你怎么还不生孩子呢？有个小孩多好玩呢。

老彭脸上一片醉红，摇头，说，生不了，我在越南的时候伤到身体了。

叶长鹰一惊，问他，怎么没听你说过？

老彭说，我们那一批都是新兵，没经验，不知道怎么躲子弹呢。

老兵不教？

教了，但是一到战场上根本说不好。喏，那颗子弹从我后腰这里穿过去，从肚子这里出来的。

老彭掀开衣服给他看弹孔。

叶长鹰伸手摸了摸。

当时伤口感染了，第二天才送到医院，昏迷了一个星期才醒过来的。内部零件损伤啦，可以享福，但是生不了小孩啦。老彭笑嘻嘻地说，好像不在意似的。

那么也好，二人世界，多清净，多个小孩多少麻烦。

我老婆想领养一个，我呢，还没想好，过几年再说吧。老彭又干一杯，从裤兜里拿出一个小东西，递给叶长鹰。

老弟送你个东西留作纪念吧，这是我在战场上捡到的弹壳，现在送给你啦。

老叶接过去，仔细看过，很郑重地放到衬衣口袋里。

诶，老彭，你说实话，打过几个？

两三个？三四个？十个八个？哈哈哈，不知道，没数过。上去就是机关枪一阵突突，不知道对面打中了谁。

最后分开的时候，叶长鹰和老彭紧紧握了握手，使劲拍了拍对方的肩膀，眼睛都有一点点红。

尽在不言中了，兄弟。

再会了，兄弟，到上海找我。

找你！再会。

叶长鹰选择最后道别的人，是报生。

他把家里所有的雕塑、油画、工具、美术杂志，满满当当装在一个纸箱里送给他。又下厨做了几道上海菜款待这位忘年交。

报生拿出一本迷你小本递给他，上面是他密密麻麻用端正小楷抄的《道德经》。

报生说，我怕不好带，就把宣纸裁得小一些，缝成一本。

叶长鹰拍拍他的肩膀说，好哇，以后你出名了，我这本《道德经》就值钱了。

小梅给报生布菜，飞飞坐在小凳上吃得满嘴是油。

叶长鹰上下打量他，又说，有阵子不见，你长高了。

报生说，我停在一米六八已经两年了，好像不长了似的。

诶，男孩子还有的蹿了，劲头在后面。你今年初几了？

初三了，夏天就初中毕业了。

呀，那你马上就要上高中了哦？来，敬你一杯，未来的央美生！叶长鹰端起酒杯。

报生双手举起酒杯，却说，叶叔，我家已经定了，我不上高中，去技校，读两年就进厂里上班。

叶长鹰愣住了，说，怎么不读呢？我听说你成绩还可以？

报生说，成绩不太好，英语数学都很差……上了技校能给分工作……

小梅插进来说，他家里情况你又不是不知道，去技校很好的，出来就包分配，比高中考不上大学要好多了。来，阿姨祝贺你中学毕业！她端起酒杯，和报生碰了碰，两人各喝了一大口啤酒。

　　叶长鹰目光复杂地看了看报生，许久没有开口，倒是小梅和报生聊了很多，父母怎么样，老家怎么样，学校怎么样。

　　临到报生告辞，叶长鹰拿出一个一千块钱的红包塞给他。

　　他说，报生，叔叔一直很欣赏你，你写字专注，这些年都没有变过，叔叔要走了，没什么好送你的，这是我们俩之间的一个交情。

　　报生不肯，使劲推，说，这怎么行！

　　叶长鹰摁住他的手，把钱放进他的斜挎包，说，报生，说起来啊，其实我们都是半个艺术家，我们艺术家之间不说那么多。收下！

　　报生第一次听到这样的说法，不知怎么反应。艺术家，他是艺术家吗？可能不是吧，这个词离他太远了，他从来没有这么想过。他只是喜欢写字而已，不写字就难受，一天不写就好像这天过得不得劲。仅此而已。艺术家大概是远在天边的，就像叶叔说的，在纽约在巴黎在电视里在大学里，自己，自己怎么比得了呢。想到这里，他笑着摇摇头。

　　小梅在旁边说，收下吧报生，以后我们可能还要麻烦你帮忙跑腿，你不收下，我们怎么好意思呢？

　　报生这才松弛下来。

　　叶长鹰又说，走，我送送你。

　　刚过了年，田里的小路还是凉飕飕的。

叶长鹰叹了口气，说，报生，你多少有点被耽误了。

我？

对啊，你嘛。你应该上高中，考央美，以后去纽约，去巴黎，去东京，去办画展，当一个鼎鼎大名的艺术家。叔叔一直都对你期待很高的，你多有天分啊。你自己觉得呢？

叶叔，你放心，其实，什么都不会耽误我的。我心里头定呢。报生此时突然想到阿婆对他说的，后生，要喜欢红土。其实不用阿婆说，他也是喜欢红土的。他就生活在这红土的世界中，心里也确然是怡然的，愉快的，他没有迫切地要离开红土的念头。他觉得生活里有一种完整的柔顺，他就身处那样的柔顺中，觉得一切都挺好的。日升日落，只要父母身体健康，他还有字可以写，他就总是活得有滋有味，面上有笑意。写字在哪里不能写呢？他发现自己不太能理解叶叔所说的话。

唉！报生，你不知道，外面的世界有多好呢。你还小。叶长鹰长叹一声，并没有听懂报生的话。

临别的时刻到了，报生找了根树枝，在泥地上写：海上生明月，天涯共此时。

一套草书，写得行云流水，气脉贯通。

叶长鹰惊喜地问，你草书都练成了？

报生有些害羞地说，还不够好。

叶长鹰也起了兴致，拿过那根树枝写：再见报生。

四十一　　破洞

叶长鹰很难表达带着老婆孩子重返上海的心情。

他只能说，十分激动，万分激动。甚至掏出雪茄的时候，手微微发抖。

他们一家三口，现在都是上海户口了。

然而从站台走出来时看到的景象叫他吓一跳。

火车站广场上到处睡着人。

花花绿绿的棉被和床单裹住他们苍黑的身形，但是出租车的大灯照着他们时，能明显看到他们嘴巴里呵出的白气。零下两度。哺乳的母亲，眼神麻木，正在给孩子喂奶。她从层层叠叠破破烂烂的毛衣里掏出硕大下坠的水袋，眼睛都不必看向孩子，直接把水袋口扎进孩子嘴里。孩子双眼浮肿，眼周眼泪的痕迹还很明显，脸蛋蜡黄，不睁眼，嘬起奶来。

他赶紧把飞飞抱起来，轻声叮嘱小梅不要看他们。原本回家的路他是极熟悉的，坐公交车就可以，但是他赶紧拦了一辆出租车，把老婆孩子塞进车里。他之前来去匆匆进货做生意，竟没有注意过广场上那些滞留的人群。

他们从哪里来，又要到哪里去？今年冬天格外寒冷，那广场是住得的？

飞飞嚷嚷手指痒痒。叶仔细一看，是冻疮复发了，小指头明显地肿了起来。

小梅疲惫不堪，说妈妈太累了，你自己挠挠。她有些晕车，不严重，但是也已经抱不动孩子。

　　他从副驾驶伸过手来帮儿子挠，摸他圆乎乎的脑袋，无言地安慰他。

　　司机开口说，今年这个寒潮结棍哦，别说小孩，大人的冻疮都要复发了！

　　他猛然间想到，父母在静安区的那间老屋，灶披间屋顶上坏了一大块，不知道修好没有？

　　到了家，母亲卧在里间呻吟。父亲穿着厚厚的棉睡衣在外间抽烟。

　　屋内冷锅冷灶，坏掉的屋顶连通外面从黄浦江吹来的风，连叶长鹰这样健壮的人都忍不住打了好几个哆嗦。

　　他提前写了信，也打了电话，回家的日子说得清清楚楚的。怎么家里还是这样？

　　但是不及细想，他进里屋看了看母亲，安排小梅和飞飞到饭厅里坐下，便开始烧水烧饭。家里还有一些蔬菜放在外墙的墙根下，他赶紧拿回来，洗干净开始炒。

　　父亲搬个小板凳坐在灶披间跟他谈话。

　　小妹嫁了以后，小弟也结婚了，做了别人家的上门女婿，对方条件倒是很好的，外滩附近一套六十平方正儿八经的两室一厅，过起日子不要太适意。小弟这两天忙，估计要到周末才能过来看看了。大弟在棉纺厂的工作完蛋了，走之前发了一笔买断金，他老婆在苏州老家有个工厂招电工，大弟一家都去那边打工去了。

父亲哀哀叹气说，打工啊，这是打工啊，谁能想到弟弟会去打工啊！住在工厂里，老婆小孩住娘家，就为了省点房租费，那点买断金一分不敢动。可怜啊。

父亲又说，你妈妈的病快了，就是这两天了，痛得来，晚上根本睡不着，翻来覆去，颠三倒四，搞得我也根本睡不着了。你们来了正好，帮我照顾照顾，让我也歇歇。我也年纪大了，一到下午，这个背痛哦，痛得像骨头要断了。苦啊，苦啊。哎，日子苦。

叶长鹰的全部身家，就在他上衣左口袋的存折里。二十三万九千，他四十多年来的全部，一切。他要靠这笔钱，在上海重新站起来，活得堂堂正正，漂漂亮亮。

所以他面对父亲的抱怨，一句话不敢多说。

哧啦一声，鸡蛋下锅，翻炒，加调料。

父亲在身边絮絮叨叨，叶长鹰透过油腻的窗户望向街外，竟突然想到他在钢城家属区那套旧房子。

不提卧室里的布置有多么温馨，就说那间灶披间。他后来又重新修整过一遍。买了最厚的油毡布，自己爬上去铺了两层，钉子仔细钉好。到了冬季，就算外面下雪，里面生上炉子，还是暖和自在的。

　　他望向上海这间灶披间的破洞，心想无论如何，下午他要去买来油毡布把这里给搞一下！这哪里是过日子的？父母，大弟，小弟，这几年的日子，就过得这样应付？不过他又想到，自己几次来，不也没有解决这个问题吗？懒惰，有气无力，不振作，就是这样。有了问题不去看，不抬头，就看不到这个破洞。

　　熬一熬，冬天就过去了，春天的时候还更舒服呢。父亲一定会这样说。

　　不一会，妹妹从医院赶过来，带了好几大盒食堂的菜。见了嫂子和飞飞，笑谈了几句，就说要走。说下午要上班，现在抓得严，迟到了要挨批评。

　　叶长鹰把父亲骑的自行车搬出来，对她说，送你过去，顺便去买点油毡布。

　　他本来想问妹妹生完孩子是不是没有休息好？怎么瘦了那么多？头发怎么也搞成中年妇女满头卷的俗气样子？很不好看，很不适合她。

　　但是他没有问，没有说。

　　他心里沉甸甸的。刚下火车的那股激动和战栗，消失得这么快，快到他都来不及和妹妹分享一星半点的快乐。

　　他离开上海二十多年了。二十多年，他从一个少年变成了中年人，养过鹌鹑，当过工人，上了十来年的晚班！那个时候，心里发闷，口里发苦，说不出来什么具体的原因。现在他终于回来了。没有喝彩，没有欢呼，父亲甚至没有提前烧一壶热水。只有妹妹火急火燎地从单位食堂里拿回来的大排和小青菜，对这样的好妹妹，他还能说什么呢。

到医院了，妹妹跳下车，拉住他的手，说，大哥你终于回来了，我们家团圆了！她拍拍他的肩膀，笑着走进医院后大门。

他知道她马上就要换上工作服，进锅炉房铲煤。因为没有硬文凭，在医院根本得不到什么尊重，但是她咬紧牙关，一声不吭，一定会干得好好的。他想起她小时候，小罩衫稍微湿一点点就要嚷着，换掉，换掉。那样一个娇气的小女孩。

他从医院骑车去建材市场，一路上泪流满面，不能自已。

四十二　母亲

　　后来父亲一直坚持说，他照顾不了老太婆，要分开睡。

　　家里便这样安排：叶长鹰陪着母亲睡里屋，夜里起夜照顾都由他来做；外间饭厅一分为二，中间拉个布帘子，左边是父亲睡，右边是小梅和飞飞睡。再有不便，也只能先如此了。

　　除了去街道跑手续，剩下最重要的事情就是抓紧找店铺，当务之急是生意还要继续做。但是地址根本不敢找远，父亲已经把全部担子都交给他了。

　　他只能在家附近十分钟自行车路程里找。要人流量大，还要节约钞票，不能冒险。精品店他不敢做了，只能先做平价店，探探路，把量带起来再说。

　　找了一圈没有真正实惠的，静安区门面的租金真的是贵得吓人！一筹莫展时，他发现家附近一家水果铺子生意不太好，店面乱七八糟的，右半边空荡荡的，面积完全就是浪费了，就去和别人商量，占别人一半的店面卖衣服。各方面如果来查，就再说。不查，就这么混下去。

　　水果店老板答应了，但是又说，如果没收了你的货，我可不管哦，我只管收租金。

　　叶说可以，立刻爽快地付了三个月租金。

　　之前他托火车站的关系，将三大包株洲那边论斤批发的洋垃圾衣服运到上海火车站，没有单独花运费，给那个哥们一条红塔山外加三瓶锦江白酒就搞定了。这半间水果铺，正好适合把那些衣服卖掉。如果成功，他可以一把赚三万。到时候，他也许会舍得租一个大点的房子。

租房子，熨衣服，给飞飞找学校，给老师送礼，落实手续，盖章。千头万绪，忙得人头晕目眩。

母亲在这个时候，说走便走了。像是为了不给他添麻烦。

他店铺家里两头跑，眼圈子忙得乌黑。母亲已经不能开口说话，躺了一天又一天，白天小梅照顾她，但到了晚上就不方便了，如果半夜拉了屎尿，都得儿子起来为她擦洗。

他很细心，每天晚上开水瓶灌满热水，晚上母亲如果需要换洗，可以立刻弄干净，不至于让她等很久。暖水袋他也是一晚上摸好几次，一旦凉了就马上起来换热乎的。

母亲总是摆手拒绝，那意思就是叫他别弄了，快睡吧。

叶长鹰就安慰她，妈，我这都回来了，你放一万个心，肯定把你弄得好好的。

中午，他回来吃饭，给母亲喂粥。

她用不多的力气抚摸大儿子的头发，为他找出白头发，示意他看。

他撒娇似的说，妈，你看我都长白头发了，真是的。

母亲拍他的手，浑浊的眼睛里流出泪。

他给母亲擦去眼泪，说，我都四十多啦，有白头发嘛正常呀。

　　给她喂了粥，又帮她梳头，扶她躺下，本想趴在床边跟母亲说说话的，一不留神，他竟然就趴在母亲的床边睡过去了。

　　正是这天夜里，趁着大家都睡熟，母亲把被子掀开，平躺了一晚上。第二天早上等叶长鹰睁开眼，她已经面色通红，烧得额头发烫，大家赶紧把她送到医院。护士刚给她搭上仪器，她自己一屏气，就走了。

　　那一瞬间，母亲浑身因为长期疼痛而僵硬的肌肉陡然泄了劲，全部软下来。

　　叶长鹰喉咙深处一阵刺痛，冲向头顶，一路痛上去。

　　仪器发出枯燥尖锐的平直嘀声，妹妹哭得昏天黑地。

　　父亲在旁边说，老太婆啊你熬了我五年，现在儿子回来了，你不忍心熬儿子，你走了。你怎么就走了啊！父亲大哭。

　　医生叫他交钱走手续，他忙着楼上楼下盖章签字，以此来掩饰那巨大的内心空洞。猛然间他在楼梯中间站住，茫茫然不知自己身处何处。无论如何，他是母亲离去的获益人，家里空出一个正正经经的卧室，够他们一家三人蜗居，这在上海，在静安区，上哪里去找？一笔租金省下来了，他的时间也省下来，可以全部拿去做生意，不再有后顾之忧。

　　母亲为他而死，他竟然领了这份心意，这是一种邪恶。他明明知道这是邪恶，却无能为力。如果有一天，他面对自己的死亡，他会尽量做到潇洒自如，但是，此时此刻面对母亲的离去，他还做不到。

这是他的亲娘啊。小时候给他缝了一整套的棉衣棉裤的人，就是她啊。

他心乱如麻，感性理性，思考情感，一并涌入他的胸腔，天旋地转，他险些晕过去。是飞飞遥远的喊声，将他唤了回来：爸爸，爸爸。

他三步并两步上了楼梯，看见儿子的眼神中已然是懂事的神情。孩子竟然不知不觉中已经长大了。

他振作精神，走上前去。

四十三　父　亲

出人意料的是，窝在水果铺凑合卖的平价服装生意特别好。

三大包杂牌衣服很快就卖完了，T恤衫十块钱两件，夹棉外套二十五一件还送一包袜子，顾客络绎不绝。叶和小梅一天忙到头，累得要死，但是心里踏实了，这一下不怕在上海立不了足了。

小梅说，我们以后就一直在这里干下去吧！看到衣服卖得这么痛快，心里真舒服！

叶长鹰立刻否定了这个念头。这里怎么是长久之计？以后飞飞上学，怎么跟别人介绍自己的父母？我爸爸是路边摊卖洋垃圾的？

小梅一时语塞。

他说，很快，我就要在好地段租一个像样的门面，还是像以前那样卖精品女装，这个档次绝对不能掉下来。再往后，联系几个有实力的工厂，我还要做自己的品牌！我们的路要越走越宽，以后要越来越像样。

这个水果摊，他嫌弃地斜眼看了一眼旁边不停抽烟的水果店老板，轻声地说，只是个过渡。永远不要想就在这里扎根了。绝对不可能的。

晚上，他们沿着灯火通明的马路慢悠悠地走，腰包里装满了现钞，两人满足而疲惫。

他掏出雪茄点上，对小梅说，你看，我们是抽雪茄的人。

　　小梅说，那是你，不是我们。雪茄一根接一根，我看电视里也不是这样抽的嘛。

　　他不理，指着马路说，上海的小马路都是香的，你发现了没有？

　　小梅说，干净确实是很干净的，一点水坑泥巴也没有，走起来老舒服的。她已经学会了一点点上海口音。

　　他说，这种情调，这种派头，只有上海才有。我憋着一口气一定要回到这里，你现在肯定都懂了吧？好多东西，不到上海自己感受一下，是体会不到的。

　　小梅说，是很繁华，也很……高档……不过，人就是一日三餐，这里和钢厂，真有那么大的差别吗？繁华，那外滩上的洋楼也不是我们家的呀。

　　他笑了笑，想了会，说，如果只是吃喝，那可能在哪里都差不多。可是人活着不是只有吃喝，还有很多其他的。比如，上海这里才有最好的美术馆，美术学校，美术的氛围。你看那边几栋楼，多好看，那可不是说盖就盖的，那都是设计师精心设计出来的，是有想法的，政府也要支持，让你盖才行，那就是说领导方面要有这个意识。哎呀，太多因素了，总之呢，必须是方方面面都到位，才能做出一个上海城来。

　　唉，虚了点。小梅说。

　　他说，人活着，有时候说起来，就是挺虚的。

两个人都笑了笑。

叶长鹰能确定,回来是绝对没问题的。我本来就是上海人,当然要回来,要回到这大都市的怀抱,要过漂亮的生活,要做漂亮的事情。

各种手续办下来很快,飞飞上小学以后,小梅白天在家里稍微忙一忙,做做菜,午饭之后一般会去门店。

叶长鹰用这一次赚的钱租下一个像样的门面,按照上海最时髦的法式风格细细装修了一番,金色地板通铺整间服饰店,那种贵族气质一下子就出来了。他又忙着在周围开拓新的厂家拿尖货,在家的时间骤然减少。但他心里笃定,事实证明小梅很能干,把家里料理得很好。

叶长鹰的父亲越加需要人照顾了。

早上小梅起来做早饭,买早点,餐桌架起来,他起床吃过早饭,就在门口的长椅上坐着看来来往往的行人。天气不好,就在家里看电视。他与小梅的接触时间增长了,就发现这个儿媳妇又勤快又孝顺,家里打点得整齐,小菜做得可口。他总是忍不住拉着她白葱似的手说话,看电视的时候搂着她的肩膀一起笑一笑。

小梅很漂亮。真是很漂亮的。他总是这样讲。

他对小梅说起从前。

从前我做小伙子的时候哪里敢看大姑娘的眼睛呢,根本就是懵懵懂懂地被大人把婚姻大事定下来，结婚那天才看清楚对方的手脚眉眼长什么样子啊。他感叹道，真的是很可惜，根本没有谈过恋爱，没有任何经验，就成家生子了。一眨眼，一辈子就过去了。

小梅不附和，把旁边的垃圾袋收拾起来放到门口。

叶的父亲，眉毛已全白，长而无力地耷拉下来，眼皮垂下遮住大半个眼球，他老成这样了，她只能听他说。

老头子看着水泥地面，不知道心里在想什么，突然就伸手拍拍小梅的屁股，顺带捏了一把。

他说，我这辈子，真是可惜的。一下子就过去了。

小梅吓了一大跳，猫似的蹿到门外去。许久不敢回来。

她漫无目的地走了一大圈，心里跳得像有捶鼓，待平静下来，她决定不告诉任何人。这个事情一旦说出来，不仅仅是家庭内部要爆发矛盾，更重要的是，他们一家三口就必须搬走。租金是一大笔开支，省下来可以给飞飞买点好东西，还要送他去少年宫学钢琴的。她估计老头子是老了，脑子里的筋可能断掉了。不要去理他。

晚上睡下后，老头子半夜叫她起来倒尿盆，端茶水，开灯，关灯。

折腾两回后，小梅说，爸爸，你怎么回事？要不要明天我带你去医院看看？如果要住院看病，不要怕花钱。

老头子说，老了觉少了，小梅你坐我旁边陪我说说话好伐？

小梅说，不可以的，明天我还要去店里，我也很累的，要睡觉。睡眠不够，我也是要生病的。

老头子说，我这一辈子，真的是很可惜的……

小梅突然问，爸爸，你知道你今年多大年纪？

老头子说，那年我读中学，班里好几个女同学喜欢我，给我写信，我看都不敢看，把信交给老师了。多傻啊！那个时候喜欢我的人真的太多了，我那个时候长得漂亮啊，人人都说我是奶油小生，说是我附近最好看的小伙子。我，我……今年……五十多岁吧？

小梅冷冷地说，爸，你今年七十七了。

老头子突然就泪流不止，嘴唇抖动，说，不可能，不可能，你们搞错了，你们在骗我！

小梅进卧室，把插销插得深深的。

第二天早上醒来，老头子穿着过年做客才穿的西服笔挺地坐在门口看来往的人，房里一股尿臊味。小梅掀开被子一看，被褥上一大摊尿渍，一直湿到床板。她忍着一口气，把床单被套放进洗衣机，棉絮搬出去晒。

飞飞临上学之前，问她，妈妈，爷爷是不是发神经？

小梅说，没有，爷爷老了。不要告诉爸爸。

四十四 堂哥

深夜，报生坐在堂哥的摩托车后座上，跟着他去试工。

堂哥双手扶着把，嘴上歪衔着一根烟。这辆嘉陵摩托发出呼吸不畅的突突突声，也不知道是第几手的摩托了。他迎着冬夜的风，把眼睛眯细，免得进灰。

双腿差不多痊愈了，但是骨头长得不直，再也不能平展地走路，以后只能当个瘸子。

在广州做了这几年，堂哥还是孑然一身回来了。

起先，是在胸罩厂做工。

这是托关系找的工作，厂子很干净，活也轻松。厂里做的都是进口货，质量很好，说是真丝布料就是真丝，一点不带假的。刚进去时，跟大姐大婶们坐在生产线旁边剪海绵，有好些个标准模板，照着剪，要求是边缘光滑，尺寸误差不能超过百分之三。熟练的大姐可以一边说话，一边手舞得飞快，高手一天可以剪七百对。按件计费，工资最高的，可以到三千五。吓死人吧，是钢厂工人的十倍！

堂哥一开始不行，剪得慢，手指顶着剪刀的位置生出两个巨大的血泡，用针戳破了，包上胶布继续剪。几个月以后也上手了，可以一天剪四百对，一个月工资拿到两千。很满足了，抵得上钢厂小叔一年的补贴还有多。

做了一年多，存了一万，他就辞掉了。剪海绵总是被人耻笑，一起工作的大姐笑他天天摸女人胸罩小心以后生不出崽，缝纫车间的几个男车工又笑他娘娘腔，说他下面肯定有毛病。他这口气憋了很久，干脆走人算了，懒得跟他们吵。

　　他说起来有服装经验，再找呢，就还是入这行容易些，后来果然进到一家做男士短裤的厂子。这间厂子也是做出口的，那些男士内裤做工都好精细，根本不像他自己从小穿到大的，家里老妈踩缝纫机做出来的那种粗布平角大短裤，这边的裤型按照欧美人的身材尺寸分为好些个种类，前庭后缝的针脚特别讲究，穿在模特身上显得很美型，阳刚又帅气。布料也是上等的棉，摸上去软极了，像皮肤一样。

　　堂哥在这里交了个女朋友，是个打版工。老板每个月都从国外买很多名牌内裤回来，她跟着一个老师傅负责打版，把尺寸量到很准，用纸板做出不同的布片形状。这是一个精细活，他女朋友做得很好，总是得到老板表扬。她是固定工资，一个月三千，后来老板说她工作很拼，就给涨到三千八。

　　他们认识几个月就住在一起了。这是堂哥谈的第一个女朋友，很认真也很投入，总是不准这个女孩子穿丝袜短裙，要求她尽量穿长裤，否则太引人注目。女孩子总是因为这个跟他吵，其实不打紧，无非是打情骂俏而已。本来日子是很平静的，但是他就是觉得心里不踏实。怎么白天大家都上班的时候，女朋友经常消失一个小时呢？有时候下了班，她还要去老板办公室汇报工作，搞到很晚才下班，回到家也是一副有气无力的样子，饭都懒得吃。堂哥总是问她，但她什么都不肯说。

又过了几个月，女朋友跟他讲了实话，她怀孕了，是老板的。其实她在认识他之前就跟老板好了，但是她总是觉得那样很不好，是不道德的事情，她真心想要找一个男朋友结婚生子的，于是就那样和堂哥在一起了。可是与老板的情感总是很难断得清楚，天天见面，两个人之间又还有很多情意，每次都说不要在一起了，每次又都意乱情迷，弄到现在这个样子，实在不知道怎么办才好。

堂哥想了好几天，还是决定跟她结婚，以后好好过日子。她答应他，结婚以后就重新换个厂，把这里的事情一刀两断，彻底解决。女孩子又说家里是要彩礼的，但是她怀孕结婚这个事情父母完全不知道，对于他们来说太突然了，她要先回家跟他们说一下才行。堂哥把两万多的存款全部给她带回去，劝她跟父母好好讲，千万不要吵架。女孩子含着泪答应了，说半个月以后就回来。

堂哥等了半个月，一个月，三个月，半年。

他终于相信，她是不会回来了。工友们说得对，她躲起来了，不可能再来找他跟他结婚了。

堂哥去找老板，问他这个事情。老板一脸忠厚，倒是很坦率，他说是有这样的事情，但是绝不是什么他缠着她，外面想要跟他好的女人太多了，当初是她一心钻进办公室的，十分热情，十分主动，后来又撒娇，说还是要找个男朋友才行。

老板说，我跟她讲得很清楚啦，都是自愿的，她要是跟你好，你们结婚我还给发红包！她呢又回头说忘不了我，还是想跟我在一起。哎呀我跟你讲，女人真的是说不清楚的，说她们傻吧，她们又有点精明，说她们精明吧，她们又傻得要死。

老板这样的开诚布公，是他没想到的。他原本准备揪着他的领带打他一顿，现在，他陡然感觉到那股愤怒是没有由来的，软弱的。

老板说他还是可以继续在这里上班，他不会计较那么多。

他又劝他，其实女工每年来来回回很多的，漂亮的也有啊，你何必那么死脑筋？

但是，无论如何，堂哥是不可能做下去的，当天下午他就结了工资，离开了那间厂。

有半个月时间，他哪里都没有去，躺在出租屋里想这个事情。

窗外的木棉花大朵大朵地开，好些掉进屋里，香得很普通，但是花瓣是火红的，有点像她抹了口红的唇。

如果他再有钱一点，她肯定就不会走。他遇到她的时候，连给她买一双高跟鞋的钱都不舍得掏，她怎么可能安下心跟他过日子？

隔壁有个哥们，是专门做大哥大销售的，听他说过很多次，做好了，一年几十万都有可能。做几年下来，在广州买房，以后老婆孩子都可以做广州人。

那哥们好几次拉他入伙，他都不肯做。那天想到这里，他去敲他的门，阿坚，你上次说的事情，带我一个。

但是后来他很快知道，那根本不是什么大哥大销售，而是摩托车抢劫。

先是阿坚带他去一个仓库，去了就锁起来，问他做不做抢劫。如果说不做，就打，打得皮开肉绽。也不给饭吃，屎尿都在水泥地上。

堂哥被打昏了两次，终于松口说做。

做是吧，可以，先交一万给老大去买摩托车。

堂哥说，我的钱都被女人骗走了，我拿什么交给你？

阿坚撬进他家翻了一个遍，找出五千块现金，说那就先这些了，剩下的以后补！别想逃啊！

车拿到手，是一辆破旧的二手嘉陵，根本不可能值一万。

但这是贼船，上去了，一切由不得你了。

他跟阿坚搭档，阿坚开车，他坐后座抢东西。

原来阿坚都是坐后座，抢东西的，经常脸被抓得都是血道子，开车的位置轮不到他，现在好了，有了堂哥，他终于升了级。

抢什么呢，大哥大，包包，耳环，戒指，手镯。有些人随身带刀，遇到反抗，拿起刀就砍。堂哥跟阿坚说，坚决不能动刀，这是最后的底线，如果这一点都不能做到，那就把他杀掉好了，反正他也不想活了。

阿坚说，你当我傻啊，砍人是犯法谁不知道啊！

抢劫难道不犯法么！堂哥问。

还好吧，我们穷嘛，抢点东西怎么了？你没看那些骚了吧唧的女人走在街上，一看就是家里很有钱啊，高跟鞋那么高，裙子那么短，肯定是被老板包了啊！我们抢她几个戒指，有什么要紧的？她可以回去跟老板讲，老公，再给人家买啦，要更大的！

堂哥使劲摇头，想要把他这番话从耳朵里摇出去。

第一次出行，失败。

对方是一个很瘦弱的女性，手腕上有一个很厚实的金手镯，如果抢下来往外卖，这一个月的伙食费就有了。但是没想到她竟然随身带了辣椒水，不是商场里卖的那种，是自己家做的！她从口袋里拿出小喷壶，对准他们两个歹人的眼睛就是一顿喷。堂哥当场痛得要掉下车，阿坚骑出去了，但是还是摔了一个大跤，两个人手脚上全是血口子。

白天搞不定，他们决定晚上再试一次，不能再去市中心了，要去郊区，郊区的人没有那么多心眼。

目标出现了，速度刚开起来，一辆超载的大货车就从红灯那头冲了过来。

摩托车一个急刹车，撞到路边的广告牌，堂哥飞了起来。

他在空中看见，阿坚与摩托车一起，滚入大卡车的腹部，巨大的轮胎从他的腰上轧过去，他连一个声音都来不及发出。他在空中时想，阿坚完蛋了，他大概成了两截，又或者是三截。

堂哥双腿小腿整个反方向折断，痛晕过去。

待他醒来，眼前是医院病房，警察在他旁边，父亲也在旁边。

他对警察把来龙去脉说得很清楚，还把那伙人待的仓库地址画了出来，有他提供的线索帮助，警察几天以后一举抓获了这批恶棍。

父亲把家里积蓄全部花光，终于保住他这条腿不被截肢。两个月病愈后，父亲再掏不出钱买火车票，父亲便骑着这辆破旧的摩托，载着他，一路颠簸着，从广州回到了江西乡下。他们骑了整整五天五夜，倒是见识了从广州到家乡一路上的风景。

父亲安慰他说，我们这是在做环球旅行哩，很时髦的。

他搂住父亲的腰，在后座上哭得鼻涕眼泪流了一脸。

从此以后，堂哥像是变了个人，再也没有好几年前提到要出去闯荡花花世界的热情。他听从家里长辈亲戚的劝告，来到钢城，住在报生家，打算在厂里从临时工做起，从此踏踏实实，每个月拿工资，存钱，娶妻生子。

报生一手抓着堂哥的外套，一手撑着后座。车太颠簸，他怕掉下去。他们商量好，报生帮他卸一部分车皮，免得他第一天试工没啥意思。

堂哥出发前，没忘记从广州十三行给报生带回一个时尚小书包。从广州骑回来的路上，他一直把这个鲜黄色的小书包背在身后。

报生一试，发现太小了，完全只是个小娃娃书包。

表哥抱歉地笑笑，说，我总记得你只有这么高。他伸出手，比画比画，一米多一点的样子。

报生笑起来，跟他说，我都十五了。

报生跟表哥卸到三点钟，利落地把整个车皮卸得干干净净，两个人正坐在地上淌汗，班长过来检查。他看看煤堆，又看看堂哥，眉头皱起来。

堂哥赶紧站起来，问，班长，怎么样？

班长说，仪表组那边招两个抄表员，我看你还是去那边上班吧。那边轻松，就是在厂房里每个小时抄一次表，有问题就报告，多好，比卸车皮好。你这个腿，哪里能到我这里上班！你不要害我好吧！不过那边要考试，我给你拿两本书，下个星期晚上八点你过来，我领你过去考试。

两个人莫名其妙，只好领了书，再骑摩托回去。

风灌进报生的领子，冰爽寒冷，叫人感觉头发都竖起来了。

夜中寂静，马路两边的民居只留点点灯光，人们都正熟睡着。路过一个小诊所，门口有一个小棚子卖福建小馄饨。

堂哥停下车，问，你饿不？

报生说，还好。

堂哥说，卸了一晚上车皮，能不饿么！别客气了。

小馄饨轻盈小巧，里面的肉末很少，但是很香。汤里放了自制的榨菜，十分可口，鲜度刚好。报生和堂哥吃出一头细汗出来，惬意。

再开动车子往家里骑，报生仰头看见东头篮球场方向，朝阳已经升起来，一点点慢慢染红半个天空。

堂哥和他一起睡。卸了一晚上煤，两个人都累得要死，只脱了个外套就钻进被窝。

床有点窄，他把身子往里使劲挤，想让堂哥睡得更加舒服些。堂哥却把被子给他再盖一盖，说，报生不要管我，你躺平了睡吧。

过了一会，他们俩都没有睡着。报生从纸窗的洞里呆看外面的朝阳，堂哥也从纸窗的洞里呆看外面的朝阳。

他问堂哥，你感觉广州怎么样？

堂哥笑了笑，说，我哪里认识广州，我只认识厂房和生产线。厂房里的灯光倒是很亮的，老板都很舍得掏电费。别人都喜欢白炽灯，只有我喜欢黄灯泡。

为什么？

因为黄灯泡有情调嘛，好像不是在打工，是在搞点什么很神秘的事情样的。

报生又问，你之前那个女朋友真的再没消息了么？

没有了，肯定找人结婚了，要不然就是重新找了个地方上班。总之，大家都还要过下去。

你恨她么？

其实她想要钱可以直接跟我讲，不必骗我。如果再见到她……

你会怎么样？

我会叫她再骗我一次，哈哈哈。堂哥小声笑起来。

报生明白了，不再问了。

堂哥考上抄表员后又上了一个多月的班，就过年了。

他领回两件结实崭新的工装棉袄，送了一件给报生。浅灰色的，很耐脏，穿起来很好看。两个人暖暖和和地过了一个新年。

四十五　　大弟

　　一家人窝在这静安区的老房子里过，虽然不是长久之计，但小梅还是决定要忍下来，起码要等精品店回本，手上有钱以后，再做其他大的打算。上海已经开始搞商品房了，她算过，与其拿钱砸到租金上，还不如干脆一口气买一套房子，买下来的房子才是自己的。到时候清清爽爽搬进去住，多舒服呢。

　　忍。

　　然而，事情总是这样，在一个人决定捏着鼻子过日子的时候，老天爷连这个机会也不给。

　　这天夜里，叶的大弟一家突然出现在老房子的门口。

　　因为工作和住房矛盾，大弟在苏州和亲戚吵了一架，工作也不要了，连夜拎了几个大包，一家人坐了长途车回来。夜里两点多，一大家子满满当当把小小客厅坐得燥热非常，面面相觑。

　　大弟一根接一根地抽烟，叶长鹰也抽烟。老头子坐在门口，长吁短叹。

　　大弟一家在这屋子里住了十来年，其实他们才是这里的主人，叶长鹰带着小梅飞飞住在这里，是名不正言不顺的，是客人，是别人为了招待他，让出来的，于情于理，这个晚上叶和小梅必须让出来，让大弟一家安顿下来以后再说别的。方案是有的，叶带着小梅和飞飞住到门店里去，清早过来洗脸刷牙，吃早饭，孩子上学。

　　但是，叶长鹰顾虑到，这一走，就是再也回不来的。目前这种情况下，如果是自己占了这房一直住下去，暂居苏州的大弟一家是绝对不能放心的，所谓和丈母娘闹矛盾的说法，其实很难确定是真的还是假的。不论是住还是以后拆迁，今夜这一走，便是彻底了断。因为人住房子就是这样，住久了，房子的一应手续安排，就都是由这个住的人负责。即使以后有拆迁款，怎么分，分多少，都说不好了，只能听天由命。总不能兄弟姐妹之间闹得鸡飞狗跳，叫人家看笑话。

大弟想和他说点兄弟之间的话，但是碍于自己的老婆，无论如何是不能说。如果此刻他态度和软，为未来开了一个口子，有可能老婆会把自己骂死，而且自己的儿子以后该怎么办呢？但是这时不说，突然就把大哥一家子赶走，这也像是没名堂的人才做得出来的事情。

老头子在门口一唱三叹，是我多余了，是我多余了。没有我，你们几个，倒还是能挤一挤。

好像倒还是有这么一个方案，老头子住到养老院，叶和小梅一家子住在外屋这间小小的屋子，另外还有灶披间可以腾挪，也不是住不下。可是谁能开口说爸爸你去养老院吧，家里实在没有你的地方了？

这话只能老头子自己说，做儿子的，是不可能主动说的。即使是老头子自己说，儿子们也必定要留好几次。

大弟的目光看着老父亲，希望他多少说一点什么，也许可以破这个僵局，让自己不要如此尴尬。

　　但老头子紧接着立刻就说，我要死在自己家里，躺在这张旧床上，最后蹬腿。我哪里都不去！我这辈子，太苦了。

　　还是叶长鹰安排了起来，他叫飞飞去旁边馄饨铺买了三份夜宵，叫大弟一家赶紧吃了好休息。又叮嘱小梅烧开水，一瓶给大弟家泡脚洗脸，另一瓶带到门面里晚上用。

　　清晨清扫街道的环卫工人已出来扫地，叶长鹰一家才在门面房的木头地板上躺下。飞飞听见外面清脆的清扫声，眼皮渐渐沉重，将睡之前说，爸爸，幸好这里地板是用木头装修的。真好。

四十六　旧相识

日子过起来，不方便很快就成了方便。

打地铺有什么麻烦呢，晚上九点半关了店门，帘子一拉，地一拖，被褥被子一铺，就可以睡觉了，比老房子里睡得还宽敞点，又干净，既不会有蟑螂也不会有蜘蛛。

看店是一个熬人的活，其实和坐牢差不多，从早上九点半到晚上九点半，店里总不能离人的。以前多是叶长鹰看店，但既然小梅从老屋里搬了出来，不用再照顾老父亲，看店的工作就可以由两个人分担，叶长鹰终于多出来许多时间可以到处转一转。

闲来发呆，他总是想到结婚那年回上海探亲遇到夜市摊的那个厚眼镜老板，他还记得他那家店叫"旧相识"，当时他答应说只要下次还回来探亲，一定去拜访他。但一晃这又过去七八年了，总有各种事情要操心操办，中间他一次都没有去过。

这天下午，他叫小梅看店，自己走过去找找那家旧书店到底在哪里。

春气渐渐浓了，下午的太阳晒得人有些懒洋洋的，他心里不知怎么有些忐忑，不确定能不能找到那家店那个老板，也不确定自己还能不能在旧书店里逛下去，毕竟他已经很久没有画了。

来回走了几趟冤枉路，在一个拐角抽烟的间歇，一抬头，赫然看见旁边一个小小的门面，上面挂着招牌：旧相识。

他走进去。里面是黑色木头地板，米色暗花的墙纸，布置得与别家店很不一样，雅致，安静。但是灯光有些暗，窗格小，屋里的光线不够，过了一会他的眼睛才适应过来。门口的架子上摆的是几排线装书，杂志在后面，《美术》还有，其他八十年代大家爱看的几类杂志都在。角落的小桌子上堆了高高一堆书画，都是没有装裱的，很便宜地卖，几块钱一张。这家店给他一种极不真实的感受，好像把他们这代人过去某段黄金时光凝聚在这里面了，像一场梦境。书呢，画呢，杂志呢，旧式圆珠笔钢笔毛笔小砚台油画刮刀大号画笔，一切都是十多岁时的他们所喜欢的，带着那会上海的香风与期盼。走到里间，靠墙还放着一家旧式钢琴呢，漆已脱落，但是他却坚信这琴是那老板每天都要弹的，琴声是催魂曲，音乐一旦响起来，过去的时光就瞬间降临。

收银台的电话零零零响起来，有人接起，讲起话，将他从迷梦中惊醒。他使劲摇摇头，不免笑自己真傻，怎么还怀起旧来了。

他大步走到前台，等那中年女子打完电话，他问，这家店原先是个男老板吗？我从前在他手上买过旧杂志的。

那女子说，哦那是我哥哥，现在这间铺子是我在看了。

那么他去哪里了？

他呀，他享福哦，现在在美国住别墅呢。

啊？他怎么去美国了？啥时候去的？

哎呀，说来话长，是这样的。

　　我哥哥这个人呢，从小大家就叫他老巨。不知道他怎么搞的，从小就喜欢搞古董啊旧书画啊，说起来头头是道的，我们家里呢，其实父母都是工人，那个行当根本没有接触过，不知道他怎么就知道的。邻居后来知道他好像有点名堂，家里有点好东西就都来问他，什么花瓶碟子碗佛像桌子茶杯都来问，然后老巨这个外号就传开了。

　　到了十几岁嘛，不是要上山下乡么。诶对了，老哥你几几年的？（叶长鹰回答说，我五三年的）诶你看，他同你同年耶，你看看，他就没有去，你知道是为啥啦？我哥哥厉害的，他自己去医院里开了证明，说他有精神分裂的。结棍吧，神经病吧。他回来说给我听，说他以前就认识那个医院里一个小姑娘护士，后来找她介绍去精神科开证明的。

　　见到医生了，他就讲，我从小嗒，耳朵里就有人跟我讲话的，都是古文，背诗啦念经啦，都有的。我一躺下来睡觉，每一觉都是古代的事情。我在古代是个有钱人家的公子哥，家里有藏书阁的，我也不出门，就在藏书阁里消遣时光。梦里头的日子都是连贯的，我娶妻生子，后来又因为各种原因纳了两房小妾，又生了两个小孩，一家子其乐融融，不知道多高兴。结果人到中年，怎么样啊，不得了啊，金兵打过来了！家破人亡！往南逃啊！什么金银细软都不敢要啊，皇帝都给人家抓走了，还敢等么？不敢了，连夜逃难。老父亲老母亲，孩子啊老婆啊，病的病死，饿的饿死，等到了杭州，就剩下我一个人咧。日子很凄惨。我目前就是梦到这里，我知道我根本就不是这个世界的人哦，我根本就是假装在这里，上海？过日子？假的！我真日子在大宋那里啊医生你知道吗？

喔哟，他跟我说，那个医生可能刚毕业没多久哦，经验还不是很丰富的，听到嘛吓死了，大笔一挥，给他下诊断了，精神分裂！晚期！

他回来跟我讲的时候，笑死了，说那个小医生的脸色哦，刷刷白。

我就问他了，阿哥啊，我都被你说得吓死了，真的假的啊，你做梦这么清楚的啊，从小做到大啊？

他就说，哎呀，真真假假，假假真真，哪里有那么多实在的答案么！反正我是不用去云南了，老老实实在上海过小日子。

后来嘛，八十年代中的时候，他就开了这家店子，生意还不错。我大哥能说会道，很厉害的，尤其是外国人来的时候，本来卖十块钱的一个花瓶，他可以想办法卖到二百！然后呢，他就跟那个小护士结婚了。我那个嫂子也蛮厉害的，搞不清他是真分裂还是假分裂，就敢嫁给他，我看也是被他花言巧语骗走了。到了九一年九二年，医院里她就有一个护士朋友嫁到美国，打电话回来说那里多好多好啦！让她辞职了到美国去挣美刀。

我嫂子说，这边我是有编制的呀，什么事情国家要给我兜底的，我辞职了过去什么都没有了。

她那个朋友说，你在这边一个月几百块，去美国那边当护士一个月两千多美刀啊，你算算这笔账好不啦！

诶，然后嫂子就动心了，叫那边帮她弄。

过了半年就飞过去了。后来我才知道，怎么操作啊，假结婚呀！我大哥竟然同意哦，要命吧，真是死要钱，钻到钱眼里去了。

刚开始几个月确实是寄了钱回来的。我姆妈带小孩，一下子给小孩买这个买那个，高兴得不得了。再过几个月，没消息了。我大哥着急了，拼命打电话，问嫂子怎么回事啊，怎么搞的。嫂子不肯接电话，最后还是怎么样，她跟她那个护士朋友两个人一起接的电话，我嫂子单独一个不敢说。那个朋友讲呢，嫂子在那边，加州，认识了一个搞金融的大哥，美国人，白人，不是黑人哦，两个人互相呢很好了，希望大哥这边成全她，把婚离了，她那边给一笔补偿，对大家都好。

　　我大哥不同意，说什么也不肯，怎么去美国赚点外快，把家拆散了？他自己申请了旅游签证，飞过去了。去了呢，谈了好几次，终于还是离婚了。那个白人大哥说，大家互相还是要尊重对方的选择，以后可以常来往，他也会把嫂子的小孩当成自己的小孩，美国人是很包容很开放的。我大哥听到小孩，心软了，他想小孩子以后如果能到美国，在美国发展，多好呢，留在上海一个月拿个几百几千的，有什么意思？同意了，离婚了。

　　然后嫂子给了他五千美金哦，算作精神损失费。说起来我大哥真的是一个神人，他转身就去唐人街租了个店铺，给人算命，看病，开中药！我问他呢，大哥你真的会吗？不要把人治出毛病来了哦。他说，哪能呢！《汤头歌》我是倒背如流的，开中药给中国人自己治治感冒发烧、腰酸背痛有什么关系啦！稳的！

　　然后他就不回来了，在那里扎下脚跟了。

　　到了第二年，神奇的事情又发生了。有个华人女孩子带了一个美国老妇女过来了，六十多岁快七十岁，说体质太差了，总是感冒，麻烦大夫看看。我大哥一看，喔哟，挑战来了，从来没有看过白人呀。认认真真把脉，看舌苔，看脸色，问生活习惯，然后心里有数了，知道十拿九稳，可以治好。然后呢，我大哥抓了药，自己专门给她熬好，送过去，看她喝得怎么样，问问意见，喝完了递上话梅过口，苦劲一下子就没了。来回几趟，美国老妇女病好了，对我大哥感谢得不得了，请他吃饭。然后讲这一番接触下来呢，很喜欢我大哥，想跟他好！她又介绍自己，丈夫前几年去世了，孩子已经读完大学结婚了，住在纽约。她自己加州这边，家里有个几千万美元的资产哦，豪华大别墅，车子嘛是迈巴赫。

但是她又说呢，结婚以后，这些资产要做婚前公证的，以后她去世了，可以分给我大哥一百万美元。啧啧，讲得这样清楚，美国人也是结棍。

我大哥怎么想的呢，他自家跟我讲，在美国立足不容易啊，能结婚稳定下来当然是很好的，而且前妻那边始终对他来说是个刺激，现在他也跟一个有钱人结婚，心理上平衡多了。

这样嘛就结了。过了几年呢，美国老妇女跟他讲，干脆把国籍换过来吧，免得以后麻烦。我大哥想想也可以啊，就来办这个事情。换国籍不是要在人家那个办公室宣读人家的入籍宣言嘛，到了这里，我大哥愣住了。

他同我讲，怎么了，以后我就不是中国人啦？吃美国菜，住美国人房子，跟美国老婆上教堂啊？可以这样嘛？

他心里蹦咚咚敲起鼓来，不肯办了，跑回家。他说，他当天晚上又做了那个宋朝的梦，这一次是千真万确的，他就在江边上往北望啊，北边的土地都丢掉了，后悔也来不及了，南边的土地一定要保住了！再也不能丢掉了。梦里头，哭了，心里发闷，难受。

醒来以后跟他美国老婆讲了，入籍这个事情从此以后不要讲了。以后万一你走在前面，我还是要回上海的。我们两个呢，就是互相陪一段，行不行。

美国老妇女答应了，说，你一直说你做梦从小到大都是连贯的，里面到底是什么故事，你讲给我听嘛。

然后我大哥呢，就从哪里给她讲啊，从杯酒释兵权讲起。讲了一年多，讲到丢盔卸甲，跑过长江，把美国老妇女也讲哭了。她跟我大哥说，我明白了，你是个中国人，改不掉的。以后我走了，你还是回上海吧。两个人达成共识了。

现在嘛我大哥还在加州呀，算命店还开呢。过得蛮好，他儿子前年过去了，准备在美国那边考大学。

故事讲完了，老板娘给他一个电话，说，这是我大哥美国家里的电话，你是他的旧相识嘛，没事可以给他打电话聊聊天的，免得他很无聊。

叶长鹰再三感谢，拿着电话号码，回到店铺。

他终究是没有拨那个越洋电话。谈什么呢？只是一面之缘罢了，他可能早已经把自己这么一个客户给忘了。

　　他只是感到有些怅惘，他在上海少了一个老伙伴。少了这
么一个有趣的人，上海的分量好像轻了一点点，只有这么一点
点，但毕竟是轻了。

四十七　　五玉

夏天的时候，父亲连发两次中风，彻底瘫了，从此只能长期卧床，再也没有行走的自由。

但叶长鹰还是给他买了轮椅，让他可以时不时出去晒晒太阳。

父亲却不愿意再出门，嫌丢面子，只终日躲在里间的主卧里，唯一的乐趣是看电视，除了吃喝拉撒以外，就是睡觉。自从他中风以后，大弟一家便把主卧让给他一个人住了，做儿子的想让他最后享享福，但是他却不太领情。

他宣布了很多条规矩，违背一条他就摔东西骂人。第一条，主卧的窗户永远不准开。他讨厌风，讨厌阳光，讨厌外面喧闹的街市声。第二条，任何人不准在房间里吃有味道的东西，面条馄饨炒菜都不允许。医生诊断，他可能大脑中判断气味的脑组织受到了损伤，稍有一点重味道，在他闻起来，都是要猛烈十倍百倍。大弟一家只好在门口支了一个灶台，炒菜做饭都在门口，也就是马路边上。第三条，家里必须永远有人。他总是感到害怕，怕自己昏过去，家人不知道，等回来的时候身体都凉了。第四条，每天都要吃荤菜，大鱼大肉要吃够。

大弟一家战战兢兢地执行着这些苛刻的条件。

夏天最热的时候，弟媳妇在门口炒菜做晚饭，往来下班的漂亮白领总是对她翻白眼，这么爱贪小便宜哦，在门口烧菜，家里舍不得开排气扇，把油烟都给人家闻。自私！

弟媳妇听了，眼泪偷偷流。

她后来跟叶长鹰说过，我以前在苏州上班，也是穿套裙高跟鞋的，现在沦落成娘姨，天天买洗烧，一刻都停不下来。我怎么不想穿得漂漂亮亮的呢！我怎么不想去美国公司日本公司坐办公室呢！

叶长鹰安慰她，说以后叫小梅上午来帮她买菜烧菜，减轻她的负担。

弟媳又说，爸爸坚持每天都要吃一个糖炖猪蹄，这样怎么行！本来就是脑中风，要控制油盐糖，这么吃下去还得了？谁有那么多钱给他买呢？

叶长鹰说，最后的辰光了，让他吃吧。以后糖蹄的钱我来付好了。

弟媳点点头，愣了半晌，最后说，我照顾老头子，从来没有委屈过他，他呢？邻居来看他，他倒跟人家讲我对他不好，虐待他！有这样的吧？天天作！搞不清是为了什么。作到我都想找个地方大哭一场！弟媳妇用围裙擦眼角，怎么会有这样的人呢？爸爸到底在想什么？为了什么？他总说他命苦，他怎么不想想，别人命更苦啊！

我也不知道，叶长鹰说，可能，可能总觉得哪里没有尽到兴吧。一辈子没有活够。

他是没有活够，我倒是活得够够的。

弟媳妇哈口气，把双手放在腿上搓了又搓。那双手冬天生的冻疮还没有褪去，一块块都是黑色的瘢痕，是冬天在冷水里洗衣服洗床单落下的。

叶长鹰回去拿了五千给小梅，跟她说帮忙买菜烧菜的事情，小梅犹豫了一会，想说什么又没说，还是点头答应了。

他看她好像不愿意，以为是钱的事情，就劝她说，已经两次中风了，第三次再犯恐怕就熬不过去了，最后时段，我也尽点儿子的孝心吧。上午你去，下午我去，我们俩换着来，这样我心里也过得去，以后不会有遗憾。

小梅说，行是行，但是我跟你弟媳不太熟，怕搭伙做事合不来。又都是亲戚，万一搞得不愉快，以后很麻烦。

他笑了笑说，她家苏州乡下的，脾气各方面我看还好，就算是有点什么，你让让她吧，你是上海人了，让让苏州来的，应该的。大气一点。

小梅知道他是开玩笑，捶了他一下。

菜场就在那附近，很旧了，地上永远都流着混了鱼鳞的水，空气里的味道杂七杂八，但是菜式齐全新鲜，摊位多，生冷熟食，早餐晚饭都有供应。

因为叶长鹰的话，小梅过来就是可以掏钱的，弟媳敢买大菜了，排骨买了三斤，牛肉买了两斤，准备回去做炸肉丸吃火锅。买的时候她仍旧有些忐忑，带有解释性质地对小梅说，排骨和牛肉平常都不太舍得买哦，今天做了大家一起吃啊。

小梅宽她的心，说，尽管买，没事的。

卤味一排摊位都是大红色灯泡罩着，灯泡上面罩了一个小小电风扇，粘两条红纸带，绮丽的红光就一直旋转，一直旋转。那肉显得鲜红欲滴，勾魂摄魄似的。

两个人一聊，发现从早上忙到现在，都没来得及吃早饭，小梅拉她在馄饨店里坐下来，要了两碗大馄饨，两份粢饭糕。

弟媳说起来自己，从前的小名叫月香，这个名字现在没人喊了。年纪倒是比小梅大，有三十八了。

小梅有些吃惊，说，那你算晚婚哦。

月香说，我家里三个兄弟，就我一个女孩，我舅舅年纪大以后也接到家里来住，这样一来三个老人没人照顾，只好把我留在家里。几年辰光一下子就过去了，结婚可不就晚了么！

小梅感慨说，那你真不容易，照顾老人家很累的。

月香说，累，早上五点多就起来了，乡下有自来水，但是家里打了井，不用白不用么。老房子还是烧火的灶台，早起就要生火煮粥，烧水泡茶，忙到夜里吃完晚饭，洗了锅台，天也全黑了。后来我妈妈舅舅都去世了，我爸说，不能再耽误你了，我住到你大哥家去，你赶紧相亲结婚吧，就这样，嫁过来了，还好，没有太耽误。

小梅说，那真是好运。乡下吃完夜饭也看电视吧？

月香却摇头，说，哪呢，乡下总有戏看，谁家老人过生日，
谁家结婚生小孩，都要请戏班子过来唱的。

小梅说，呀，这么好玩！

月香谈起了兴头，说，就是啊。

唱呢，都是唱黄梅戏，天仙配，女驸马，牛郎织女，孟
丽君，春香传，很多很多了。我们都是从小听的，都很熟
了，但是每次还是赶在开始之前老早就过去了。因为那个热
闹啊，跟在电视上看完全不同。电视上总共就是两个人在那
里唱来唱去，太枯燥了，实际上，我们看戏根本不是那样。
每次总是在打谷场上搭戏台子，观众都离得很近看的，演员
裙子上的亮片，脸上的青春痘，眼睛里的红血丝，统统看得
清清楚楚的。

二胡一拉，戏台上灯一开，底下观众就不作声了，乌
压压地一片，都要听听今天演员唱得怎么样。如果唱得好，
那就听下去，如果唱得不好（多半都唱得一般），大家很快
就开始掏口袋吃东西哦，一刻都不停的。演员的样貌很重
要的，如果是装扮好看的，大家就总给鼓掌，叫好，塞鸡
蛋吃，要是长得不好唱得又不好，就可怜了，一点吃的也没
有，下次也不再请他来。

里面有一个最出色的，叫五玉，十五六岁的男孩子，父

母会唱，他也就跟着唱，上台一亮相，特别特别漂亮的，因为他总是扮女角呢。可能因为他那个时候小，让他扮女角也是好玩的意思。眼睛又大又水灵，滴溜溜地转，嘴唇又抹得红亮亮的，像块红玻璃，马相好看得不得了，他一出来，大家总是目不转睛。嫂子婶子们最喜欢他，争着要给他好吃的，他根本吃不过来，拿了去后台分。

　　唉，我还是跟你说了吧，免得后来说不清楚了，他娘呢，是我干妈，我其实从小，家里就有让我们俩以后亲上加亲的意思，但是十几岁的时候都没有讲透。

　　那么，只要他来呢，我一定是要去看的。许多好吃的，后来也都是给我吃了。他性格很温柔啊，说话从来都是细声细气，人家都讲他比我还要秀气呢。我那个时候长高了，倒是比他高了半个头。我们俩关系很好的，也说好了再长大一点，我就嫁到他们村上去。他们村离上海更近，条件更好一些，去了以后可以天天吃肉包子的，我姆妈讲的。

　　但是后来，就出了桩事情，啥计划也都变了。

　　他家里两个儿子，他大哥呢，比他还要漂亮，还要英俊，个子呢一米七多，很秀气的一个人，头发乌黑发亮，皮肤雪白光滑，真的是比唐国强还要好看，比唐国强长得更加俊美，更加像富贵人家的少爷。其实根本不是，我干妈家就是普通的农村人家，不知道怎么生出这两个儿子来。

他家有远亲在上海工作，就把这个大哥介绍到一户很富裕的人家做杂工，每天养花养草，打扫卫生，做一点重活。这一家呢，只一个姑娘，一来二去，不知道怎么就跟他好上了。完全是偷偷的，谁也不知道。第二年，糟糕了，姑娘怀孕了，要命吧！她家爸爸气得来，高血压上来两趟，差点死掉。后来没办法，把这个漂亮的大哥打发到船上去做杂工，以后跟着上海的轮船全世界沿着大海漂啊漂啊，几年才回来一趟。五玉父母不同意也没有办法，是自家的错。小姑娘呢，孽障打掉，立刻寻了一门亲事结婚，从此再也不准提这个事情。后来听说姑娘也过得不错，现在跟着老公去英国了，再也不回来了。

这桩事情怎么影响五玉了呢？村子里其他人家都说他家门风不好，我这边也催我不许再跟他联系。大家说，这两个儿子来路就有问题！我干妈年轻的时候漂亮呀，谁知道这两个儿子是谁的种，两个人长得不像爹不像娘，彼此之间也不太像，但是就是好看得不得了，有问题的。大哥出了这样的丑事，弟弟能好到哪里去？

我那个时候也才十几岁，不懂事。我呢就写了一封诀别信给五玉，说不再见面了，以后不联系了。他后来到我们村子里唱了两趟，我都没有去。那个时候心也蛮狠的，他就再也不来唱了。自尊心很强，对吧。

当年夏天征兵，他就去了。很快就征召入伍，去了南京军区。他是什么意思呢，就是证明给我看看，他是什么样的人。是全中国最正派最光荣的人。我当时不知道，他没有跟我说。

隔年春天，他就跟大部队去了越南。上了战场的第二个星期，就牺牲了。

我干妈哭得眼睛半瞎了，拄一根竹竿到我家来，跟我把事情重新讲一遍。

她说，我不理五玉以后，他三天三夜没吃饭，嗓子彻底倒了，再也唱不得戏了。半个月时间，躺在床上跟谁也不说话，谁也不理，下了床就说要去参军。谁劝也拦不住。

到了部队以后呢，往家里写信，说他过得非常充实，操练呢打靶呢，都是很优秀的。随信寄来一张军装照，端端正正的一个小伙子，又英俊又威严的样子。

上战场前，又给家里寄了一封简单的信，就是说最近形势比较紧张，可能有任务，叫妈妈不要操心。再后来没有寄了。

到家里来讲述情况的，是部队上的领导。

五玉是班长，带着一班人去侦察情况。本来打头的是个年纪最小的兵，五玉把他叫回来，让他站到后面，说他是家里唯一的儿子，上面三个姐姐呢。五玉一个人，自己冲到前面。

踩到一个地雷。五玉喊一声停，从口袋里掏出一封信，交给后面的人说，这个给我妈妈。

后面的战友急死了，叫他不要动，拿个什么东西轻轻替换，还是有可能活命的。

五玉不肯，说那样太危险，这附近随时有飞机过来，发现他们就麻烦了。

他叫他们统统向后退，自己定了定神，叹了一口气，把脚抬起来了。

我干妈讲到这里，已经哭成泪人。她把那封信交给我看。

我抖抖索索地，只看到最后一行字，月香最近好吗？

干妈给我拿过来一个五玉用过的水壶，上面坑坑洼洼，凹凸不平的。

她说，领导拿过来一些纽扣，一个钢笔帽子，两段鞋带，还有就是这个水壶。

送走干妈以后，我就跟家里人说了，我给父母养老送终，一辈子不结婚了，谁也不要劝我。

过了几年，我姆妈去世，就剩下我爸爸了。

他说，五玉的哥哥已经好几年没有消息了，不知道是死是活呢。你如果结婚有了小孩，每年带着小孩回来看看干妈，是不是让她更高兴一点呢？你自己考虑看看，我只是说一个建议。

然后我就想通了，嫁过来了。然后就一直到现在了。

去年干妈去世了，我也算了却一桩心事。

说起来，我到现在都不太听黄梅戏了，没法听的。

哎呀都过去多少年了。二十多年了。

月香讲完，馄饨早已经吃完了。两个人发现时间早已经过了，急急忙忙赶回去烧菜。

月香在门口煤气灶前烧菜的时候，仍然有路过的白领小声抗议，说她污染马路环境。

小梅从旁边细看月香，她的腰身早已经圆了，胖得上下一般的尺寸。脸因为常年做饭，中间的脸蛋被热气熏得凹下去，脱了水，干巴巴的。

十五岁。

月香的长头发乌亮亮编成一根辫子，

眼睛黑亮得像旁边小河里的水。

捞菱角的渔船歇在一边，

月香在心里跟着五玉一同慢慢唱。

月下盟

不了情

我更见三姐心似月华明

谆谆嘱当铭记

待高中再来迎卿卿

……

四十八　黄桥

　　小梅跟叶长鹰说了月香的事情后，倒让他感到不好意思了，之前还以为那房子的事情，是月香有担心，所以才从苏州赶回来的，看来是误会了她。

　　过了些天，叶长鹰听一个朋友介绍，打算去苏北的服装厂看看货，天气又好起来，春末夏初，正是出去转悠的好时节，就跟小梅讲，带女眷们出去玩玩。小梅很起兴，叫上月香、小娜一同去，小弟一家人因为去新马泰旅游，没赶上。

　　然后，小梅又和月香一同，为父亲把那两天的饭菜烧好，放在冰箱里，大弟每顿放在锅里加热一下就好。小娜的孩子交给奶奶管，大弟的孩子上课外辅导班，飞飞参加同学生日会，也都不去，只需要安排飞飞回老屋睡几天就好。

　　一应琐事打理完毕，一行四个人才登上长途客车。小娜感慨说，真是不容易，一大家子腾出空来出去玩，尤其是她们几个女的，结婚生子以后哪里有自己出来玩的机会呢！

　　客车从上海市区开往郊区，到了城乡交接的地方，很多店铺门口就没有水泥地了，只是黄土，风一吹，尘土飞扬，女士们都赶紧把丝巾解下来罩住脸。但是进入江苏省界风景就好起来，国道两旁，尽是小桥流水人家，一行人忙不迭地看风景。渔民在湖中撒网，捞起的鱼当真在阳光下闪闪发光。叶长鹰喊她们，看！是银鱼！果然像银子一样亮晶晶的！三名女子都看过去，十分陶醉。女子没有不爱美景的，三个人手紧紧扶着前座，眼睛盯牢一片江南水乡的风光，看也看不完。确实是在城中待久了，豪华的大楼商铺看多了，论起来，怎么样也比不过眼前的自然风光。叶长鹰感到很欣慰，似乎自己回了上海以后，这是做的第一桩大哥该做的事情。

去江北就要过江。

旅客们陆续从客车上下来，走上摆渡轮的大甲板的一侧。汽车按照顺序一辆辆停好，等个十分钟，大轮船鸣号一声，便开动了。

江风凉爽，大家正看着宽阔的江面发呆，叶小娜拿出刚才在摆渡口买的鸡腿分给大家吃。

月香怪她花钱。

叶小娜却说，坐轮渡哪有不吃鸡腿的？从上海到苏北，只要是坐船，一定要吃鸡腿的呀。

叶长鹰哈哈大笑起来说，少瞎讲好吧。

叶小娜一本正经，说，哪能啦，真的，上海加江苏，最好吃的鸡腿就是摆渡口卖的，这个你们都不知道！

叶长鹰问她，谁说的？

叶小娜讲，我老公讲的呀！当真的！摆渡口小吃，排名第一就是卤鸡腿，排名第二，茶叶蛋！以后我要是能给旅游杂志提意见，就要他们把这一条加进去！

大家哈哈一笑，迎着江风把鸡腿吃了，确实很香，有一种旅途才有的香味。

服装厂在高邮，叶长鹰带着她们进去看，激起她们许多感慨。

这厂房里头很闷呀，开了电风扇好像还是喘不过气呀。

厂房哪里能开那么多窗户呢，怕人抢，怕人偷货。叶长鹰对她们解释。

当真是热死了，又是高温洗，又是熨烫，待久了会晕过去。

做服装就是这样的，一年四季又闷又热，得忍。叶长鹰说。

她们几个熬不住，就先出去，到旁边的河边吹吹风。

叶长鹰熬着性子翻了一下午货册，跟老板聊天抽烟，最后也还是失望地离开了。这家厂子的货不管是款式还是料子，还是距离他的要求太远了。如果贪便宜从这里进货，恐怕放到上海根本不可能卖出去，是要亏本的。

待他出来，三位女子又跟他讲，河水实际上已经有些发臭，估计是染牛仔裤的污水没有处理，直接排进去了。

可惜了，原本是想吃吃河虾的，这下打死也不敢了。小梅叹道。

当晚，四个人就睡在高邮市里的旅馆。第二天的计划是去小娜的公婆家看望看望，黄桥的乡下。

第二天一大早，四个人便起床，在长途车站买了咸鸭蛋鞋底酥，坐上发往黄桥的车。

　　在黄桥车站下了汽车，还要坐偏三轮才能到村里。叶长鹰叫了两辆，他与叶小娜一车，小梅与月香一车，因为小梅与月香几乎成了好闺蜜，总也有说不完的话，叶小娜与大哥呢，也总是亲热的，她爱讲话，对着不发一言的叶长鹰，也可以滔滔不绝讲足两个小时。

　　偏三轮在村口停了，他们走进村子，绕过几条泥路，踩得一脚泥，来到一间平房门口。房子过于矮小简陋了，外墙还是用黄泥抹的，木头窗户的木料已经发黑发灰。只有小娜的婆婆一个人在后院剥玉米。小娜放下行李，快步走过去喊她姆妈，又蹲下去，给她介绍自己这趟过来的亲戚。叶小娜竟然用的是手语，连比画带示意。老太太明白了，微笑着，艰难地起身叫他们在屋里坐，她去灶台烧火泡茶。叶小娜摁住她，示意说不必忙了，她们去看看公公。

　　老太太已经老态龙钟，夏初的日子里还穿着棉裤棉毛衫，可能是怕屋里阴处寒气太重。眼睛几乎被下垂的眼皮遮去了全部，可能已经看不清了。老太太比画着，示意公公在隔壁村的打谷场上赶集，卖东西。

　　恰好院子里停了两辆旧单车，他们四人就赶过去看看。

　　叶长鹰没想到小娜的婆家竟然是这样破败的景象，问她怎么回事。

　　她坐在后座上说她公婆都是聋哑人，老公大辉能考上中专都是靠自己努力的，很不容易。她公爹会玉石打磨，一直做这个行当很多年了。

终于在集市上看到了她公爹。像以前走村串巷的货郎那样，跟前只摆一个木箱子，上面一层是玻璃展示柜，各种戒指耳环摆了井井有条好几排。

几个人都打过招呼，叶长鹰对小娜说，这些戒指怎么看也不是真的吧？

小娜笑了笑说，集市上卖的戒指三块钱一个，是让乡里的女孩子买来玩的，真的好东西得去家里挑。

叶长鹰吃惊，那家里有什么好东西？

小娜说，其实也没有什么，一些老早就买过的翡翠玛瑙，她都看过的，丝毫不起眼，可能是真货里最最普通的那种。

已近中午，小娜把公爹的摊位收好，带他到旁边的饭铺吃午饭。公爹木讷，可能是因为聋哑的关系，极少有面部表情，但他爱喝酒，叶长鹰也就不动声色地陪他喝下一整瓶白酒，差不多到了自己酒量的极限。

吃过饭，就是此行的真正目的了，小娜要请公爹带她去别的村子找半仙算命。小梅和月香从未算过，但是实在很好奇，之前在上海商量此行安排的时候，就无论如何要跟着一起去看个奇怪。

走了一个多小时，他们来到一片开阔的西瓜田边，田中央竟然盖了一间茅草屋，柴草做的门半掩着。公爹示意其他人止步，单只领了小娜沿着窄窄的田埂，走了进去。

大概过了三刻钟的工夫，小娜跟着公爹出来，手里拿着一叠纸和线香，按照半仙的要求，又要爬到瓜田的后山上去拜地神，这一套法事才算完成。

后山上倒是有水泥台阶，只太窄，仅能容一个人上下。

拜地神的香堂粗糙破旧，粗水泥抹的一间只四个平方的小屋子，地上案板上全是灰和土。正前方摆着地神的像，是王母的样子，泥胎塑得过分粗劣了，颜色也粉刷得鲜艳恶俗，有些凶，叶长鹰一眼看去，难以想象地神竟是这样的模样。但这半山腰的树和草，风和声，又确然有着某种难以解释的严肃和静谧，一时叫人凝神屏气，不敢造次。

小娜端端正正地点了香，举过头顶，跪在蒲团上，毕恭毕敬磕了三个响头。

叶长鹰示意小梅与月香，也同样跪下来磕三个响头。

下山时，陡然起了一阵寒风，众人都感到后背悚然发凉。公爹与小娜手语一番，小娜对大家解释说，这是说地神接到了我们的香，送我们下山的。

将公爹送回老屋，小娜又帮公婆简单打扫了房间，放下三千块钱，便同大哥嫂子们回黄桥市里住了。

婆婆问她下次什么时候回来。

小娜说，中秋肯定要回来的。

婆婆又说，要记得带小宝。

小娜点点头。

夜里大家聚在叶长鹰的房内看电视，小娜好像兴致不高。

叶长鹰问她，半仙怎么说的？

小娜闷闷不乐，说，半仙说我家里这几年总是事情不断，说不上是吉是凶，也谈不到化解。

你是去问大辉能不能升官么？

是呀，起先是去问的，半仙不肯讲。然后半仙跟公爹说，地神不稳，气息很弱，他也感觉不到了，说他自己已经病得很重，以后再也不能给人算命了，准备把瓜田里的茅屋推掉，他自己回屋里躺着算了。公爹摸出一块玉牌给他，说要帮他挡灾，半仙不肯收，说他恐怕要走了，叫公爹不要挂念。然后叫我们去拜拜地神，以后自家小心就是，他没有法力了。

还有这样的事情？叶长鹰感到很惊讶。

是呀，那个半仙是附近最灵的，小孩子生病没办法治了最后都是去找他，结果他却要走了。然后呢，他讲的话一直压在我心头，老觉得发闷，心神不宁。

叶长鹰安慰她讲，好的坏的，都是命，不要太操心了。我看大辉在单位很好，你们俩都在医院，这么好的双职工家庭多稳当，不要杞人忧天了。

在黄桥的长途汽车站，每个人又买了五斤烧饼带回上海。

一路上，那黄桥烧饼沁人的香味从头顶的行李架直蹿到人鼻子里，叶小娜被这人间美味唤醒，吃了五块，又显得开心了。

四十九　父　亲

　　挨到秋末，叶长鹰父亲的生命力越发委顿，饭量倒还正常，只是不再能看电视了，每日只是昏睡。

　　月香与小梅商量着，是不是该准备衣服和其他事情。两个人谈一谈，又看看他的样子，总觉得无论如何是应该要做些准备了。

　　但是入了冬后，父亲似乎又恢复了，甚至还可以坐在轮椅上在家里转一转，看看电视，再同小梅月香谈谈他从前的事情。怎么考学，怎么进的铁路局，怎么出色，怎么惹人喜爱，怎么拒绝掉领导的美意，怎么在父母的安排下结婚生子。

　　有时候月香不在，父亲便要挨着小梅谈许多往事。他挨得近，口腔里涌出烂木头的气息，令人难以忍受。而他又偏喜欢对着小梅谈啊谈啊，怎么也谈不够。

　　那天父亲早上五点就醒来，躺在床上喊月香！月香！

　　月香稀里糊涂地醒来，披上睡衣进里屋问他怎么了，是不是哪里不舒服？

　　父亲看上去耳清目明，恢复了不少神采，他指指阁楼，说，上去，把我那套黑色西装找出来，今朝我要穿。

　　月香不明所以，只好架上梯子，去阁楼上翻箱子。

　　三只樟木箱子整整齐齐靠墙放着。

　　打开来，一股浓烈的樟木味道冲出来。

　　西装在第二个箱子里，叠得整整齐齐，不知道是多少年前做的。

给我穿上。父亲半坐起来，下了命令，中午多烧几只糖蹄，我要吃个过瘾。

穿上西服，父亲又把大弟和孙子叫起来，一个一个地问，怎么样？挺括吧？还是不错吧？

大弟和月香快速过了一个眼神，那意思是，今天又发神经病了。

先前，对父亲的种种古怪的做法，他们夫妻俩左思右想，得出的合理解释就是，中风使脑部血管很多都破裂了，可能其中有好多根控制个人情绪和行为的血管也一并都破损了。因此，在父亲的角度，是脑部受伤，在他们看来，确实有点神里神经的。但是没办法，生病了就是这样。做儿女的只好忍耐下来。

大弟和儿子伸出大拇指，夸他和从前一样，英姿勃发，随即便赶紧起来刷牙洗脸，连早饭都不敢留在家里吃，就撤了。

小梅上午过来喊月香出去买菜，听她说了早上这一番怪事后，不由得说，那不会是，回光返照吧？

月香一惊，说，我倒是没想到，被他搅和得根本没睡好，头都是发昏的。不管了，一天一天地过吧，吃了中饭再说。

按照老爷子的嘱托，中午的蹄髈买了十只，既然他今天胃口大开，干脆大家都来吃一些吧。

中午，父亲足足吃了三个糖炖猪蹄。

他说饭后很困，想要午睡。刚躺下，就直喘气，喉咙里空洞地发出声音。

他拼命捶床，月香和小梅扔下水盆里的碗，赶紧跑过去。

他枯树枝般的手紧紧抓住小梅手，想要说什么，却只是向外倒气，吐不出一个字。

月香赶紧跑到旁边的小卖铺打电话。

到了黄昏时分，所有的孩子都过来了，叶长鹰，大弟，二弟，小娜，儿媳妇女婿，孙子孙女，都围在他身边。

他提起右手，从眼前这些后代的脸上一一滑过，手指最后停留在墙面上他年轻时拍的一张英俊的大头照，点了点，而后，手与头颈同垂，吐出最后一口气。

孩子们的哭声先响起来。

阿爷！阿公！阿爷怎么了？阿公怎么了？

小娜一边哭，一边展开给他准备的衣服，叫兄弟们给爸爸穿上。

她哭着对两个嫂子说，从黄桥回来，心里就知道半仙说的事情里一定有爸爸的事情，回来就自己偷偷去做了准备，找的上海老师傅做的寿衣，是最好的布料，里面绣了他们兄妹四个的名字。

她握住爸爸的手，哽咽地说，爸爸你走好……

月香立刻打开所有的窗户通风。

劲风入室，大家都打了个冷战。但是也都觉得这屋子多少年了，好像从来没有如此清爽过。屋里的空气，终于不再是浑浊而腥臭的了。若干年没有打开过的西窗，打开后，大家惊讶地发现窗外竟然有一棵矮小橘子树和几株花草，尤其是邻居种的一蓬蜡梅，浅黄色娇嫩的花骨朵已经含在了枝头。

仪式办得相对简单，基本上按照规定的流程走完。叶长鹰去父亲单位销户，工会的干事给他拿了两盆金橘绑在自行车后座上，说这本来是过年提前准备的年货，但是先给他家送，代表单位表达一点意思。

兄弟姐妹几个人，坐在老房子里聊天，不经意地，每个人随手掐一个金橘吃，一下午过去，两盆金橘竟然吃秃了。

小娜于是将两盆金橘搬到西窗下，说，不能白占邻居便宜，我们也贡献一点绿色好了。

大家都同意，这房就给大弟一家住了，叶长鹰也跟月香说，我们就在店铺里住，这里你就放开去布置吧。

窄窄的一套老屋，是住不下两家人的，叶长鹰早就想跟月香这样说了，让她彻底放宽心。

过了一阵子，月香请叶长鹰过来喝茶。

再次踏入这间小饭厅，他几乎不认得了。这还是以前那阴暗狭窄的老屋么？

墙上不知道多少年的老年画丢掉了，全部换成淡珍珠粉色的壁纸，从外间铺到里间。外屋多余的杂物全部清除一空，换成两个小小的天蓝色单人沙发，中间一个绿色玻璃小茶几，房间显得活泼了许多。电视也挪到外屋来，电视柜上放了一个透明玻璃花瓶，里面插了几枝白色的牡丹。地板革是浅米白的仿木纹样式，上海当时最流行的。

他赞叹不已，感慨这里简直像换了一套房子。

都是我自己铺的，没有找工人，好几个晚上都没有睡觉，通宵铺，劲头足吧，说起来真是有点不好意思。月香说。

她又给他泡了一杯龙井，说是老同学送的，今年最好的西湖龙井，外面是买不到的。

他端详她的气色，与往日几乎是大变了一个样子。

此刻她百分百是自己生活的主人，也是这间屋子的主人了。她对于未来的日子，有无限的期待和展望，他是这会才发现，她笑起来竟然是有酒窝的，很好看。

月香又说，感谢他同意把房子都让给他们住，自己一家倒是委屈在门面里，这份情谊真的不知道该怎么说才好。

他再三表示，自己从江西回来，确实是给兄弟们添了麻烦，眼下大家都过得好好的，这就是最好的事情了。

从老屋回到店铺，他一时有些怅惘，心里不知道是什么感想，完全说不清楚。

父母已走，老屋是不能再随便去了，阁楼里的那些旧画，可能已经被清理掉，扔进垃圾桶了。

　　他现在很少再说自己是静安区的人了，毕竟在静安区已经没有了房子，再说起来总好像有些心虚似的。

　　又想到父亲。从前父亲工作总是很忙的，押运车皮全国到处跑，一年到头根本见不到几次面，等到十几岁，他又去了江西，好像与父亲是隔膜的，陌生的。能想起来的，倒是父亲年轻的时候脾气暴躁，动不动就给他耳光。那手掌打到脸上火辣辣疼的感觉，竟成了为数不多的亲密记忆。

　　过了好长一段时间，小梅才终于跟他说到父亲病的时候总是拉她的手谈过去的事情，还拍她的腰和臀部。

　　他只能不断地安慰她，他那会已经病得稀里糊涂了，许多事情根本不知道自己在做什么。

　　小梅点点头，说，老头子都已经走了，不会怪他的。你放心，我不会往心里去，还是希望老头子在那边过得舒心。以后烧纸的时候，我还是会买元宝和金纸。

　　叶长鹰拍拍她的肩膀，不再作声。

　　过了几天，他在店门口抽烟，想到这件事情，叹口气，摇摇头，像是想把这事情摇开。

　　连抽好几根，他猛烈地咳嗽起来，一时完全止不住，竟然咳出了血来。

　　他抹抹下巴上的血，眼角也湿乎乎的，他搓了搓。

五十　房　子

老屋要拆迁了。

消息确凿无疑，居委会已经给各家各户发了通知，并且着重强调，早拆早受益，不要拖到后面什么福利都没有了，很麻烦的。

响应政策的人，当然是大多数。这老房子住了几十年，抱怨也抱怨了几十年，看到头一批人拿了拆迁款去买商品房了，剩下的居民也就没什么犹豫的，一个个排队去问具体政策，等待测量，反复拉锯争执一些面积上的细节，拿到款子，看新楼盘。

那阵子巷子里的居民碰面，聊的总是这样的话题：听说了吗，某某家搬走了，三室两厅；某某家拿到钱，人也不见了，跟我们这些老邻居招呼也不打，不知道去哪里了，太不仗义了……

叶家的几个兄妹，再次坐在一起，商量这拆迁下来的款子该怎么分配。

他家的测量工作都做完了，居委会通知说，补偿款能有八十万左右。

大弟把这个事说完，等着其他人的表态。

最小的弟弟和老婆一起做对外贸易，已经不在乎这款子，虽然他的意思大家都摸得到，但最后还是需要他一句话。

他说，大哥上山下乡，别的苦不说，还上了将近十年晚班。姐姐嫁出去，在阁楼里住了这些年，每天早上起来爬六楼倒马桶。二哥单位不好，打零工快五六年了。只有我跟着丈母娘那边做点生意，日子过得稍微宽松一点，爸爸妈妈的事情我管得少，那边事情忙，我丈母娘名堂又多……我就不分了，哥哥姐姐你们分吧。少了我这一份，你们多分一点。

小娜说，我都可以，哥哥们说怎么分就怎么分。

叶长鹰说，我那边做生意，也稍微好一点，大弟你说吧。

大弟推辞一番，而后拿出了思索良久的方案，他拿六十，妹妹和大哥每人十。

他面色沉痛，说，人穷志短，贫贱夫妻百事哀，我没本事出去赚钱，只好靠着这点拆迁款以后慢慢过日子，就当是兄弟姐妹帮我了。

其余三人都无异议，这事就算最后定了方案。

可没想到，款子打到大弟账户上的那一天，他就失踪了。

月香带着孩子来找叶长鹰的时候，所有人都震惊失色。

大弟这样一个活生生的人，带着这样一笔巨款，竟然就一夜之间找不到了。月香打工下班回家，单只在茶几上看到大弟留的一个纸条：对不起，不要找我了。

这纸条被家里所有人轮流看了一遍，又放回茶几上。皱巴巴的一小条，是从香烟纸上撕下来的。

月香几乎忘了哭，只是木着坐在那里，说，不必报警，他存心要带着钱出去重新过，报警也没有用。

小娜哭得像个泪人，问，二哥在外面有人么？还是有别的事情？

可是叶长鹰心里有数，大弟从小是个贪玩的，眼下的日子根本跟他心里的想法差得一个天上一个地下。他是终于逮到了机会，要不顾一切地出去找自己的乐子去了。

因为月香的不哭不闹，这样一桩惊天动地的事情竟然就按下来了。

好像不言自明地，大家都在等大弟有一天回来，又好像大家已经忘记了他。

叶长鹰出了钱给她在附近租了房子，她搂着儿子对他说，大哥，这钱是我欠你的，以后一定还给你。

从那以后，这事竟然就再也没人提了，起码没有人当着月香提。

推土机拆房子的那天，叶长鹰、月香、小娜都去到现场看。

那矮小的木质房子只需要铲斗轻轻推动一下，便整体垮掉了，就像酥脆的饼干掉在地上。他捡了一小块木头放入口袋。

一家子的大人小孩，住在这样的房子里，过了两代人的时光。

像老鼠一样。

只要有一个小小的空间，一点点避风挡雨的地方，一家人就可以生活下来。夜晚睡觉的时候，还会觉得幸福，因为想到这里是静安区，繁华又洋气，是所有人都羡慕的地方。

小娜说，我从前哦，用粉红色塑料膜搭起来的两平方小闺房，自己不知道多喜欢，还跟大哥说，我这里虽然小，而且夏天热得要命，可是毕竟是静安区，哥你去江西就是吃不尽的苦头啊。以后你探亲回来，你就住我这里，我住同学家里去。好玩吧？

所有人都觉得心里酸楚得不得了。

叶长鹰搂着小娜的肩膀，笑了笑。

五十一　帝景豪苑

楼盘的名字起得太吓人了，却实在是静安区卖的最火爆的新楼盘。

叶长鹰与小梅在售楼处意外地遇到了"小蜜蜂"。

她化着浓妆，依旧是蜂腰厚臀，穿一身套裙，挽着一个身量是她两倍还有多的白种洋人。

是她先发现他们俩的，走上去与他们打招呼，老叶，小梅！怎么这么巧啊！

三人竟然在同一个楼盘见面，少不得要好好聊聊，互诉这几年经历的是是非非，便在售楼处一角安静的卡座里坐下，边喝边聊。"小蜜蜂"叫老外在外面转悠转悠，等会再来接她，待那大洋人走了，小梅忍不住问道，这是你男朋友吧？

"小蜜蜂"笑了笑，打开了话匣子。

是男朋友，才相处半年多，但是很合得来。先不说他了。你们走了以后没多久，老王就被撸下来了，他心里头也不高兴，干脆办了手续回上海了。我跟他一商量嘛，也想回上海，就跟我老公讲干脆把手续办了回来好了。那么我回来只能跟我老公挤在闸北他姐姐家的阁楼上嘛，他姐姐很不高兴，本来她要把那个阁楼出租的。其实她如果对我好一点的话，我可以给她付租金，那点钱算什么呢？但是她越对我甩脸色，我就越不给，跟她犟。

　　我心里总是有气，跟我老公吵了两趟架以后，他倒好，同学聚会和以前的高中同学好上了。对方离婚好几年了，跟他两个干柴烈火，一下子就决定要重组家庭了。我老公怎么讲呢，他说这几年他很想要一个小孩的，我又不能生，对方答应结了以后马上就生一个，一家三口踏踏实实过日子，那才是他想要的。哼，这话说出来，绝情吧？我其实估计那个时候对方可能已经有了。再闹下去没意思的，我是个潇洒的人，不想像从前的女人那样，绑着一个老公当宝贝，死不肯放松，就签了字，离婚了。

　　离婚以后我就跟老王讲，实际上，我是跟着他回上海的，现在又单身一个人了，他给我安排住处好了。他其实手上很有不少的，但是钱都在他老婆手里把握，又准备要给儿子买房子，给我租的房子嘛，就很小。两个人在卧室里，都转不开身！我心里就有点不高兴了。而且事情怪了嘛，他回上海以后，他老婆管他管得特别严，晚上几点几点就要回家的，还有这样的事情。从前不管，现在倒管得好像他马上就要跑了，真是神经。我跟老王吵了好多趟了，眼泪不知道流了多少，哭也要哭干了。

　　后来我想通了，算了，求谁都不如求自家，何必对着一个老头子要死要活的。我在上海还有一些小姐妹嘛，我给她们打电话，让她们带我去跳跳舞，逛逛酒吧，散散心。外滩上什么优秀的人没有？我现在这个男朋友就是在酒吧里认识的，复旦大学的留学生，德国人，不知道多绅士，多体贴。唉，说起来，人就是这样，只要想开一点，怎么样不能过好日子呢？尤其是回到上海，我就算都明白了，没有永远的相好，大家都是互相陪一段，缘分尽了，就散了。人生就是这样。

你们俩怎么样，还好吧？

还不及小梅说话，她那洋人朋友便着急进来，低下身在她耳边低语。

她说了几句英语，转过头跟叶长鹰讲，他的朋友叫他过去参加个聚会，我就先走了，下次再见哦！

叶长鹰和小梅便站起来与她告辞。

一边翻楼盘广告册，小梅一边问老叶，怎么"小蜜蜂"这一下，什么都跟我们讲了呢？不像从前在钢城的时候，很多事情都不好意思讲的。

叶长鹰说，上海这么大，要再遇到多难呢。她是把我们当成陌生人了。

她那男朋友真会和她好好过么？这外国人，说得准？

叶长鹰说，谁知道那洋人什么想法呢，也许是假的，人家在德国小孩都生了两三个了，也许是真的，来上海就遇到结婚对象了，以后要在上海扎根了。

小梅想了想，还是说，太可怕了，这女人的生活，过起来，岂不是像交际花？

叶长鹰说，她的思路，和我们的思路，已经不同了。不可以用我们的标准去判断她了，交际花多难听呢，还是互相尊重吧。

小梅点点头，不待细想，工作人员请他们去看样板房了。两人很快讨论起房子的细节来，将"小蜜蜂"的事情忘了个干净。

对于上海人来说，房子实在是太重要了。上海人吃尽居住狭窄的苦头，对于房子的热情，总是比其他地方的人要高涨许多。

一套正常的居民住房，应该要有一个大客厅，一个小一点的饭厅，两个方方正正的卧室，厨房和卫生间都要干净明亮，再也不能是以前那种乌烟瘴气、凑合做饭、凑合上厕所的狼狈样子。

叶长鹰无数次躺在门面的木头地板上想，他们一家三口的房子应该是什么样子。他要把油画里那种不经意的大气融入自己在上海崭新的住宅里。要清雅，要从容，要悠然世外。从前钢厂分配的那套小房子浮现脑海，他想，那不管怎么说，太矮小了，太憋屈了，住起来的心理状态怎么说都还带着凑合，带着勉强。他在上海的新居，一定要高大方正，墙面拐角，要笔笔直，挺直，直到凛冽威严，不要有一点凑合的可怜相。

样板间布局合理，南北通透，还附赠一个阳台。小梅很喜欢，叶长鹰思量了一天，第二天去交了款子。那几乎是他们全家所有的存款了。

一年后，新房落成，他们拿到钥匙，再过半年，房子装好了：这十分温馨，金黄色的实木地板，米白色的壁纸，法式水晶吊灯，茶色窗帘……

他们一家三口快乐地坐在沙发上，不停地谈到对未来生活的计划。

我可以叫我同学来家里过生日啦。

月香可以过来和我下午一边喝茶一边聊天了。

我终于可以多买点旧书了，在阳台上搭个架子，油画又可以画起来了。

老爸，我房间里的床给我买个上下铺好吧，暑假的时候可以叫我同学在家里住了。

……

叶长鹰十分十分快乐，心潮澎湃之际，忍不住一声接一声的咳嗽。

虽然店铺的生意很一般，但是日子始终过得平淡真切，这对于他来说，已经很好了。再说，这生意已经是他和小梅付出全部心思维持下来的，实在不能想象利润如果还要往上翻，到底是怎么个搞法了。

他和小梅都很少谈到"小蜜蜂"，她那种过日子的方式，超出了他们能想象的范围。

五十二　技校

技校就在高中部旁边的院子里。

上了技校的人总是感觉到一种叫人害怕的不可思议的放松。隔壁高中部里他们昔日的同学们正端坐着，从早学到晚，为了考大学冲刺。而他们，却好像有永远也过不完的夏天。

窗外永远是亮得刺眼的阳光，樟树绿油油的枝叶伸进教室，头顶上风扇吱呀呀不耐烦地旋转。如果在课堂上忍不住瞌睡过去，再一觉醒来，教室里就空了，不知道老师和同学是什么时候走的。

报生常常在这样酷热的下午醒来，对着窗外发呆，感觉到心中空得恚忑。他不是那没心没肺的人，只要不上学，不考试，就恨不得高兴得要跳起来。他想读书，他甚至去废品收购站花一块钱买了一堆高中的语文历史政治地理课本（数理化太难，对他来说是天书），他总觉得就这样不读书了，心里有个空空的洞，说不出来是什么滋味。

母亲再也没法卸煤了。她被诊断出腰椎间盘突出，在家里躺了一个多月，贴了膏药扎了针灸，终于能站起来走路，但是从此不能再干重活。于是好了以后，她去厂里办了病退，跟着父亲和瞎子院的盲师们一起走街串巷去唱戏，常常十天半个月不回家。她不会唱戏，但是她能算账，吆喝，打理杂物。他们对报生十分放心，他能照顾好自己，收拾屋子打扫卫生洗菜烧饭，都是一把好手。也因为母亲的病，报生上高中的最后一丝丝可能性也不存在了。不过对于高中的事情，他的怅惘也仅仅是点到为止，毕竟从小，他就明白这一点了。

技校里的女孩们，都开始学着打扮自己。她们三五成群地一起去街市的小摊位里买高跟鞋，头饰，塑料小耳环，戒指，口红，粉饼，把自己弄得红红白白，头发梳得稀奇古怪。动不动就请客一起吃小零食、炒粉、冰袋，总是聚在一起有说不完的话。

有些女孩开始学坏，是有可能的。但是报生总觉得那些流言过于恶毒，像是别人添油加醋胡说出来的。

心心开始出去卖了，你们知道不！女孩们说。

心心就是那个总坐在第一排，爱穿一条的确良黄裙子的女孩。头发枯黄，戴两个向日葵的发卡，耳朵上挂着绿色的塑料小环。

女孩们起先是窃窃私语，后来吵架时，竟然当着她的面就说了出来，你出去卖，以为谁不知道啊！

心心顿时一呆，哪里肯，大声哭喊，我叫我男朋友过来找你算账！

女孩们欺负她不过是虚张声势，就大声顶回去，来呀来呀，叫他来呀！你叫得出来嘛！人家理你嘛！你个卖货！

心心哭得满脸通红，眼睛肿得看不见，龅牙露在唇外。眼泪从红肿的眼睛里流出来，很多。她长得并不好看，但是报生觉得她怎么可能会去做那样的事情，她那个小身量，小包子脸，怎么看也就是十四五岁的样子。

那之后，心心消失了很多天没有出现。

大家说她是名声坏了，没办法，不好意思回来。

但偏那一天，她回来了。依旧是阳光耀眼，树叶泛出油绿光。

她挽着一个流氓大哥派头的瘦猴一样的男孩走进校园。

耳朵上的塑料环，换成了不锈钢包裹的亮晶晶的宝石耳坠，脚底下还是那双爱穿的红色塑料高跟凉鞋。

好些同学与那瘦猴打招呼。

猴哥，来玩啊！

猴哥，有女朋友啦！

猴哥，去我们班坐坐！

瘦猴一路插兜，和大家笑着点头，径直来到报生班级，对那一群傻眼的女孩说，今天我请各位吃冰袋。

心心从一个巨大的塑料袋里掏出冰袋，一个个发到她那些仇人手上。

希望大家以后不要欺负心心了，她现在是我女朋友，归我罩。行吗？

女孩们哪里敢说什么，一个个细声细气地讲，行，没问题，以后还是同学嘛。

有了这一番表态，瘦猴问心心，这样行了吗？

心心还是像孩子那样笑得很天真，说谢谢大哥。

而后，两个人转身离开了校园，还是一路走一路和人打招呼，很威风的样子。

女孩们又聚在一起偷偷说，根本不可能是她男朋友，绝对是她找猴哥过来演的戏。

从那以后，心心再也没有来过学校。

第二年，大个又出了一桩事。

大个家里条件也不好，晚上卸煤总是需要他去帮忙，他却不太乐意。偶尔去卸，也总是跑到奶妈和报生这边闲聊天。

有许多消息都是大个在夜间闲聊的时候告诉他们的，钢城市里新开了好几家夜总会和唱歌包房，弄得十分豪华，他跟技校里认识的好些大哥都去玩过，很过瘾！下次带奶妈和报生去！

奶妈总是拒绝，说，我们哪有时间去，哪一天晚上不干活都不行。

大个总是对他们俩埋头干活嗤之以鼻，切，这样弄下去几时才是头哦！难道一辈子卸车皮吗？你没看那几个大哥金项链大哥大，不知道多有钱了！

奶妈劝他，那些人都是什么人，包里带野枪长刀的！晚上动不动就打打杀杀，你以为是好玩的！

大个不信，总是对他们百般劝说。但是走多了夜路总是会碰到鬼。传说中的打打杀杀，还是找到了他。

那天大哥晚上拉上他和一车的兄弟，说要去一个夜总会搞搞气氛。刚到地方，车里的人打开车门，外面提着斧头的青年就冲他们跑了过来。

大个眼睁睁看着前面那个兄弟的脖子被瞬间砍断，血喷出七八米，溅在市里滚烫的水泥地上。大个惊呆了，抱头下跪，连连求饶，鼻涕眼泪全都出来了，大声喊，不要！不要！我就是出来玩的！

那场公然的斗殴，死了三个技校生，砍伤了十多个人。但事后查明原因，简直是荒诞至极：对方砍错了人。他们听说，仇家也坐的是桑塔纳，过来的时间也差不多，于是紧张的他们，见到一样的车开过来，便不管不顾地砍了过去……

大个被砍伤了肩膀肌腱和背部肌肉，好在没有伤到要害部位，在医院住了足足一个多月。

奶妈与报生去看他，他已经变得有些神经。见到奶妈，从病床上冲过来抱住大哭，嘴里不停地念，我再也不去了，我再也不去了，吓死我了，吓死我了。

可能是带着冲喜的意思，大个出院以后，他的父母立刻给他说了媳妇结了婚。又借了一大笔钱打点关系，将他塞进钢厂做了一名正式的卸车工。奶妈跟报生闲聊天讲，大个在厂里工资不少，干活很卖力，力气也大，不上晚班。神经病很少发作了。

终于，两年熬过去了，那似乎永远炎热的技校生活总算结束了。

但工作却不是刚开始说的那样包分配，厂里效益一般，不是每个技校生都能进。张秩序做实验员这几年攒了不少钱，拿出积蓄为弟弟打点关系，将奶妈安排进炼钢车间做炉前工。炉前工工作辛苦，极其累，但是属于技术工种，工资是所有工人里最高的，住房分配也是排在第一。

报生无人安排，只能进入等待名单，等着第二年或者第三年分配进厂上班。

但他一个大小伙子不可能在家里闲着，赶上菜场最后一家国营米店聘人，他便经人介绍，成了米店的搬运工。

这工作有一个天大的好处，只需要上半天的班，中午一点吃过午饭就下班，谁也管不着他。

但早上得起早，清晨五点就得到店里开始卸货，然后从上午七点开门做生意起一直要忙到中午十二点菜场冷清下来。上班的时候眼里得有活，比如时常需要帮忙把客人买的米搬到他们的自行车后座上，遇到老弱病残，还要不怕辛苦，把米送到别人家里。好在他从小卸煤，是做惯了重活的，差不多可以应付。

一旦忙完了上午，到了下午，就很幸福了。整个下午的时间他都可以拿来写字看书。除了晚上还没有找到合适的兼职，他已经没什么可以抱怨了。这样的生活竟然极其适合他的脾气，滋养了他恬淡平静的性子，也使得他因为技校生活而产生的惆怅失落一扫而空，重又愉快起来。

他已经逐渐明白了自己的人生：一种清贫苦寒但是安宁沉默的生活。他喜欢这种宁静和缓慢。他在这样的生活里养成一种特别的呼吸习惯，他将气息从鼻腔一直送入腹部深处，随后，一种对于生的快乐和热爱就洋溢开来。他并不觉得贫穷的生活难熬，相反，他喜欢这长大以后的日子。他干活，赚钱，吃饭，写字，去废品站买书，晚上看书，这就是他生活的全部。

他黑了，壮了，眼神越发坚定。

他十七岁了。

行草楷隶，已到了酣畅淋漓的境地。

五十三　确诊

　　叶长鹰坐在店铺门口抽雪茄的姿势好像好些年都没变，二〇〇〇年就到了。二〇〇〇年以后，辰光过起来飞快，他估计一定是地球的转速有了什么偷偷的变化，但是航天局没有通知大家。

　　他的头发已经花白，还是像从前那样梳一个大背头，抹上厚厚的定型水。但他的皮肉已松弛，眼皮挡住了一部分视线，叫他看远处多少有些费力。脑子也常常迷蒙的，可能是夜里总是失眠的缘故。

　　精品服装店的生意总是一般，为了降低成本，他早已经恢复了以前的方法：从株洲进货，当成上海货卖。真是一招鲜吃遍天，这样一来，日子也能过得去。

　　那天下午没有顾客，他抽完一支雪茄，又剧烈地咳了会，站起来想去菜场买点卤味回去当晚饭。这猛地一起身令他登时眼前全黑，一声巨响，倒在了自家店门口的瓷砖地上。

　　旁边店铺的老板吓得要死，赶紧叫120，又给小梅打电话，众人慌手慌脚地将他送进医院。

　　检查结果出来，肺癌，晚期。

　　小梅，飞飞，小娜，月香，守在他病床边，哭得如泪人一般。他知道结果以后很快就做了决定：不治了，回家。

　　他把书房清理出来，书架搬出去，家具统统不要，单只靠墙放一张小床。除此之外，这房间里只留一个小茶几，上面放着他的水杯。

　　一天里有很多时间他都在这里想事情。窗帘拉起来，只余一丝缝隙，房间里幽暗浮明，仅可看清人影。

　　肺癌开始是会咳血，到了后期会呼吸困难，头脑昏沉，慢慢直至无意识地久卧。他很积极地吃止疼药，但同时也开始准备与这人间的告别。

　　不出门的时间里，他就在这间书房里想，怎么我的人生就要结束了？这是有意义的一生，还是无意义的一生？这是值得的，还是不值得的？这结束来得太快了，但他自己又似乎早已预料到这一天的到来。

　　叶小娜惦记那黄桥半仙说过的预言，如今一一应验，父亲去世，二哥失踪，现在就连大哥也生了重病，这家要塌了。她不肯坐以待毙，无论如何要带着叶长鹰再去一趟黄桥，再去找那半仙问个清楚。

　　她从朋友那里借来一辆飞渡轿车，一个人带着大哥，再次渡江北上，去寻那必须要找到的答案。

　　叶长鹰在后排座位虚弱地躺着，笑着问她，什么时候学会开车的？

　　叶小娜说，紧跟时代潮流呀，我早就学会了。那不是考虑到锅炉房的工作还是保不准，万一有关系户把我挤走了怎么办？你不知道啊，医院随便哪个岗位，现在都很抢手的。我想学会

了开车，以后可以调到司机班去，说不定以后开救护车呢。多
爽，红灯绿灯都不管，就是使劲往前开！

叶长鹰说，那估计麻烦了，不要把病人在路上颠翻了。

小娜说，才不会哦！谁人不说我技术好呀！

再次来到渡口，那卖卤鸡蛋卤鸡腿的铺子已经不见了。小
娜曾经说过的排名第一的鸡腿，也不知道去哪里才能再吃了。

上了甲板，她把车窗打开，好让哥哥看看风景。

江边多了许多化工公司，一个个巨大的化学品储存罐站立
在长江两岸。

小娜说，大哥你看，苏北也在慢慢发展了。

叶长鹰看着滚滚长江，想到人这短暂的青春，奔波的人生，
也就如江水流淌一般哗哗流过了，容不得人停下来想太多，实
在是和许多人说的一样，太匆匆了。江水似乎将他一生经历的
事情冲刷了一遍，冲掉了许多浮于表面的琐碎之事，使那困扰
他许久的内心的空洞又显露出来，比从前愈发明显，愈发叫他
怅惘。

他猛地想到身后事，随口对小娜说，听说上海有好些人立
遗嘱，要把骨灰撒到黄浦江里。这样看看，江水这样漂亮，这
事其实蛮浪漫的哦。

小娜呸呸呸，不许他再讲这些。

时隔几年，他们再次来到小娜公婆的旧屋。那对老夫妇看

上去更佝偻了，屋内已经旧无可旧，倒像是逃过了匆匆时光的浸染。

小娜用手语对公爹说，还想再去找找半仙。

公爹用手语讲，大辉没有同你说么？那半仙早已经去世了。那瓜田也承包给了别人，现在改种桃子了。

小娜一惊，还不肯放弃，问，那半仙还有没有徒弟？找他徒弟再问问也可以。

公爹摇摇头，告诉她，没有了。那半仙本来就只是一个普通的农民，一辈子没有婚娶，跟着侄子家里过活，守了一辈子瓜田，干了一辈子农活，什么徒弟也没有收过。

从公婆屋中出来，小娜还是不肯放弃，拉着叶长鹰找到那后山，要自己上去拜地神，叶长鹰只好依了她，在车上等她拜完再回上海。

没一会工夫，小娜从山腰下来，钻回驾驶位。

她很沮丧，说，地神的像不见了，那小屋子里堆满了柴火，不再做祠堂了。

此后，她只默默地开车，不再说话。

叶长鹰看她这样低落，特意找话头，问她，小娜，你知道我这些天关在屋子里想的是什么吗？

小娜说，大哥你讲。

叶长鹰说，你知道我这辈子最想干什么吗？想当一个画家。上美院，办画展，去纽约，去巴黎，去挥洒自己的才华，做一个真正的艺术家。

没想到吧，小娜，你这个大哥，心里竟然有这样的想法。可是呢，一辈子快过完了，想法和境遇，一点也不匹配。这真是我人生最大的悲哀。我心里有恨！我恨很多东西，虽然我不常讲出来。

虽然我实际上也不是什么艺术家，但是我却始终认为自己和别人不一样，有种傲慢在心里头。哈哈，是不是很可笑呀？

十几岁下放到农村养鹌鹑的时候，从钢厂下班回来画油画的时候，做服装生意的时候——我总觉得我的灵魂比别人要更高尚一点。我竭尽全力呀，想要在一个乱糟糟的环境里维持这个好灵魂，但是最后结果呢？

我的灵魂根本谈不上多高尚嘛，一辈子睁一只眼闭一只眼混过去的事情太多了。

妈妈为什么那么快就去世了，因为要给我腾房子。你干了这么多年的锅炉工，我想帮你，但是什么也帮不上。大弟呢，有了拆迁款，以为日子刚刚能好过一些，他失踪了。我恨我自己啊，我怎么没有早一点发现他的想法？没有早一点跟他谈谈？父亲呢，父亲不提了，我跟他聊的太少，倒让小梅吃了许多苦头。还有月香，她一个人带着孩子还在一间半地下室过日子，我一直想着以后要想办法让他们住得再好一点，但是呢，这几年下来，还是没有做什么。二弟呢，我也想过让他多回来聚聚，总是没有机会开口跟他讲。服装生意呢，做来做去，始终不过是赶赶潮流，以次充好，能赚到钱就好了。

我哪里像自己以为的那么好呢！那么多糟糕的事情，我没有解决。好多事情很麻烦，我就转过去不看。我这一生，骄傲个什么劲呢？我怎么就比别人高尚了呢？真是莫名其妙的傲慢啊。

还有很多很多问题，我到现在也没有想明白。不知道是我悟性不够，还是大脑已经坏掉了，不好用了？

小娜，我要趁我还能走得动，再回江西去看看，也许可以有一点领悟。

我一定要把那些问题想通，不然，我死不瞑目的。

五十四　寻老彭

　　再次返回江西，他下定决心，必须是自己一个人，谁也不要跟着。大家都听他的，只当他出去散心，也许能延长几年寿命。

　　那火车是熟悉的，车厢内的气味是熟悉的，车外的田园风光更是熟悉的。

　　他涌起的第一个念头是去找老彭喝一顿大酒，酩酊大醉，哈哈大笑，骂一声娘，拍一回大腿，那才叫个爽。

　　找了个酒店住下了，他给老彭家中打电话，显示是空号。他于是干脆打车去老彭以前住的房子看看究竟怎么回事。那屋子门窗紧闭，从窗户往外看，里面家具都已经搬空，露出灰色的水泥地面。

　　叶长鹰找了这旁边正洗衣服的大姐问，这是彭细伢家里吧？怎么他们搬走了？

　　大姐打量他，回说，你从外地来的吧？彭细伢去年就去世了，你不知道？

　　啊！叶长鹰愣住了。

　　大姐倒很热心，擦了手，从屋里抄了张纸条给他，说，这是他老婆娘家的电话，你打这个吧。他走了以后，他老婆就把这房子退了，回父母那边住了。

　　叶长鹰连连道谢，收了纸条后赶紧打过去，这次接通了。

　　老彭的老婆听出了他的声音，便叫他去墓地那边碰头。

　　正巧该给他烧鬼节的纸钱了。她说。

终于见面了，他迫不及待地问，老彭怎么搞的？

去年也差不多是这个时候，还没有这么热，他有几个从云南过来的战友，过来找他吃饭喝酒。他经常有战友过来找他，我也没有太在意，就随他去了。听他说，那里面有一个他从前最要好的战友，在战场上帮他打过掩护的，差点死了，两个人关系不知道多要好，这一次一定要好好喝一顿。但是那会其实他的身体就不太好，血糖血压都上去了，其实不应该喝酒。等我夜里一点接到电话，他已经被送到医院，都没来得及说一句话，就走了。

老彭老婆说起来，已经能控制情绪，但是眼眶还是红了。

她带他来到一座灰色的墓碑前，说，这就是他的墓了。

叶长鹰蹲下来，细细打量。墓碑上贴着他的照片，单眼皮，高鼻梁，憨厚的样子。他想起他说的可怕的上海话，想到他谈论过的初恋，想到他已经在厚土之下安息了一年多，不由得落下泪。

他将一瓶锦江白酒倒在他墓前的红土中，对他说，老彭啊，我来看你了，没想到你先我一步。咱们还是得再喝一杯，要不然怎么能尽兴呢！

剩下的酒他一饮而尽。

老彭老婆在一边烧纸，待火焰腾空而起，她喃喃地说，老彭啊，尽管去花，想买什么就买，不要委屈自己。不够花了就托梦给我，啊。

从墓地离开时，叶长鹰问老彭老婆未来怎么打算。

她说，可能以后就这样了，也可能听我父母的，再找一个，其实我自己都说不好。

他点点头，说，再找一个，以后互相之间有个照应，老彭也会欣慰的。

临了，她骑上单车，转头对叶长鹰说，他是个好人，我永远都不会忘记他的。

说罢，她沿着小路离开了。

叶长鹰突然发现，她瘦了许多许多，完全不像以前那样胖胖的，憨态可掬。

老彭骤然离世的消息令他心里空落落的，好像钢城与他的联系又淡了一些似的。他打算第二天就坐长途客车回自己下乡的农场去走一圈。

五十五　　遇到报生

第二天清晨，他起得很早，想去小菜场吃碗热乎的馄饨，却在菜场入口处的米店里，看见一个熟悉的身影正背对着他，艰难地背米上台阶。

那后生从一辆小卡车上把一大袋米扛在并不健壮的肩膀上，双腿有些打战，有些吃力，一步步小心迈上台阶，再把米袋轻轻放在摞得整整齐齐的米堆上。

他不敢相信自己的眼睛，赶紧走上几步，从那后生的正脸处打量片刻，瞬间喊出来，报生！是你么报生！

报生抬起头，眼神聚焦，也一眼认出了他，叶叔，你怎么回来了！

他高兴极了，从上到下捏报生的手膀子，哎呀，真是你！

叶叔你等等我，我把这几袋米卸完，找你说话！

好好，我去旁边的馄饨铺等你，不着急。叶长鹰担心影响他工作，被他老板看到不好，便走远几步，远远地在馄饨铺的木桌前安静地等他。

他看报生还是从前的样子，黝黑的脸，亮晶晶的眼睛，自在的神情。

没一会，报生擦着汗过来了，他赶紧喊他坐下，叫了两客馄饨。

他看报生脸热得通红，就问他，你怎么在米店里干活？没有分配到厂里么？

　　报生说，不碍事，我干得来的，厂里岗位太少了，一时半会分配不到我这，得等几年。小梅阿姨和飞飞也回来了吗？

　　没有，他们还在上海，是我自己一个人回来转转的。

　　报生是何等聪慧的人呢，他圆圆的大眼睛看着他，不说话。

　　叶长鹰好像被他看得有些心虚似的，喊他，吃，吃啊，趁热。

　　报生不拘束，呼呼吃得很快。

　　吃到一半，他对叶长鹰说，叶叔，我这里上午事情很多，一时走不开，你先回房间歇会，等会中午我去找你。

　　叶长鹰一时嘴快，说，见到你就好了，见到你我就心落下来了，太好了。

　　报生越发疑惑地看了他一眼，欲言又止。

　　他絮絮叨叨告诉报生，自己住在哪家酒店，哪个房间，叮嘱报生等会赶紧过来。说得颠三倒四，啰唆不堪。

　　报生静静听完，点头说知道了，我下了工立刻就去！

　　叶长鹰看他再回米店背米，那布鞋已经被他穿烂了，两只大腿因为受力巅巍巍地抖动着，他心中潮涌似的心酸，报生竟然过得这样苦啊！

　　两行泪竟然当真就落了下来。他想自己变得太爱哭了。怎么回事。

　　中午报生如约而至，带了菜场买的卤菜，叶长鹰也早就买好了酒菜，两个人在酒店的茶几上布开阵势，端起酒杯。

叶长鹰一个劲地问他情况，报生就把自己的状况一条一条说给他听。

在这家米店只有上午的工，到了中午就下班，下午他在家自由安排，晚上最近寻了一个专门给小孩子搞培训的书法班去当助教，生活很充实。父母都还好，只是不再卸煤了，那是重体力活，他们已经干不动了，两个人跟着瞎子院的盲师走街串巷地唱戏，能挣一点，最主要的是特别高兴。家里现在主要是靠他挣钱，他极少花，由母亲帮他都存起来。从前家属区的房子都慢慢荒弃了，大家都到城里打工，不吃钢厂的饭了，他家也搬走了，现在住在市里，挨着闹市区，每天外面跳广场舞的声音都很热闹。原本他也想过参加市里的比赛，但是傅抱石杯已经停办了，好像除了给孩子辅导以外，已经很少有人写书法了。浮桥啊，浮桥那边原本林老板的店是卖拉面的，后来又改成川菜，最近好像变成了一家网吧。网吧的生意应该是很好的，估计短期内不会再变动了。

是了，叶长鹰想到，那年他领着报生去浮桥那边逛书画店，结识了林老板，报生拜他做了师父，后来林老板要去美国，他都没来得及去送行，只匆匆送了一幅小小的油画以示心意。他于是问报生，你师父后来从美国给你打过电话，有过消息么？

报生摇头。

可能你师父信奉君子之交淡如水，怕你牵挂他。叶长鹰安慰他，然后又问，你现在这么忙，最喜欢哪份工？

报生说，当然是晚上去书法班。

书法教室设在市里体育馆附近的一栋三层小楼里。最靠边的小教室，只有四排桌椅，人多的时候走路要侧着身子。讲师是从南昌请过来的老先生，他负责来回辅导，给学生示范。练习时，四下安静，他和学生们一起写字，只能听见头顶日光灯嗡嗡的响声。

说起自己忙碌的工作安排，报生显出很快乐的样子。早上六点起床，上午中午下午晚间，每一分钟他都安排得妥当，适宜，他脸上显出掌控了自己人生的自信。

叶长鹰问，你怎么找到这份工作的？

报生答，起初去面试，人家是不肯录用他的，因为对方培训学校的标准就是必须是大学专科以上相关专业毕业才行，后来他从家里抱过来一大摞作品，人家也将信将疑，不敢相信那是他写的。他只好当场挥毫，将《心经》一口气从头写到尾。正巧那南昌来的老先生路过，看出那是《圣教序》的笔法，于是当场录用，工资开得很高。再后来聊起来，原来他和林师父是认识的！早年在南昌办书法展览，他们俩的作品同时入选，算起来有三十多年的交情了。只是师父后来去了美国，跟谁都没有联系，断了音讯。

叶长鹰听他说着，不住地点头，说，我很羡慕你。你把日子过得这么开心，我都替你高兴。还有什么稀奇事情，再多讲给我听听吧。

报生低着脑袋想了想，笑着说，好像没有什么事情了，日子过得平淡，每天就是这样。厂里效益不好，很多人都在外面打工，像他这样能留在市里的，已经算很好的了……哦，倒是有一桩，是印象最深的。

那是关于他的二外公，报生叫阿公的。

那年年头时，阿公从海峡那边回来了。

八十岁那年，刚过了生日，他就去台北办手续，要回江西。

柜台服务老兵退休事情的小姐问他，你老家还有小孩啊？

阿公说，没有了，小孩子很早就夭折了，老婆也改嫁了。没有人了。

那小姐就劝他，那老人家，何必折腾呢？留在这里不好吗，留在这里可以一直拿退休金，政府管你到最后，什么都不要操心。你现在取钱回去，只能取两年的钱，两年以后就要自己操心了。不划算的。

他不肯，说，小姑娘，我知道我的命数啦，活不到两年的。两年里我一定死的。叶落归根，我要回去。那边有我的祖坟，我要葬回去。先前我已经回去过一趟，地都看好了，跟我家里的亲戚也都说好了，你就这样帮我办吧。

那服务小姐看他这样执着，只好把两年的款子一次性取给

他，最后还不放心，反复叮嘱他一定要拿好，不要乱送人做人
情，要留着自己最后的时刻用。

阿公点头，说，知道了知道了，不要啰唆了。

转头他就进了金铺，花了一大笔钱买了许多许多的金项
链，金耳环，金戒指，准备回去送人。

他返回江西乡下后，族亲们去接他，一大家子人挤在堂屋
里，都来看热闹。

他说他想请他们帮忙再去找找他女儿的墓，又问起他走了
以后家里的情况。他走了以后三四年之内这一段发生的事情，
他总是喜欢听不同的人说，询问许多细节。然而事情过去了五
十多年，大部分人实在记得不清了，大家为了让他高兴，往往
就添油加醋地加了许多枝节，为了让他听得尽兴。

隔壁过来看热闹的大娘牙齿已经落光了，但是她说她都记
得，于是众人就央求她再把当年那景况说一遍。大娘于是被人
请到中间的八仙椅上坐好，眼睛半闭半睁，像是被往事拽回去
了，那声音是遥远的。

那日不是夏么！地里赶着要插秧，种第二季稻子。他
早上五点多就出门下田了，我还记得我问他，金柳，你起这
早？吃了早饭冇？金柳说他吃过了，赶早插完秧，要去街上
给你新生下的女买点布料做衣服哩。我当时就讲给你听，街

上好乱哩金柳！去不得哦！好多人家的后生都被抓走了，拉上卡车就塞到火车里，吓死人，去不得哦！金柳不听。

后来下午到了几点？三四点，金柳都冇回啊。你老婆抱着女到我屋里哭啊，说完蛋了，金柳到街上去了，现在还冇归，肯定是被抓走了！我讲，先不要着急啊，是不是有什么事情绊住了脚啊？等到晚间，隔壁最小的儿子逃回来，说不得了，金柳被塞到卡车上，抓壮丁抓走了啊！

你老婆拍大腿，躺到地上哭，说金柳这个死东西啊，叫他莫去，他要去！他以为他逃得脱啊！金柳这个死东西啊！

隔壁那个小儿子说，婶娘不要哭哩，不敢不上卡车，他们手上有棍有鞭子有枪，不去就打，好多人头破血流的！我是跳到旁边的河里憋气憋了快七八分钟，潜水游到下游去，才逃走的！我差点死了才没被带走！

你老婆吓去半条命，问他，金柳有没有被打？不要紧吧？

隔壁那小儿子说，只看见被塞进卡车，其他没看到了。

刘家村子都吓死了，后来大半年，都不去街上买东西，生怕被抓走。

你老婆受了刺激，奶水没了，你女饿得夜夜在屋里哭，脸蛋刮瘦。

后来我实在听不得，熬了点米汤送过去，你老婆躺在床上，眼睛都哭肿了，说，婶娘啊，我已经冇力气了，你帮我喂吧。

我一边喂你的女，一边劝她，快好起来吧，这一个小娃娃还要你照顾哩。

你老婆说，婶娘，你讲的道理我都懂，奈何怎么身体不听，挣也挣不起来，这是怎么搞的。

我吓一跳，以为她偏瘫了，是有很多人受了刺激以后就偏瘫了，我去捏她的手脚，还好，都有感觉，我就晓得，只是缓不过来劲，不要紧的。

又有很多人都来劝啊，帮忙啊，慢慢地，她也就爬起来做事，好了不少。再后来，她娘家姆妈过来，帮她做了半个多月的农活，就跟她讲要她重新嫁过，不能留在刘家村，在这里孤儿寡母，以后没办法过的。她当然不肯了，跟她姆妈吵架，寻死觅活，要带着小孩跳河，被人拦下了。后来挨了两年，到了第三个冬日，实在过不下去，她姆妈叫她兄弟把她带走，孩子留给刘家的叔伯。那日里，她裹上头巾，我喊她，她也不作声，坐上她娘家兄弟赶的牛车，走了。我后来再也冇见过她。

那年冬日实在是太寒哩，地里土都冻得结结实实，家家户户只能吃剩下那一点点存粮，霉了也要吃啊，不吃会饿死。你屋里的女呢，体质弱，瘦瘦小小，快三岁了，才这么点点高。受了伤寒，喝了药也不见好，高烧烧得额头滚滚烫，挨到第三天，哭了一小会，走了。

临走之前，嘴巴里还在说胡话，爸爸妈妈叫个不停……

故事讲到这里，结束了。那大娘擦擦眼睛，堂屋里安静下来。

他点点头，叫他们带他到地里去转转，走一走。

他走在红土地上，眯细眼睛。

想他那个只有三岁的女儿，三岁，瘦瘦的，头发黄，但是眼睛很大，很可爱。他想到，最后一次见她是什么时候？忘记了。他八十了，许多事情已经忘记了。

大家在周围的山上找了好些天，终于找到一个被荒草湮没的小小的坟头，前面立了一块木头做的碑，已经破破烂烂，勉强可以看到上面写的字，是刘金柳之女。

那日他在这小坟包前待了许久。他抚摸那坟上的土，知道他那只有三岁的唯一的女就埋在这里面。他的心踏实了，落到肚子里，当下可以死在这里，毫不可惜。

他走访所有人，看望所有人，聊所有事。他在对面过了五十年，每天想，日日想，不就是这点乡味么。

他叫远侄带他去老婆改嫁的村子，她娘家的村子，问她后来怎么样。

　　他得到了消息。她又生了一个儿子两个女儿，日子过得很平淡。八十年代她摔了一跤，脑出血，叫孩子不要给她治，送她回乡下等着终结。在乡下的床上躺了十二天，没有吃米也没有喝水，她还没有死。她难受极了，趁着夜色重，大家困去，她自己挣扎从沙发上再次跌下来，走了。

　　他听闻这些，点点头，表明他知道了。她最后的时光很艰难，如果他没有被抓走，他肯定会好好待她。不会让她最后十几天连水米都不吃，这么任性，这么瞎来。他会对她很好，帮她擦洗，给她喂粥，让她人生的最后一段路走得舒舒服服，体体面面。

　　他带回来的那些金子，基本都送人了。只要见到亲戚，无论远近，只要到祖屋里看望他，陪他聊天，给他磕头，他就会相应地给一点，表示感谢。感谢什么呢？不知道，感谢他们是他的族人吧，感谢他们成为他的牵挂，让他还能坚守着，从海的那边回来。

　　报生回乡间过年，见到了他，他也从口袋里掏出金项链和金戒指给报生。

　　报生说，阿公，你自己留着，不要被别人骗走这些金戒指啊。你还要靠这些养老啊。

　　阿公笑眯眯地，还是把金东西塞到报生口袋里。

　　报生说，你去过那边的日月潭吗？

阿公的眼肉红红的，他想了想说，没有，我不去那里。

阿公听说报生会写字，就叫他在他屋里那张大木桌上写给他看。

笔墨都准备好了，报生问阿公，写什么好呢？

阿公说，写苏轼那首，十年生死两茫茫。

报生明白了，写：

       十年生死两茫茫，

       不思量，自难忘。

       千里孤坟，无处话凄凉。

       纵使相逢应不识，

       尘满面，鬓如霜。

阿公看他写，点头，夸他写得好，说自己从来没见过有人写字可以写到这样的好。

到了年中，夏日风吹得人眼酸，阿公果然要死了，躺在乡下的大木床上，成天昏睡。

报生去看他，他把其他人支开，只叫报生陪他。

他说，报生，我要麻烦你一个事情。

报生说，阿公你讲。

阿公说，桌上有笔墨，你再写几个字我看看。

报生说，好，写什么，阿公？

阿公说，报生你写"刘"，我这个刘，你妈妈的姓，刘。

报生写繁体字的刘，龙飞凤舞，个个不同，写满一整张宣纸。

阿公看着，眼泪就流下来了，说，好啊，刘，刘，报生，你看，阿公就姓这个，刘。

报生点头。

阿公从枕头底下拿出一个小小的布袋，沉甸甸的，里面是剩下的金戒指金手镯，他将这个布袋子塞到报生的手上。

报生慌忙推却，说，阿公，使不得！你要留着办好多事情！

阿公笑着摇头，说，办事的钱我早就已经给他们了，都准备好了。报生啊，阿公求你一件事情，麻烦你啊，给我烧十年的纸，纸上，要有你写的字。每年清明，用一个大信封包上给我烧的纸，那信封上写我的名，刘金柳，还写我女的名，刘小英，在我女坟头烧。记得啊，报生。

报生还是不肯要那袋金子。

阿公力气极大，他拼命握紧报生的手，哑着喉咙说，报生，这种事情不能推脱，这种定金一定要收的。我喜欢你的字，你给我写，我放心。说好了，报生。

报生点头，心里很难受。

阿公叫报生抓一把红土给他，报生照做。

阿公将红土在手指间抓紧，放开，抓紧，放开。

阿公说，报生，我知道我带回来的钱让他们吵个不停，但是我不管，我有了根，我就踏实了。钱随便他们吵，人活着就是这样，天天地要吵。这么多伢子里，我就看你是个好伢子，你陪我说说话吧。

报生再也忍不住了，眼泪吧嗒吧嗒地落下来，他说，阿公，你想听什么故事，我讲给你听。

阿公说，你就讲你妈妈怎么结婚的，怎么生的你，怎么进厂里当工人，和你爸爸现在都做些什么营生。她现在不是跟着瞎子唱戏去么，他们都唱些什么，都给我说一遍吧。我自己的女已经不在了，我听听你妈妈的故事，当作是我的女长大以后的故事。

报生于是从头说起，一直讲到母亲他们最拿手的《牡丹亭》，那些唱段连他都会唱了，他咿咿呀呀学给阿公听。

阿公一直紧握他的手，慢慢地睡沉下去，就此别过这人间了。

报生怕多事，没有对其他人讲金子的事情，只和父母说了。母亲想了想，同意将金子收起来，年年为阿公烧纸，也不拘是不是十年，一直烧到那金子用完为止。

说完这桩事，天已近黄昏。叶长鹰听得眼泪直流，一时不知道该如何跟他讲自己的事情，只得先放一放。

报生起身告辞，说要回家收拾东西，准备晚上去辅导班。

叶长鹰也不留他，说第二天他就要去从前下乡的地方看看，叫报生把家里的电话号留给他，他以后给他打电话。

临走前，报生再三犹豫，还是问他，叶叔，你这次回来是不是有什么事情？

他仍旧只说，回头我再告诉你。

五十六　问道

回农场的路，他记得一路都是红土泥坑，怎么如今成了柏油马路了。

他闭上眼睛，还能想起来那会他十七岁还差几个月，带了一大堆盆盆罐罐，坐长途车坐了一天一夜，终于快要到农场了，那浓烈的红色尘土把他呛得直咳嗽。他心中灰暗到了极点，知道自己来到了乡下的乡下，从此距离上海十万八千里，一切的未来都化为乌有，从此没有所谓前途可言。他恨透了这红土！恨透了这一路的泥泞！恨透了一眼看不到头的农田和土坯房！

接待他们的村民倒很热情，让他心中暖了不少。他们专门去水田里捞上来肥厚的黄鳝，田螺，洗干净以后与葱姜蒜辣椒一起爆炒，做成好几道美味端上桌。知青们饿坏了，狼吞虎咽，待全部吃下肚子，才回过味，这菜实在是辣得叫人忍不住打滚，头疼！他自己热汗流了两身，恨不得去撞墙。村民这才想起来，他们自己是吃惯了辣椒的，这帮上海来的年轻人却是很少碰辣。

好几个人辣得晚上拉肚子，第二天起不来床。他倒是还好，扛过去了，而且隐隐发现，辣椒带来的极度痛苦的肉体经验，倒是可以冲击掉心里那股子灰败。他宁可体验肉体的痛苦，也不想沉浸在那灰败里，他偷偷地觉得辣椒很好，竟然可以解忧。

中巴在客运站停下，他打了一辆车去农场。到了才发现，那里已经被人承包，做起了乌鸡养殖。花二百元，就可以在养殖场内部的农家乐餐厅吃一顿乌鸡大餐，还可以坐着电瓶车在农场里到处转一转。

他来到鹌鹑养殖区。那曾经承载了他好几年极其孤独的青年生活的地方，现在重新翻盖，红泥土坯房变成钢骨架透明玻璃房，养的是土鸡。农场里的人说，还是土鸡销路更好，鹌鹑毕竟还是肉少。他笑了笑，往餐厅那边走。正是周末，人声鼎沸，一伙回乡的大学生在这里聚会，嬉笑声不断，说话嗓门一个比一个大。

四处都是愉快的生机勃勃的景象。孤远清寒的黄昏，看来永远只能存在于他个人的记忆之中了，农场现在的黄昏，是忙碌喧闹的，而这快乐的场面，又将成为这一代年轻人记忆中的青春图景。他刻意想要找的只属于从前的那股淡淡哀愁是绝不可能找到了，于是他重新打了车，返回市区。

酒店里，他给上海的家中打电话，小娜给了他云南和贵州两个老中医的地址和电话，叮嘱他这一趟出门，无论如何一定要去一趟，看看那些药是不是好用，哪怕能多延长几年也是好的。

他心里头的困惑还是没有解开，也正想全中国到处走一走，便答应了。

火车到了昆明又转车去丽江，在那老医师家中吃了土药，跳了大神，叩拜了当地的山神。又奔赴贵州，在贵阳乡下的一个神医那里喝了香灰酒，吞了神符。身体其实依旧是那样，并没有好很多。贵阳的神医又劝他去西藏转山，等待冈仁波齐峰的神迹，他想到自己的身体，恐怕难以成行，便谢绝好意。

又花了大半年时间，他去广东肇庆吃了手臂那样大的肉粽子，去福建晋江赶了妈祖祭祀的热闹，飞到乌鲁木齐看长河落日圆，坐长途车慢腾腾到了西安吃了一碗羊肉泡馍……祖国幅员辽阔，他这一趟借着治病的缘故，圆了这辈子想到处看看的心愿，说起来也觉得不算亏了。

只是他心中还是闷闷的，没有得通透。

那日沈阳突然下了雪，他走在白茫茫的街道上，突然想写字，捡起旁边一根树枝，在那雪地上写：心。

写了许多个，他都不满意。那心始终歪歪扭扭，寻不到中锋。

心中的急迫起来了，他几乎是立刻想要找到报生论一论心的写法，便赶紧登上当日的火车，返回那江南之西。

到达之时，已是夜晚，报生该在培训室里给人上课。他寻到报生说过的教室，偷偷在窗外看他来回走动，指导学生们写字。

果然如报生讲的那样，他头顶上日光灯嗡嗡作响，窗外月色清澄宁静，整个天地之间，他正在教他们写《圣教序》：大唐三藏……

叶长鹰心中啊的一声，醒悟了。

看这报生。矮壮的个子，亮晶晶的圆眼睛，永是憨厚的表情。早上去背米，那米一袋一百斤，两袋二百斤，摞在他的肩头，他一声苦也不会叫出来。晚上他教人写字，那么专注，那么喜爱，眼睛里的快乐的神情，挡也挡不住。若要论从容淡然，叶长鹰一辈子再也不知道有谁比报生更从容淡然了。

原本他理所应当地觉得报生应该努力考央美，做一个纯粹的艺术家，去纽约，去巴黎，去实现他的才华。但是，报生其实从未离开过他热爱的东西，每时每刻，他都与他的艺术在一起。

不，那遥远的艺术的说法，并不准确。世界上并不存在一种与当下生活隔绝的艺术啊。所谓道不远求，若是真要追求道，何必像他这样，这也看不上，那也看不上，一定要去某地才算是正道。人生何处不是道场呢？他原以为报生被耽误了，家境一塌糊涂，这辈子完了，但是求道若正，又怎么能计较在哪里求呢？生活的道，活着的道，难道还非要在好地方，好房子里才能寻到吗？不是的，道在屎溺，道在此刻。

其实，任何时候，他如果坚持下来，他一定会比现在让自己满意。养鹌鹑的时候可以画，当工人的时候可以画，卖衣服的时候可以画，在江西可以画，在上海可以画……只要真心想画，随时随地都可以画，没有任何东西可以拘束一个人，是他自己束了自己。

怎么画画一定要去纽约巴黎？青年一定要留在上海？高档生活一定要喝咖啡？谁说的？

可见，自己竟不如报生坚定而自在。这一生仿佛是虚张的桅杆，中间始终空洞，被许多模模糊糊的念头耽误了正事，糊涂了本心啊。

他静静地在窗外看着他，心中豁亮地想着这些。身之将灭的灰败已经不再困扰他，他当下明白了，当下就可以离去。自己感到已经没有遗憾了。

报生下课，看见他，额外高兴，说，叶叔，你回来了！

叶长鹰说，想听戏，不知道他父母的盲人戏团在不在。

报生说，太巧了，今天就有戏，在从前家属区那边，有人家结婚，把他们喊过去唱两段呢。走，我骑车带你去。

还是一棵老樟树底下。那老树经了几百年，丝毫没有萎靡的样子，那枝干伸展开，足足有二十来米宽。

一只十瓦的昏黄灯泡挂在树枝上，照着树干下拉琴唱戏的盲人乐师们。这一番唱段还是报生爹来表演。底下几十张竹椅座无虚席，新娘还穿着红裙，坐在近旁与伴娘几人窃窃私语，坐着嗑瓜子。新郎与年轻的后生们也安静下来，在后排喝着清洌的绿茶。

大家都等着报生爹开唱。

他清清嗓子，唱起来：

　　　最撩人春色是今年

　　　少什么低就高来粉画垣

　　　原来春心无处不飞悬

　　　睡荼蘼抓住裙钗线

　　　恰便是花似人心好处牵

　　　……

　　报生爹唱得那样婉转缠绵，底下的观众们未必真懂戏，但是已经被他的神态唱词拽进那戏中，辨不清其他了。

　　叶长鹰从不听戏，这一次却完全听进心里去。他抵近死亡，救无可救之际，心反倒空前地静下来了。他以前觉得要在国家大剧院里西服革履，坐在红丝绒的座位上听"今夜无人入睡"才算是欣赏艺术，现在却再明白不过，此时此刻，眼前的报生爹，和场下的观众，每一个人都在欣赏艺术。恰恰因为他们心中没有非要有一个"艺术"的说法，恰恰因为他们心无杂念，恰恰因为他们每一个人都浸润在那杜丽娘的心思里，这反倒就是真正的艺术。

　　人生大误，就是像他这样，以为道在繁华，而其实道在田间一盏灯下，一人忘我地唱《牡丹亭》，其他人忘我地听。

　　他当下心内澄明，不作他想，欣慰至极。

　　人生的最后关头，能有这样的了悟，也是幸运的。

报生从旁边小商铺买来凉米酒，递给他一杯。

他一饮而尽，心内清凉，周身都放松了。

回上海之前，他再去找报生，递给他一张十万块的银行卡。

他说，报生，林老板那间铺子，你还记得吗？我前几天去看过了，网吧也走了，现在没人租，你拿着这笔钱过去，把它租下来，还开从前林老板开的那间书画铺。

报生推，说，这怎么行，我以后自己存钱自己开。

他摆手，说，蛮走运的，过了这么些年，以前的木头窗木头门还保留着，没有拆掉，雅气得很。你就当帮我开，此地有这个文气，你去开起来，卖自己的书画也好，开班授课也好，都可以。

报生还是一头雾水。

他说，其实啊，我也跟阿公似的，半年里就要走了。

报生大惊，问他怎么回事。

他说，肺癌，已经是晚期了。你先不要管这些，听我讲完。阿公找到了自己的根，我还没有。我想清楚了，其他地方都不太可能找到了，唯独我这辈子喜欢画画，又没有画成，但是寄托在这上面，我感觉是可以扎根的。你要帮我这个忙。

报生泪如雨下，依旧不肯收。

他说，报生啊，你看看，我折腾了一辈子，赚了些钱，其实也不过如此，始终是俗人一个，不是艺术家。但是我不甘心，我还是想当艺术家。你去开一间书画铺，里面有我的参与，我就觉得我始终呢，还是一个文化人，哦不，半个文化人吧，半个艺术家。算半个，老天爷不会有意见吧，哈哈。报生，去开。你师父身不由己，我身不由己，不能怪别人，只能怪自己心力不强，没有坚持。你去开，帮我们开。遇到朋友，聊一聊，遇到小孩，教一教，遇到穷困潦倒的学生，帮一帮。这不是好事一桩么？是功德啊。再以后呢，给阿公烧纸的时候，也给我烧一份。上面随便写点什么都可以的，我收到了你的字，比收到什么都高兴。

第二天，报生送他去火车站。

月台上，他从半开的窗户外面问报生，你从前说你阿婆走的时候对你说了一句什么话，我有些记不清了。

报生说，阿婆说，红土真好，要记得红土。

叶长鹰说，是了，是这一句，红土真好。

汽笛已响，报生与他挥手道别，彼此都知道，这是最后一面了。

叶长鹰最后几天，入院等待最后的时刻。

头脑还清醒时，他去厕所看到自己的样子，真是难看的：形销骨立，眼眶深陷，嘴唇发乌。他觉得讽刺，用铅笔把自己的丑样子画了下来。一个枯柴似的人，抱膝侧躺，双目紧闭，心内空荡。

　　小梅看到画，只说他画得太难看了，他本人根本不是那样的。

　　叶长鹰握住她的手，说，后来太忙了，倒没有为你多画几幅。

　　小梅摇头，说，说这个干什么。

　　他又说，这一张你寄给报生吧，让他收起来。

　　小梅说好。

　　而后他陷入昏迷，三天后离世。

　　小梅此后一直与飞飞经营服装店，生活平静。

五十七 尾声

奶妈结婚后，张秩序都没有嫁人，几乎成了老姑娘。

家里人都十分着急。奶妈也为姐姐四处张罗对象，他先去看看男方行不行，再推荐给姐姐。张秩序根本不领情，往往将他骂得狗血喷头。

奶妈把这些烦心事讲给报生听，说担心他姐姐恐怕是因为瘸子的原因，这辈子很难结婚了。

报生听了，不作声。隔了几天他请张秩序来店里玩，问她最近工作忙不忙。

张秩序狐疑地看他半天，答说，厂里特种钢攻坚阶段，还是比较忙的。

报生说，什么是特种钢？

张秩序说，就是钢材性能特别厉害的呗。

报生说，哪里用得上那些钢啊？

张秩序笑着说，上天的，下海的，哪里不需要啊。报生，你知道我是签过保密协议的吗？很多话你就不该问我，知道不，违反纪律！

报生说，对对，这些都不该问的，是我多嘴了。要不，你看，你嫁给我吧，你看这行吗？

这下轮到张秩序目瞪口呆了。

她盯着他半天，没缓过劲来。

报生脸已经涨得通红，赶紧拿了抹布扫把，在店铺里打扫起来。

张秩序坐在前台的木椅上，盯着他忙碌的样子。

她说，行吧，让你捡个大便宜。

报生放下扫把，冲她跑过来，临到跟前停住了，说，我给你写个字。

张秩序快崩溃了，以为他要拥抱她，说，这个时候写什么字啊！

转而抱紧了报生。

这铺子里的家具，木头桌椅，前台，高脚凳，梯子，都是奶妈手工做的，他自从有了这个爱好，天天刨子不离手，店铺里几乎快摆满了他做的各式各样的木框，木凳，小木桌。来买书画的人，常常被这些木作的玲珑小家具吸引，忍不住再顺带买一个小凳子回去。

小家具一点点增多，时光一日日过去，转眼间，他们经营这家书画铺，已经快十年了。

那日是叶长鹰的忌日。张秩序下班去店铺，报生在大桌子边写字，她在天井旁择菜。

报生突然说，我有一个朋友，死去的时候是抱膝而死。

张秩序问，为什么？

报生说，他的意思可能是，回顾一生，羞愧难当，心里空而痛苦，只好以抱膝的姿势最后结束。

说完，报生继续低头写字。

张秩序看看，原来报生在写"心"。

她说，那你多给他写几个心字，中间的点帮他点重一些，替他解脱解脱。

天忽黄昏，再抬头，报生两鬓有了白发，眉间生了皱纹，背微驼，是从前体力活过重留下的痕迹。

是了，说起来，心内三点，应分处何地，不知道世人可有安排。

　　　　　　　　　　　　　　　　　（完）

图书在版编目（CIP）数据

问道江南西 / 阿痴著. — 广州：广东人民出版社，
2024.1
ISBN 978-7-218-16978-1

Ⅰ.①问… Ⅱ.①阿… Ⅲ.①长篇小说—中国—当代
Ⅳ.① I247.5

中国国家版本馆 CIP 数据核字（2023）第 187992 号

WENDAO JIANGNAN XI
问道江南西

阿痴 著　　　　　　　　　　　　　版权所有　翻印必究

出 版 人：肖风华

责任编辑：李幼萍
特约编辑：吴嫦霞
责任校对：李伟为
装帧设计：孙晓曦（pay2play. design）
版式设计：苗　倩
责任技编：吴彦斌

出版发行：广东人民出版社
地　　址：广州市越秀区大沙头四马路 10 号（邮政编码：510199）
电　　话：（020）85716809（总编室）
传　　真：（020）83289585
网　　址：http://www.gdpph.com
印　　刷：广东鹏腾宇文化创新有限公司
开　　本：889mm×1194mm　1/32
印　　张：13　字　　数：232 千
版　　次：2024 年 1 月第 1 版
印　　次：2024 年 1 月第 1 次印刷
定　　价：58.00 元

如发现印装质量问题，影响阅读，请与出版社（020-85716849）联系调换。
售书热线：020-87716172